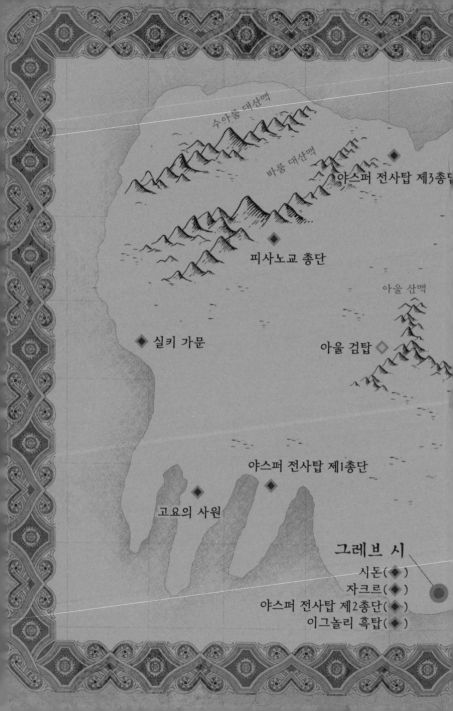

추이타 북산맥

추이타 대초원

추이타 남산맥

피요르드 시
쿠퍼 가문(◇)
은화 반 닢 기사단(◇)
모레툼 교황청(◇)

과이올라 시

솔노크 시

솔 강

퍼듐 시
시퍼 마탑(◇)

원시림

라폴리움 시
라폴 도서관(◇)

트루게이스 시

뉴브로도 시
아바니 가문(◆)
수의 사원(◆)

◇ 백 진영
◆ 흑 진영
◆ 중립 진영
● 도시

언노운월드 대륙 전도

ETAN
의탄

ORIGINAL FANTASY STORY & ADVENTURE

쥬논 판타지 장편소설

dream
books
드림북스

이탄 35(완결) 전생의 비밀

초판 1쇄 인쇄 2022년 9월 13일
초판 1쇄 발행 2022년 9월 27일

지은이 쥬논
발행인 오영배
편집 편집부
일러스트 필연
표지 · 본문 디자인 오정인
제작 조하늬

펴낸곳 (주)삼양출판사 · 드림북스
주소 서울시 강북구 도봉로 173
대표 전화 02-980-2112 **팩스** 02-983-0660
편집부 전화 02-987-9393 **팩스** 02-980-2115
블로그 blog.naver.com/dreambookss
출판등록 1999년 3월 11일 제9-00046호

ⓒ 쥬논, 2022

ISBN 979-11-283-7154-7 (04810) / 979-11-283-9990-9 (세트)

드림북스는 (주)삼양출판사의 판타지 · 무협 문학 브랜드입니다.

목차

부제: 언데드지만 신전에서 일합니다

사대신수

『성혈의 바하문트』

—신수: 날개 달린 사자

—상징: 공포

—속성: 흙(土), 피(血)

『불과 어둠의 지배자 샤피로』

—신수: 광기의 매

—상징: 탐욕

—속성: 불(火), 어둠(暗), 나무(木)

『포식자 하라간』

—신수: 투명 마수

—상징: 타락, 나태

—속성: 얼음(氷), 균(菌), 물(水)

『둠 블러드 이탄』

—신수: 냉혹의 뱀

—상징: 파멸

—속성: 금속(金), 빛(光)

발췌문

혼돈의 신은 세상에 남기지 말았어야할 지식들을 남겼다. 광황 이충이 발견했다는 고대의 향로가 바로 혼돈의 신으로부터 비롯된 신물이었으며, 그 안에는 다음과 같은 지식이 담겨 있었다.

— 망령목.
— 다크 시드(Dark Seed: 어둠의 씨앗).
— 다크 웜(Dark Worm: 어둠의 벌레).

한데 나는 나중에 새로운 사실을 깨닫게 되었다.

— 양극합벽.

— 건곤대나이.

각각 음양종과 북명에 전수된 이 신급 술법들도 뿌리를 거슬러 올라가보면 결국 혼돈의 신과 연결된다는 점이었다.

이게 전부가 아니었다. 언젠가 내가 만나봐야 할 투명마수도 혼돈의 신과 일부 인연이 닿아 있지 뭔가.

아니다. 그게 아니다.

사실 그것들은 원래부터 내 것이었다. 과거에도 내 거였고, 앞으로도 영원히 내 소유로 남을 것이다.

— 훗날 이탄이 남긴 일지 가운데 발췌

제1화

대전쟁의 마무리 II

Chapter 1

피사노교의 신인들이 이탄을 간절히 필요로 하는 그 시각, 피사노교와 대척점에 서 있는 곳에서도 이탄을 간절히 갈망했다.

"우리에게는 이탄 신관이 필요합니다. 그것도 아주 절실히."

원탁에 둘러앉은 추기경들을 둘러보면서 레오니가 무겁게 입술을 열었다.

레오니는 더 이상 추기경이 아니었다. 최근에 그녀는 전체 추기경회의의 승인을 받아서 교황의 성좌에 앉았다.

비크를 탄핵하고 모레툼 교단의 신임교황이 된 이래, 레오니가 가장 먼저 착수한 업무는 교단의 삼대무력을 다시 복구하는 일이었다.

'지금은 전쟁 중이다. 흑과 백의 대전쟁이 잠시 소강상 태에 빠졌다고 하나, 언제 다시 전쟁의 불길이 치솟아도 이상하지 않아. 이 상황에서 우리가 위기를 슬기롭게 극복하려면 무력을 회복하는 일이 가장 중요해.'

레오니는 일의 우선순위를 정확하게 판단했다.

물론 모레툼 교단의 삼대무력이 모두 붕괴한 상황은 아니었다. 레오니가 쥐고 있는 추심 기사단은 그나마 상태가 온전했다.

문제는, 추심 기사단은 쪽수만 많을 뿐 초강자가 없다는 점이었다.

'지금은 수천 명의 강자보다 단 한 명의 초강자가 필요한 세상이라고.'

이렇게 판단한 레오니는 입술을 꾹 깨물었다.

그런 레오니의 등 뒤에는 모레툼 교단의 삼대 기사단, 즉 삼대무력에 대한 현황판이 떠 있었다.

　＊ 추심 기사단: 전력 51퍼센트 유지 중.
　＊ 은화 반 닢 기사단: 전력 0퍼센트.
　＊ 수호 기사단: 전력 0퍼센트.

모레툼의 삼대 기사단 가운데 첩보와 공작에 특화된 은화 반 닢 기사단은 몇 달 전 교황청이 내분을 일으키자 해산을 하더니 지하로 숨어들었다. 교황청에서 아무리 뒤를 캐도 은화 반 닢 기사단의 종적을 찾을 길이 없었다.

　한편 요인경호에 특화된 수호 기사단은 피사노교의 공격을 받아서 전멸을 당한 것으로 알려졌다. 솔노크 시 인근의 갈대밭에서 도미니코 추기경이 피사노 티스아에게 납치를 당할 때 수호 기사단도 함께 무너진 상황이었다.

　이상 두 곳과 달리 추심 기사단은 지금까지도 건재했다.

　다만 추심 기사단 또한 최근 흑 진영과 잇단 전쟁을 벌이면서 전력의 절반가량이 깎여나가는 피해는 피하지 못했다.

　레오니 교황은 교단을 떠받치는 기둥 3개가 모두 흔들리는 점이 못내 안타까웠다.

　'정말 상황이 어렵구나. 후우.'

　레오니는 현황판을 돌아본 뒤 마음속으로 진한 아쉬움을 달랬다. 그럼 다음 그녀는 다시 고개를 돌려 전체 추기경회의에 참석한 추기경들을 둘러보았다. 레오니의 입술이 천천히, 그러나 힘 있게 열렸다.

　"나 레오니는 우리 모레툼 교단의 부흥을 위해서 은화 반 닢 기사단을 처음부터 다시 일굴 생각입니다."

"아!"

추기경들 가운데 일부가 탄성을 흘렸다.

레오니가 말을 이었다.

"당연히 수호 기사단도 재건해야겠지요. 그리고 나는 피해를 입은 추심 기사단도 제대로 복구할 생각입니다. 그러자면 강한 무력을 가진 인물이 구심점이 되어야 할 겁니다. 이게 바로 내가 이탄 신관을 중용하려는 이유입니다."

신임 교황인 레오니의 말에 누가 반대를 하겠는가. 지금 모레툼 교황청의 능력으로는 피사노교의 파상공세를 막을 방도가 없었다. 바람 앞의 촛불처럼 위태로워진 교황청을 수호할 인재는 오직 이탄뿐이었다. 최소한 추기경들의 머릿속에는 지난 전투 이후로 이탄이라는 인재가 뿌리 깊게 박혀 있었다.

그럴 만도 한 것이, 지난 몇 차례의 전투를 통해서 이탄은 어마어마한 신성력을 선보였다. 뿐만 아니라 이탄은 모레툼이 이 세상에 현신했을 때 신의 존재를 직접 받아 모신 장본인이기도 하였다.

그러니 이탄보다 더한 적임자가 없는 셈이었다.

"저희는 교황 성하의 뜻을 따르겠나이다."

늙은 추기경들은 일제히 고개를 숙여 레오니의 뜻에 동의했다.

그날 전체추기경회의에서는 다음과 같은 내용을 결의하여 공표했다.

1. 신관 이란은 죄인 비코의 음모에 휘말려 억울하게 신관의 자격을 박탈당했다. 이를 바로잡고자 전체추기경회의는 이란의 신원을 복원한다.

2. 트루게이스 시에 설립된 지부는 이 시간부로 다시 신관 이란에게 이양한다.

3. 전체추기경회의에서는 만장일치로 이란을 새로 창립할 은화 반 닢 기사단의 부단장이자 2호로 임명한다. 단, 은화 반 닢 기사단의 1호이자 단장은 교황 성하가 당연직으로 맡는다.

4. 전체추기경회의에서는 만장일치로 이란을 추심 기사단의 부단장으로 임명한다. 단, 추심 기사단의 단장은 교황 성하가 당연직으로 맡는다.

5. 전체추기경회의에서는 만장일치로 이란을 새로 창립할 수호 기사단의 부단장으로 임명한다. 단, 수호 기사단의 단장은 성기사 하비에르가 맡는다.

6. 하비에르는 수호 기사단의 단장에 취임한 즉시 다른 업무에서 손을 떼며 오직 교황 성하의 보

필만을 전담한다.

이 공표문에 따르면, 그동안 세 갈래로 나뉘어 있던 교단의 무력이 전부 다 레오니 교황에게 집중되는 셈이었다.

좀 더 정확히 말하자면, 무력의 통솔권은 교황에게 있으되 실제로 그 무력을 움직일 총책임자는 이탄 한 명으로 집중되었다.

전통적으로 모레툼 교단의 추기경들은 권력이 한 사람에게 모이는 것을 꺼려했다. 현재의 추기경들뿐 아니라 역대 모든 추기경들이 다 그러했다.

하지만 지금은 전시가 아닌가.

권력 집중에 부정적이던 추기경들도 교단이 위태로운 위기 상황에서는 레오니의 주장을 거부하지 못했다.

짧은 휴식 시간 동안, 추기경들이 복도에 모여서 머리를 맞대고 의논했다. 바로 그 자리에서 추기경 한 명이 다음과 같이 주장했다.

"막말로, 피사노교가 우리 교황청을 향해서 진격해 온다고 가정해 보십시오. 어떻게 그 험한 파도를 막겠습니까? 모레툼 님이 세상에 직접 현신하시지 않고서는 저 악마들을 막을 길이 없지요? 그럼 모레툼 님께서 과연 누구의 몸을 빌려서 다시 현신하실 것 같습니까? 이탄 신관이지요?

그럼 우리가 누구의 뒤에 서 있어야 살아남을 수 있겠습니까? 이탄 신관이지요? 하면 답이 이미 나왔네요."

구구절절 옳은 말이었다.

다른 추기경들은 아무 소리 없이 고개만 주억거렸다.

그 후 재개된 회의에서 추기경들은 레오니 교황의 제안에 모두 찬성표를 던졌다.

덕분에 이탄의 오랜 희망이 이루어졌다.

트루게이스 지부를 되찾는 것.

모레툼 교단의 무력을 장악하여 그동안의 보상으로 삼는 것.

이상 두 가지는 이탄이 그동안 간절히 원했던 소망이었다. 그 소박한(?) 소망이 드디어 실현을 앞두었다.

Chapter 2

이탄이 모레툼 교단의 삼대 무력을 모두 장악할 즈음, 아울 검탑에도 한 차례 변혁의 바람이 불었다.

아울 검탑은 99검수의 빈 자리를 채우기 위해서 도제생들을 정식 검수로 대거 승격시켰다. 이탄의 부인인 프레야도 이 기회에 정식 검수가 되었다.

최근 프레야는 검술 실력이 급격히 상승한 상태였다. 당연히 그녀는 아울 99검 안에 들어갈 자격을 갖추었다.

특히 프레야는 최근들어 무슨 영감을 받았는지 4개의 검을 열십(十)자 모양으로 연결하여 사용하기 시작했는데, 아마도 이때부터였을 것이다. 프레야의 검술이 급상승한 것은.

이와 비슷한 일이 시시퍼 마탑에서도 전개되었다.

최근 피사노교와 악전고투를 겪으면서 시시퍼 마탑의 탑주와 부탑주들이 전원 실종되었다. 탑주인 어스와 부탑주인 라웅고, 릴, 쿠샴—사실은 쿠샴의 정체는 피사노교의 제2신인인 이쓰낸이지만—까지 모두 사라진 것이다.

탑주, 부탑주가 부재 중일 때 마탑의 크고 작은 일들을 처리해야 할 다음 책임자는 열두 지파의 지파장들이었다.

문제는 시시퍼 마탑의 열두 지파장들도 모드레우스 제국 악마종들과의 전투를 겪으면서 대부분 죽거나 불구가 되었다는 사실이었다. 말하자면 시시퍼 마탑 상층부에 커다란 공백이 생긴 셈이었다.

이런 위기 상황에서 마탑이 명맥을 유지하고 피사노교와 항쟁을 지속하려면 파격적인 인사 발탁을 할 수밖에 없었다.

이는 쎄숨 지파장이 이끌던 고체계 애니마 메이지(Anima Mage: 심혼 마법사)들에게도 당면문제였다.

원래 고체계 메이지들은 지파장인 쎄숨의 강력한 카리스마에 의존해왔다.

그러다 쎄숨이 지난 전투의 여파로 쓰러지면서 일이 터졌다. 쎄숨은 부상이 너무 심해서 더 이상 현역으로 뛰기 힘들었다.

아니, 단순히 은퇴 정도를 넘어서 쎄숨의 의식이 다시 정상으로 돌아오리라는 보장도 없었다. 이제 고체계 지파는 반강제로 포스트(Post) 쎄숨 시대, 즉 쎄숨이 없는 시대를 맞이하게 되었다.

쎄숨의 뒤를 이어서 새로 지파장에 추대된 사람은 유롬.

그는 원래 고체계 지파의 부지파장이었다.

유롬은 흔들리는 지파를 부흥시키기 위하여 세 가지 혁신을 단행했다.

첫째 유롬은 젊은 마법사들의 의견에 귀를 기울였다.

둘째, 유롬은 실력이 다소 부족한 도제생들도 마법사로 승격시켰다.

마지막으로 유롬은 파격적인 인사를 감행했다. 쎄숨의 두 제자인 씨에나와 이탄을 단숨에 부지파장의 자리로 끌어올린 것이다.

"이탄은 마법사가 아니라 모레툼 교단의 신관 아닙니까?"

누군가 유롬에게 항의를 했다.

유롬이 냉랭하게 되물었다.

"그러는 당신은 이탄보다 금속마법이 더 뛰어난가?"

"······."

질문을 던졌던 마법사는 꿀 먹은 벙어리가 되었다.

그 후로 어떤 마법사도 이탄의 승진에 반발하지 못했다.

덕분에 이탄은 하루아침에 시시퍼 마탑의 최고위층이 되어버렸다.

물론 이탄과 씨에나만 고속 승진한 것은 아니었다.

우선 씨에나의 세 제자인 브로네, 렐사, 치엔이 모두 도제생의 신분을 벗어던지고 마법사로 승격했다.

워 메이지(War Mage: 전투 마법사)들 가운데 힐러 지파의 도제생이었던 헤스티아 영애도 단숨에 정식 마법사의 자리를 꿰찼다.

헤스티아 외에도 여러 도제생들이 기회를 잡았다.

예를 들어서 이탄과 함께 마법 수업을 들었던 수인족 소년 부우는 당당히 동물계 메이지로 인정을 받았다.

엘프의 피를 물려받은 포이엠도 라인계 메이지에 이름을 올렸다.

마법 수업 당시 이탄과 경쟁을 했던 로프트는 유동계 메이지가 되었다.

전과목 A+의 성적을 받았던 리아로는 공격계 워 메이지로 자리를 잡았다.

시간이 조금 더 흐른 뒤에는 이들 젊은 마법사들이 시시퍼 마탑의 미래를 짊어질 기둥으로 성장할 것이다.

다만 한 가지.

이탄의 동기들 중에 이탄처럼 단숨에 부지파장까지 올라선 사람은 아무도 없었다. 그러니까 이탄이야말로 혁신의 아이콘인 셈이었다.

본디 전쟁처럼 큰 일이 터져야 파격이나 혁신이 가능한 법 아니던가. 이탄은 변화의 물살을 타고서 세상 꼭대기에 올라서기 시작했다. 그것도 하나의 봉우리가 아니라 이 봉우리 저 봉우리에 동시에 올라서는 모양새였다.

— 피사노교의 열 번째 신인.

— 대륙 최고 부자인 쿠퍼 가문의 가주.

— 모레툼 교단 삼대 기사단의 통합 부단장.

— 시시퍼 마탑의 최연소 부지파장.

— 아울 검탑의 재정고문.

— 마르쿠제 술탑의 부마(물론 아직은 마르쿠제와 비앙카의 희망사항일 뿐이지만).

— 남명 금강수라종의 대선인.

― 북명 5대 세력의 배후 흑막.

― 그릇된 차원 여러 강족들의 목숨을 거머쥔 막후 권력자.

― 부정 차원 세불 제국의 황제.

― 툼 군단의 군단장이자 여러 노예들의 주인.

― 간씨 세가의 의장이자 오대군벌 협의체의 실세.

이 모든 어마어마한 직함은 오직 이탄 단 한 명만을 가리키고 있었다. 바야흐로 이탄의, 이탄에 의한, 오직 이탄만을 위한 시대가 열리려는 순간이었다.

Chapter 3

5월의 마지막 날은 하늘이 맑았다. 파란 하늘엔 구름 한 점 보이지 않았다. 마치 텅 빈 하늘에서 파란 물감이 뚝뚝 떨어질 듯한 날씨였다.

이날, 백 진영의 여러 세력들이 한 장소에서 은밀하게 모임을 가졌다. 흑과 백의 대전쟁에 종지부를 찍기 위한 모임이었다.

오늘 모임의 장소는 중립 도시인 라폴리움으로 정해졌다.

라폴리움 시의 명소인 라폴 도서관은 백 진영 수뇌부들의 회합을 위해서 기꺼이 장소를 제공했다.

라폴 도서관은 흑과 백 가운데 어느 편에도 서지 않는 중립 진영이었으나, 최근에 은밀히 백 진영과 손을 잡았다.

한편 또 다른 중립 세력인 수의 사원도 오랜 전통을 깨고 이번 전쟁에서 백 진영의 편에 서기로 약속했다.

거기에 더해서 대륙 남부 최고의 부자 가문인 아바니 가문도 오늘 개최되는 은밀한 모임에 참석을 약속했다. 이것은 아바니도 백 진영과 손을 잡는다는 뜻이었다.

이들 중립 세력들이 백 진영에 합류한 것은 모종의 이유 때문이었으나, 어쨌거나 백 진영의 입장에서는 큰 호재였다.

오후 1시가 되자 라폴 도서관 지하에서는 공간이동 마법진이 속속 활성화 되었다.

가장 먼저 도서관에 도착한 세력은 시시퍼 마탑이었다.

후왕!

휘황찬란한 빛이 터지고, 그 빛 속에서 수염을 발목까지 길게 늘어뜨린 노인이 등장했다. 노인의 옆에는 키가 장대처럼 크고 머리가 하얗게 센 노인이 뒤따랐다.

처음 등장한 긴 수염의 노인은 시시퍼 마탑 서열 10위인 아시프 학장이었다.

아시프는 유동계 애니마 메이지 지파의 지파장이자, 현역 지파장 가운데 유일하게 몸이 성한 인물로, 시시퍼 마탑의 수뇌부들이 대거 실종된 지금 그가 임시로 마탑주의 대리를 맡고 있었다.

아시프와 동행한 큰 키의 노인은 유롬이었다.

유롬도 최근 쩨숨의 뒤를 이어서 고체계 지파장으로 추대되었다. 시시퍼 마탑 내 서열 15위인 유롬은 암석을 자유롭게 부리는 마법이 주특기였다.

"으허허허. 아시프 학장님, 오셨군요."

라폴 도서관의 당대 관장인 코챠가 마법진 앞에서 대기하고 있다가 걸걸한 웃음으로 아시프를 맞았다.

"오오, 코차 관장님."

아시프는 성큼 다가와 코챠의 손을 맞잡았다.

"허허허허."

코챠가 거듭 너털웃음을 터뜨렸다.

코챠는 딸기처럼 빨간 주먹코가 인상적인 인물이었다. 생김새를 보면 알 수 있듯이 코챠는 애주가로도 유명했다.

"술과 책만 있으면 세상에 부러울 것이 없다."

이것은 코챠가 늘 입에 달고 사는 신념이었다.

한편 아시프도 물을 다루는 유동계 메이지답게 술에 일

가견이 있었다.

또한 아시프는 시시퍼 마탑 내에서도 학구파로 손꼽히는 인물이었다. 당연히 아시프는 대륙 최대의 도서관장인 코챠와 성향이 잘 맞았으며, 오래 전부터 진영을 뛰어넘어 친분을 나누는 사이로 발전했다.

이번에 라폴 도서관이 중립을 벗어나 전격적으로 백 진영의 편에 서게 된 이면에는 아시프 학장의 설득이 한 몫을 했다.

후왕!

라폴 도서관 지하에 다시 한번 빛이 폭발했다. 환한 빛이 사그라지자 그 자리에서 3명의 사내가 모습을 드러내었다.

선두에 선 인물은 반은 인간 반은 드래곤의 피를 물려받은 용인(龍人)으로, 아울5검이라 불리는 자였다.

아울5검의 오른쪽에는 하얀 수염을 멋들어지게 기른 마제르가 자리했다. 마제르는 아울9검이었다.

한편 아울5검의 왼편에는 건장한 체격의 사내가 서 있었다. 등에 둥근 방패를 메고 있는 이 사내의 정체는 아울11검. 그는 아울 검탑의 최상위권 검수들 중에 가장 신비로운 인물이기도 했다.

최근 1년 사이, 아울 검탑의 최상층부는 큰 격변을 겪었다. 피사노교와 치열한 접전을 펼치면서 다수의 강자들이

쓰러진 탓이었다.

당장 아울 검탑의 정신적 지주인 검주(劍主) 리헤스텐, 검노(劍奴) 우드워커, 검치(劍癡) 방케르가 고요의 사원 공방전 이후로 모두 실종되었다.

사실 이 3명의 절대검수들은 이쓰낸의 무시무시한 권능에 의하여 언데드가 되어버렸으나, 세상에는 이 일이 제대로 알려지지 않았다. 그저 3명의 절대검수들이 실종된 것으로만 알려졌을 뿐이다.

이게 끝이 아니었다. 아울 검탑을 실질적으로 이끌어가던 아울4검은 피사노 쌀라싸에 의해서 두 팔과 두 다리가 모두 녹아버렸다.

또한 아울6검도 이탄에게 양팔을 잃었다.

'지키는 검'이라는 별명이 붙을 만큼 방어에 능했던 아울8검도 이탄에게 왼팔을 절단당했다.

아울12검과 13검, 15검도 이탄의 손에 죽었다.

그러니까 지금 아울 검탑을 이끌 수 있는 지도자급은 아울5검, 7검, 9검, 11검 정도에 불과했다. 그리고 오늘 이 회의에는 이 4명의 검수들 가운데 아울7검을 제외한 나머지 3명이 모두 참석했다.

다시 말해서 그만큼 아울 검탑이 오늘 모임을 중요하게 생각한다는 뜻이었다.

"으허허. 아울 검탑에서 오셨구려. 잘 오셨소이다."

딸기코 관장 코챠가 두 팔을 활짝 벌려 아울5검 일행을 반겼다.

"음."

아울5검은 용인답게 오만한 표정으로 고개만 끄덕였다.

괴팍한 성격의 아울11검은 아예 코챠의 인사를 받지도 않았다.

'이런. 쯧쯧쯧.'

아울9검 마제르는 동료들의 오만한 태도에 속으로 쓴웃음을 삼켰다. 마제르는 아울5검을 대신하여 한 발 앞으로 나섰다.

"관장님, 선뜻 회의 장소를 빌려주셔서 고맙습니다. 저는 아울 검탑의 마제르라고 합니다."

"아하. 아울9검이시군요."

정보 수집에 능한 라폴 도서관 관장답게 코챠는 마제르의 이름만 듣고도 곧장 서열을 맞추었다.

Chapter 4

시시퍼 마탑과 아울 검탑에 이어서 세 번째로 도착한 곳

은 모레툼 교단이었다. 그것도 교황인 레오니가 직접 찾아
왔다.

레오니의 곁에는 신임 수호 기사단장인 하비에르가 섰다.

"으허허허. 레오니 교황 성하시죠? 반갑습니다."

코챠가 사람 좋은 웃음으로 레오니를 맞았다.

"라폴 도서관의 장소 제공에 감사드립니다."

레오니는 상대에게 정중히 목례를 했다.

한 발 뒤에 선 애꾸눈 하비에르는 눈꺼풀 한 번 깜빡이지
않고 주변을 관찰했다. 혹시라도 레오니에게 해가 될 일이
있을까 봐 잔뜩 경계하는 모양새였다.

잠시 후, 또 빛이 터졌다. 이번에는 노아의 신전을 대표
하는 힐러들이 라폴 도서관 지하에 도착했다.

신전의 우두머리인 가이르는 2명의 부하들을 데리고 회
의에 참석했다. 금발의 미중년 타입인 가이르는 아울5검과
마찬가지로 드래곤의 피가 섞인 용인이었다.

이어서 또 다른 세력도 참석했다. 놀랍게도 동차원의 마
르쿠제 술탑에서도 오늘 모임에 대표단을 보냈다.

이탄이 북명의 수인족 가문을 이끌고 마르쿠제 술탑을
점령한 이후로 마르쿠제 술탑의 수도자들은 혼명 지역의
오지로 숨어들어 잔뜩 몸을 웅크린 채 어떻게든 술탑을 수
복할 기회만 엿보았다.

그러던 중 시시퍼 마탑으로부터 비상연락이 도착했다. 오늘 모임에 대한 안내 편지가 바로 그것이었다.

마르쿠제 술탑의 수도자들은 며칠간의 격론을 거친 뒤, 소수의 사절단을 선발하여 언노운 월드로 보내기로 결정했다.

얼마 후, 3명의 수도자가 위험을 무릅쓰고 언노운 월드로 넘어왔다.

지금 술탑의 형편으로는 더 많은 사절단을 언노운 월드로 파견하기엔 무리였다. 혼명과 북명 지역 곳곳에 수인족들의 눈과 귀가 깔려 있는 까닭이었다. 또한 술탑주인 마르쿠제가 부상이 심각하였기에 더더욱 병력을 함부로 움직이기 힘들었고, 결국엔 소수정예의 사절단만을 언노운 월드로 파견키로 결정했다.

마르쿠제의 손녀인 비앙카.

사천왕 가운데 우두머리이자 마르쿠제 술탑 무력 서열 3위인 아잔데.

역시 사천왕 가운데 셋째로 부적과 검술에 고루 능한 테케.

이상 3명의 남녀가 공간이동 마법진 위에 나타나자 코챠가 곤혹스러운 표정을 지었다. 코챠는 고개를 뒤로 돌려 보좌관에게 속삭여 물었다.

"저들이 누구더라?"

"죄송합니다. 관장님. 저도 잘 모르겠습니다."

보좌관이 손수건으로 땀을 훔쳤다. 보좌관도 비앙카 일행을 알아보지 못하기는 마찬가지였다.

라폴 도서관이 제아무리 정보에 빠삭하다지만, 동차원의 술법사들에 대한 정보까지 풍부하지는 않았다.

안타깝게도 라폴 도서관의 그 누구도 방문자의 정체를 파악하지 못했다.

결국 비앙카가 먼저 자기소개를 했다.

"처음 뵙겠습니다. 저희는 마르쿠제 술탑의 수도자들입니다. 오늘 모임에 대한 연락은 시시퍼 마탑으로부터 받았답니다."

"아하, 그러시군요."

코챠는 그제야 무릎을 쳤다.

비앙카가 엷은 미소와 함께 소개를 계속했다.

"저희 소속은 말씀드렸고, 다음은 제 소개부터 올려야겠군요. 저는 마르쿠제 술탑주님의 손녀인 비앙카라고 합니다. 저와 함께 동행한 여기 이 두 분은 술탑의 사천왕에 속하는 아잔데와 테케 수도자님들이고요."

상대가 마르쿠제의 손녀라는 말에 코챠의 안색이 돌변했다.

"오호라. 구름 속의 드래곤이라 불리는 신비로운 술법사 분들을 이렇게 뵙게 되니 반갑기 그지없습니다. 어서들 오시지요. 라폴 도서관은 여러분을 환영합니다. 저는 부족하나마 라폴 도서관의 관장을 맡고 있는 코챠라고 합니다."

코챠가 살짝 들뜬 표정으로 비앙카를 반겼다. 코챠는 지식욕이 강하여 새로운 정보를 습득할 기회를 가질 때마다 신바람을 내곤 했다. 그런 코챠에게 마르쿠제 술탑은 흥미를 잔뜩 끄는 대상이었다.

이제 모일 만한 곳은 다 모였다.

중립 진영에서 개최된 회의는 성황리에 시작되었다. 참석자들의 명단은 화려하기 이를 데 없었다.

시시퍼 마탑, 아울 검탑, 마르쿠제 술탑으로 이어지는 백진영의 삼대 탑이 모두 회의에 참석했다.

모레툼 교단, 노아의 신전과 같은 세력들도 얼굴을 비췄다.

중립 진영에서는 라폴 도서관과 수의 사원, 남부의 아바니 가문이 힘을 보탰다.

오늘 회의는 한 세력 당 참석인원이 3명으로 제한되었다. 여러 세력들이 모이다 보니 인원에 제한을 둘 수밖에 없었다.

예를 들어서 아울 검탑은 아울5검, 9검, 11검이 왔다.

마르쿠제 술탑은 어려운 형편임에도 불구하고 비앙카와 아잔데, 테케를 보냈다.

노아의 신전도 가이르와 2명의 힐러가 참석했으니 3명을 딱 채운 셈이었다.

라폴 도서관도 코챠 관장을 포함하여 3명 참석.

수의 사원은 나바리아 대모와 여성 몽크 2명 참석.

아바니 가문은 소노피아 가모와 유리알 안경을 쓴 쌍둥이 참석.

모든 세력들이 규칙에 맞춰서 명수를 채웠다.

다만 두 세력만큼은 예외였다. 우선 시시퍼 마탑은 아시프 학장(동시에 탑주대행)과 유롬 지파장 단 2명만 얼굴을 비췄다. 모레툼 교단도 레오니 교황과 하비에르 수호 기사단장만 달랑 나타났다.

2개의 빈자리를 보면서 아울5검이 물었다.

"시시퍼 마탑과 모레툼 교단의 참석자들께서 좀 늦으시나 보군요. 조금 더 기다렸다가 회의를 시작할까요?"

비록 장소는 라폴 도서관에서 제공했으나, 오늘 회의의 주최는 어디까지나 백 진영의 삼대 탑이었다. 따라서 회의의 시작부터 마무리까지 삼대 탑이 주도권을 쥐는 게 당연했다.

아울5검도 지각 상대가 시시퍼 마탑 사람이 아니었다면 그냥 무시하고 회의를 진행했을 것이다.

그때 회의장의 문이 열렸다. 라폴 도서관 사서의 안내를 받아 한 사내가 뚜벅뚜벅 걸어 들어왔다.

'누구지?'

회의장에 앉아 있던 모든 사람들의 시선이 입구로 쏠렸다.

Chapter 5

이내 환호에 가까운 소리가 터져나왔다.

"헐헐헐. 이탄 부지파장, 어서 오시게."

이건 아시프 학장의 목소리였다. 그리고 아시프의 환영을 받으면서 당당히 등장한 이는 다름 아닌 이탄이었다.

그 즉시 레오니 교황이 제목소리를 내었다.

"부기사단장님, 어서 오세요."

레오니는 아시프가 이탄을 "부지파장"이라고 부른 것에 대해 견제라도 하듯이 "부기사단장"이라는 단어를 한 글자 한 글자 힘주어 발음했다.

그러니까 시시퍼 마탑의 빈자리는 이탄 부지파장을 위한

것이었다. 동시에 모레툼 교단의 빈 좌석도 이탄 부기사단장을 위한 자리였다.

이탄을 향한 뜨거운 반응은 이게 전부가 아니었다.

"아니, 이탄 선인님!"

비앙카가 벌떡 일어났다. 비앙카는 이 자리에 이탄이 올 것이라고 예상하지 못했던지 무척 놀란 표정이었다.

"이탄 선인이 왜 여기서 나와?"

아잔데와 테케도 눈을 껌뻑거렸다.

어쨌거나 3명의 술법사 모두 이탄을 반기면 반겼지 배척하는 분위기는 아니었다.

아울 검탑에서는 마제르가 이탄의 얼굴을 알아보았다.

"이탄이라는 이름이 익숙하다 했는데, 알고 보니 우리 검탑의 재정고문이었구면. 어허허허."

마제르는 쿠퍼 가문의 젊은 가주의 본명이 이탄이라는 사실을 기억해내고는 너털웃음을 흘렸다.

아울5검이 마제르를 돌아보았다.

"재정고문? 저 어린 녀석이 우리 검탑의 재정고문이라고?"

"허허. 그렇습니다. 5검님과 11검은 오랫동안 검탑을 떠나 계셨기에 잘 모르시겠지요. 사실 저기 있는 이탄이라는 젊은 가주는 우리 검탑의 재정을 탄탄하게 만들어준 은인입니다. 또한 저 젊은이는 아울99검, 아니 지금은 42검이 된 피요르드의 사위기도 하지요."

피요르드는 원래 검수들 가운데 막내인 아울99검이었다.

그런데 최근에 검수들이 워낙 많이 죽어서 아울42검으로 서열이 급상승했다.

같은 이유로 아울11검도 아울10검이라 불려야 옳았다. 기존의 아울10검이 이탄의 손에 죽었기 때문이다.

하지만 아직은 새 호칭이 익숙하지 않아서 아울11검은 그냥 기존대로 불리고 있었다.

"오호라."

피요르드의 사위라는 말에 아울5검이 이마를 탁 쳤다.

"그러니까 우리에게 임시 거처를 제공한 은인이 바로 저 젊은이로구먼. 흐으음."

아울5검은 한결 누그러진 눈빛으로 이탄을 훑어보았다.

몇 달 전 피사노교의 총공세에 검탑 총단이 무너진 이후로, 아울 검수들은 정처 없이 세상을 떠도는 거지 신세가 될 뻔했다.

그런 검수들에게 기꺼이 머물 장소를 내주고, 식량과 무기, 의복과 하인 등을 제공한 은인이 바로 쿠퍼 가문의 가주인 이탄이 아니던가. 아울 검탑의 검수들은 성격이 단순한 만큼 은원도 확실했다.

원한은 100배로 갚아준다.

은혜는 10배로 갚아준다.

이게 아울 검탑의 철학이었다.

이 철학에 따르면, 아울 검수들은 이탄에게 입은 은혜를 10배로 갚아줘야만 했다. 이탄을 바라보는 아울5검의 눈빛이 따뜻하게 변할 수밖에 없는 이유였다.

반면 아울11검은 연신 고개를 갸웃거렸다.

'이상하다. 저 얼굴이 왜 눈에 익지? 분명히 어디서 본 듯한 모습인데?'

아울11검은 한동안 세상과 동떨어져 지냈다. 그러니 아울11검과 이탄 사이에 접점이 있을 리 없었다.

그런데도 아울11검은 이탄을 보면서 묘한 기시감을 느꼈다.

한편 코챠 관장의 앞에 놓인 두꺼운 책이 이탄의 등장에 반응을 보였다. 촤라락 촤라락 소리와 함께 저절로 책장이 넘어갔다.

이는 책에 부여된 마법이 발동했다는 뜻.

'저기 저자는 예전에 우리 도서관을 방문한 적이 있어요.'

마법책은 코챠에게 이렇게 주장하고 있었다.

코챠가 마법책이 보내는 신호를 알아보았다.

'어라? 오늘 초대된 손님들 중에 우리 라폴 도서관을 과거에 방문했던 인물은 아시프 학장 한 명뿐인 줄 알았는데, 저 젊은이가 우리 도서관의 방문자였다고? 도대체 그가 언제, 무슨 목적으로 우리 도서관을 방문했던 게지?'

코챠는 깊은 눈빛으로 이탄을 살폈다.

사실 여기에는 사연이 있었다.

예전에 이탄이 헤스티아 영애를 호위하여 대륙 중부에 다녀올 때였다. 이탄 일행은 여정 중에 라폴리움 시에 들르게 되었다.

당시 이탄은 이곳 도서관을 방문하여 〈〈모레툼 가호 편람〉〉이라는 책을 비롯하여 몇 권의 도서를 흥미롭게 탐독했었다.

코챠의 마법책은 바로 그때의 인연을 기억하고는 신호를 보낸 것이다.

잠시 후, 마법책은 코챠에게 〈〈모레툼 가호 편람〉〉이라는 책 이름을 표시해주었다. 코챠가 그것을 보고는 고개를 주억거렸다.

'오호라. 저 젊은이가 시시퍼 마탑의 부지파장이자 모레툼 교단의 부기사단장이라고 했겠다? 아마도 그는 모레툼의 가호에 대해서 조사하려고 우리 도서관을 다녀갔나 보구나.'

이런 이유라면 이해할 만했다. 코챠는 이탄에 대한 의심을 접었다.

다들 우호적인 시선, 혹은 흥미 어린 눈빛으로 이탄을 대했다.

이탄도 공손한 태도를 견지했다.

"늦어서 죄송합니다. 시시퍼 마탑의 마법사이자 모레툼 교단의 성기사인 이탄이라고 합니다. 학장님과 교황 성하께 연락을 받은 즉시 달려왔는데도 많은 분들을 기다리게 만든 것 같습니다. 송구스럽습니다."

이탄의 정중한 태도는 사람들의 호감을 샀다.

한 발 더 나가 아시프가 이탄을 옹호했다.

"헐헐헐. 송구스럽기는 무슨. 늦게 연락한 내가 잘못이지."

"그러게요. 저희 교황청의 잘못이 더 크네요."

레오니도 재빨리 끼어들었다.

그 사이 이탄은 시시퍼 마탑과 모레툼 교단 사이에 의자를 옮기고는 착석했다.

자리를 준비하면서도 이탄은 아울 검탑과 마르쿠제 술탑의 고위층들에게 일일이 눈인사를 보냈다.

특히 이탄을 보면서 화사하게 웃는 비앙카의 모습이 많은 사람들의 눈에 띄었다.

'아니, 저 여우같은 게 어디서 눈웃음을 쳐?'

레오니는 괜히 부아가 치밀었다.

'허어. 이탄 가주는 우리 검탑의 사위이거늘. 어허험.'

아울5검과 9검도 은근히 비앙카가 신경 쓰였다.

Chapter 6

한편 이탄은 연거푸 네 번이나 눈빛을 빛냈다.

오늘 회의에 참석하기 전, 이탄은 조만간 네 차례에 걸쳐서 놀랄 일이 있을 거라는 점을 천공안으로 미리 확인했다.

그래서 이탄이 지금 이렇게 침착한 것이다. 천공안으로 미리 보지 못했더라면 아마도 이탄은 눈이 뒤집혀서 거하게 한 번 사고를 쳤을지도 모른다.

다름 아닌 아울11검 때문이었다.

'크윽.'

아울11검의 얼굴을 확인한 순간, 이탄의 눈에서 번쩍하고 불똥이 튀었다.

'바로 그놈이다. 괴상한 방패를 타고 하늘을 날아다니는 그놈. 마녀의 손에서 나를 납치했던 그놈.'

과거 이탄이 처음 언노운 월드에 정착했을 무렵이었다.

이탄은 새 몸에 동기화를 마치자마자 곧장 타우너스 일족에게 끌려갔다. 이탄을 질질 끌고 간 타우너스 전사는 그를 마녀 앞에 대령했다.

그 마녀가 바로 이쓰낸이었다.

피사노교의 제2신인인 이쓰낸은 단칼에 이탄의 목을 자르고, 펄펄 끓는 괴상한 항아리 안에 넣고 푸욱 고아서 잘 익은(?) 듀라한으로 만들었다.

그렇게 이탄이 듀라한으로 완성될 시점이었다. 이쓰낸이 잠시 자리를 비운 틈을 노려서 괴한이 들이닥쳤다.

괴한은 손톱에서 열 가닥의 오러를 방출하여 타우너스 전사들을 도륙하더니, 다짜고짜 이탄을 납치했다.

당시에 이탄이 싸이킥 에너지를 손가락에 모아서 괴한을 기습하지 않았더라면, 그리고 가까스로 탈출하지 못했더라면 이탄은 끝끝내 상대에게 납치되어 안 좋은 꼴을 겪었을 게 뻔했다.

왜냐하면 당시 괴한은 이탄에게 악감정을 품고 있었다.

'틀림없이 저자는 나를 폐기처분하려 들었을 거야. 내 예감이 분명해.'

이탄은 이렇게 확신했다.

'한데 그놈을 여기 이 자리에서 다시 만나게 될 줄이야.'

이탄은 어금니에 힘을 꽉 주었다.

솔직히 이탄이 아울11검에게 원한을 품는 것이 이상해 보일지도 몰랐다. 이탄을 듀라한으로 만든 장본인은 어디까지나 이쓰낸이지 아울11검이 아니니까.

물론 아울11검이 이탄을 납치하는 데 성공했다면, 아마도 그는 당장 이탄을 세상에서 지워버리려 들었을 것이다. 어쨌거나 그는 백 진영의 검수였고, 이탄은 세상에 존재해서는 안 될 사악한 언데드니까.

하지만 아울11검이 이탄에게 해코지를 하기도 전에 이탄 스스로 탈출해 버렸다. 따라서 이탄이 아울11검을 적대할 이유는 없었다.

'문제는 그게 아니지. 저 납치범이 내 얼굴을 알아차리기라도 하면? 어쩌면 그는 내가 듀라한이라는 사실을 알고 있을지도 몰라. 저자가 내 정체를 폭로하도록 그냥 내버려 둬서는 안 돼.'

이탄은 아울11검을 위험요소로 판단했다. 그리고 지금까지 이탄은 자신에게 위험이 될 만한 요소를 방치한 적이 없었다. 신관 시절부터 이탄은 매사에 조심성이 많고 꼼꼼하여 위험 요소는 미리미리 제거해 두는 편이었다.

'기회를 봐서 입막음을 해두어야겠어.'

이탄이 섬뜩한 마음을 품었다.

한편 이탄이 천공안으로 확인한 네 가지 놀랄 일 가운데 아울11검의 등장은 첫 번째에 불과했다.

이탄이 눈여겨본 두 번째 인물은 코챠 관장 옆에 꾸부정하게 앉아 있는 털북숭이 노인이었다.

상대의 이름은 라바.

직위는 라폴 도서관의 부관장.

라바는 미지의 언어에 대한 탁월한 해석 능력을 인정받아 최근에 부관장으로 승격된 인물이었다.

라폴 도서관의 여러 사서들은 라바의 무거운 입과 뛰어난 해석 능력을 존경했다. 이것은 관장인 코챠도 마찬가지였다.

하지만 이탄은 우직해 보이는 라바의 속에 들어차 있는 시커먼 존재를 한눈에 알아차렸다. 이탄은 라바가 풍기는 몬스터 특유의 누린내도 맡아내었다.

그렇다. 라바는 인간이 아니라 몬스터였다.

그것도 보통 몬스터가 아니라 왕, 그릇된 차원 오대강족 중 하나인 츄루바(검은 털 일족)의 절대자가 바로 라바였다. 그는 예전에 그레브 시 지하에 언노운 월드와 그릇된 차원 사이를 연결하는 구멍이 뚫렸을 때, 그 구멍을 통해서 언노운 월드로 넘어왔던 다섯 몬스터 중 한 명이기도 했다.

이탄이 라바 몰래 히죽 웃었다.

'후훗. 그때 넘어왔던 다섯 놈이 어디 숨어 있나 궁금했

지. 그런데 너희들을 여기서 다 만나는구나.'

이탄은 탁자 밑에서 손바닥을 슥슥 비볐다.

이탄은 이미 5명의 몬스터 왕들 가운데 리노 일족(코뿔소 일족)의 우두머리인 라쿱과 뽈브 일족(문어 일족)의 지배자인 아도르노를 붙잡아 강제로 툼 군단에 가입시킨 바가 있었다.

한데 오늘 이탄은 이 둘에 이어서 나머지 3명의 오대강족 왕들을 한 자리에서 만나게 되었다.

이탄의 입장에서는 호박이 넝쿨째 들어온 셈이었고, 세 왕들의 입장에서는 인생 아니 몬스터생이 망하는 순간이었다.

'우후훗. 그것도 한 놈이 아니라 세 놈이나 된단 말이지.'

라바에게 꽂혔던 이탄의 시선이 수의 사원 쪽으로 돌아갔다.

'저기 저 푸근한 몸집의 할망구가 나바리아 대모고, 그 오른쪽의 못생긴 할망구는 인간이 아니라 몬스터네. 후후훗.'

이탄은 나바리아 대모의 곁을 지키는 노파를 빠르게 스캔했다.

괴팍한 인상의 저 노파야말로 인간족이 아닌 몬스터, 그것도 그릇된 차원 오대강족 중 외눈박이 일족 씨클롭의 여왕인 칼루사였다.

한편 라바와 칼루사에 이어서 이탄의 감각에 포착된 또한 명의 상대는 아바니 가문 쪽이었다.

당연히 그 또한 인간족이 아니라 몬스터였다.

이탄은 아바니 가주 옆에 꼿꼿이 허리를 펴고 앉아 있는 중년 사내에게 슬쩍 눈길을 주었다.

'너도 다시 보니 반갑구나.'

이탄은 거듭 입맛을 다셨다.

Chapter 7

이탄의 시선이 향한 곳에는 유리알 안경을 쓰고 잿빛 머리카락이 인상적인 쌍둥이가 앉아 있었다.

2명의 쌍둥이 가운데 한 명은 진짜 인간이 맞았다.

하지만 나머지 한 명은 인간의 거죽을 뒤집어쓰고 있는 몬스터였다.

비록 겉모습은 두 쌍둥이가 똑같이 생겼으나, 풍기는 기세와 냄새는 완전히 달랐다. 다른 사람들은 속일 수 있을지 몰라도 이탄에게는 통하지 않았다. 이탄은 한눈에 상대의 정체를 꿰뚫어 보았다.

아바니의 여가주 소노피아를 호위하는 쌍둥이 중 오른쪽

에 앉은 자가 바로 구아로 일족(표범 일족)을 지배하는 완칸
인 것이다.

이로써 이탄은 5명의 몬스터 왕들을 전부 다 찾았다.

'어디 보자.'

이탄은 머릿속으로 새로운 먹잇감(?)들의 정보를 정리했
다.

— 라폴 도서관의 부관장 행세를 하는 라바 (털북숭이 노
인).

— 수의 사원의 여자 몽크인 칼루사 (못생긴 노파).

— 아바니 가문의 호위대장인 완칸 (잿빛 머리카락 중년
사내).

이상 3명이야말로 그동안 이탄이 찾아 헤매던 목표물들
이었다.

다섯 왕 중에 리노의 왕 라쿱과 쁠브의 왕 아도르노가 흑
진영에 몸을 담고 있다가 이탄에게 걸렸다.

이들과 달리, 나머지 세 왕들은 중립 진영에 둥지를 틀고
있었다.

이 때문에 그동안 이탄이 이들의 행방을 찾지 못했다. 왜
냐하면 이탄은 나머지 왕들도 흑 진영에 웅크리고 있을 거

라고 생각하고 그쪽만 열심히 뒤졌기 때문이다.

'원래 그릇된 차원 몬스터들의 성향은 흑 진영과 궁합이 잘 맞지 않던가? 그런데 왜 이것들이 엉뚱한 곳에 있었을까?'

이탄은 손가락으로 콧등을 긁었다.

'뭐, 다 좋다 이거야. 이들이 흑이 아닌 중립 진영에 둥지를 튼 것은 그렇다고 치자. 그런데 오늘 회의에 이들이 참여한 이유가 뭐지?'

이탄이 추측하기로는, 라폴 도서관, 수의 사원, 아바니 가문이 백 진영과 손을 잡기까지는 몬스터 왕들의 입김이 작용한 듯싶었다. 그렇지 않고서는 약속이라도 한 듯이 세 왕들이 이 자리에 나타날 까닭이 없었다.

이탄은 몬스터 왕들의 머릿속을 궁금히 여겼다.

'대체 무슨 꿍꿍이냐? 너희가 왜 백 진영과 손을 잡아?'

아쉽게도 이 질문에 대한 대답은 이탄의 천공안에도 나타나지 않았다.

'좋아. 일단 궁금증을 풀 때까지는 너희를 내버려 두마. 그 다음에 싹 다 붙잡아서 일수장부에 지장을 찍게 만들어야지. 후후훗.'

이탄은 새로운 노예 3명을 툼 군단에 추가할 생각을 하고는 기분이 좋아졌다.

반면 라바, 칼루사, 완칸은 갑자기 몸에 오한이 들었다.

'뭐야?'

'내가 왜 갑자기 추위를 느끼지?'

'뭔가 예감이 싸한데?'

3명의 왕들은 영문 모를 추위에 이맛살을 찌푸렸다.

열띤 토론은 무려 다섯 시간이 넘도록 지속되었다. 중간에 졸거나 자리를 이탈하는 사람도 전무했다.

회의장의 분위기는 상당히 엄숙했다. 백 진영의 수뇌부들은 머리를 맞대고 전쟁을 승리로 이끌 작전을 구상하느라 여념이 없었다.

회의석상에서 주로 발언을 하는 사람은 정해져 있었는데, 아시프 학장, 아울9검 마제르, 비앙카 공주, 레오니 교황, 코챠 관장, 그리고 소노피아 가주 정도가 그 대상이었다.

이들을 제외한 나머지 사람들은 대부분 말을 아꼈다.

특히 이탄, 그릇된 차원의 세 왕, 마르쿠제 술탑의 아잔데, 테케, 그리고 아울11검은 회의 내내 단 한 마디도 내뱉지 않았다.

긴 회의 끝에 몇 가지 결론이 도출되었다.

회의 참석자들이 가장 먼저 논의한 바는 "기존의 백 세력과 중립 세력이 어떻게 힘을 합칠까?"에 대한 해결책이었다.

이 부분은 라폴 도서관을 비롯한 중립 세력들이 적극적으로 양보를 하면서 자연스럽게 해결안이 도출되었다.

두 번째로 논의된 부분은, 여러 세력 사이의 소통 문제였다.

지금 흑 세력들은 피사노교를 중심으로 하나가 된 상황이었다. 예를 들자면, 이그놀리 흑탑이나 고요의 사원과 같은 굵직굵직한 흑 세력들이 무너지면서 그 잔당들이 피사노교로 흡수되었다.

이처럼 흑 진영은 하나로 뭉쳐 있는 반면, 백 진영은 여전히 여러 세력들의 연합체 성격이 짙었다.

장차 흑과 백 사이에 벌어질 최후의 전쟁에서는 분명히 이 미세한 차이가 승패를 가를 가능성이 다분했다.

회의의 참석자들은 이 점을 심각히 고민하였으며, 그 결과 한 가지 해결책을 도출하는 데 성공했다.

"전쟁 중에 백 진영 전체를 조율할 수 있는 키맨(Key—Man)을 둡시다."

이게 바로 백 진영 수뇌부들이 생각해낸 해결책이었다.

이어서 아시프 학장이 다음과 같은 말로 안건을 정리했다.

"맞습니다. 시시퍼 마탑, 아울 검탑, 마르쿠제 술탑, 모레툼 교단, 심지어 라폴 도서관이나 수의 사원에 이르기까지 광범위한 영역에서 아군 전체를 아우를 조율자가 필요합니다."

이어서 레오니가 말을 받았다.

"일단 저는 아시프 학장님의 말씀에 동의합니다. 그런데 디테일하게는 누구를 조율자로 선정하느냐가 아니겠습니까?"

"헐헐헐. 맞습니다."

아시프와 레오니는 미리 입이라도 맞춘 것처럼 주거니 받거니 대화를 이었다.

레오니가 사람들을 둘러보며 손가락 2개를 폈다.

"일단 제 생각에 조율자는 다음 두 가지 조건을 갖춰야 할 것 같습니다. 첫째, 아시프 학장님께서 언급하신 여러 세력들과 골고루 신뢰가 쌓여 있을 것. 둘째, 전시 중 급박한 상황에서 즉흥적으로 군령을 발동할 수 있을 만큼 전쟁 경험이 풍부할 것."

레오니의 말이 떨어지기 무섭게 사람들의 고개가 한쪽으로 돌아갔다.

다수의 시선이 모인 곳에는 이탄이 떡하니 앉아 있었다.

레오니가 이탄을 보면서 빙그레 웃었다.

"호호호. 이탄 부단장은 이미 우리 모레툼 교단의 군권을 쥐고 있죠. 그러니 위기 상황에서 저분이 모레툼의 기사단을 움직이는 데 아무런 문제가 없답니다. 당연히 우리 교단과 신뢰도도 높고요. 하여 저는 이탄 부단장을 조율자로 추천합니다."

레오니는 대뜸 이탄을 추천했다.

기다렸다는 듯이 아시프가 말을 받았다.

"험험. 시시퍼 마탑도 찬성이오. 이탄 부지파장이 군령을 발동한다면 마탑의 마법사들도 흔쾌히 따를 거외다. 아니 그렇소?"

아시프는 '부지파장'이라는 단어를 강조하면서 유롬을 돌아보았다.

유롬이 곧장 고개를 주억거렸다.

"지당하신 말씀입니다. 이탄은 이미 우리와 한 식구일뿐더러, 그동안 이탄 부지파장의 도움으로 목숨을 건진 마법사들도 무척 많습니다. 그러니 조율이 무척 원만하게 이루어질 겁니다."

비앙카도 한 팔 거들었다.

"이탄 선인님이라면 저도 대찬성입니다. 우리 마르쿠제 술탑도 이탄 선인님께 받은 은혜가 이만저만이 아니거든요."

비앙카의 선언에 다들 흠칫했다.

'이탄 부단장이 마르쿠제 술탑과 인연을 맺은 줄은 이미 알고 있었지. 하지만 저토록 깊은 사이였다고? 게다가 저 여자는 이탄 부단장을 선인이라고 불렀잖아? 설마 그가 술법까지 익혔단 말인가?'

레오니는 새삼스레 이탄을 다시 보았다.

이탄은 모레툼의 가호를 4개나 하사받았을 뿐 아니라 신의 현신을 몸으로 직접 모신 축복받은 신관이었다.

그런 이탄이 금속마법에 재능이 뛰어나 시시퍼 마탑의 부지파장까지 된 점도 놀라운데, 거기에 더해서 술법도 익혔다고?

'대체 이게 무슨 일이래?'

레오니는 어안이 벙벙했다.

레오니뿐 아니라 다들 이탄의 비범한 능력과 넓은 인맥에 놀라워했다.

제2화
대전쟁의 마무리 III

Chapter 1

대세는 이미 이탄 쪽으로 기울었다.

아울9검 마제르가 재빨리 대세에 한 발 걸쳤다.

"검탑도 찬성이오. 이탄은 우리 아울 검탑의 고문인 동시에, 그의 부인은 아울 검탑의 검수이니 당연히 우리 쪽과는 소통이 잘되겠지요."

마제르는 이탄의 부인이 아울 검탑 소속임을 굳이 강조했다.

'여러 힘 있는 세력들이 모두 이탄과의 친분을 과시하는 참이 아니던가. 이런 상황에서 우리 아울 검탑만 빠질 수는 없지.'

마제르는 여기서 뒤처질 수 없다고 판단했다.

"나도 동의."

아울5검이 손을 들어 마제르의 의견에 힘을 실어주었다.

'으윽.'

그러자 레오니가 입술을 꼭 깨물었다.

최근에 레오니는 교황청에 보관된 은화 반 닢 기사단의 문서를 통해서 이탄이 프레야와 결혼한 배경을 알게 되었다. 조사해보니 이탄이 쿠퍼 가문의 가주가 된 것도, 그리고 피요르드 후작의 사위가 된 것도, 모두 은화 반 닢 기사단의 계획에 의한 것이었다.

'치잇.'

레오니는 왠지 모르게 지금 이 상황이 언짢았다.

한편 비앙카도 입술을 꼭 깨물었다.

'쳇.'

예전에 비앙카는 언노운 월드 남부에서 이탄과 프레야 부부를 만났었다. 문득 그때의 기억이 떠올라 평정심이 흐트러진 비앙카였다.

하지만 이탄 앞에서 질투심을 내비칠 만큼 비앙카는 어리석지 않았다.

"흠흠."

비앙카는 나직한 헛기침과 함께 자신의 마음을 다스렸다.

손으로 귀걸이를 한 번 쓰다듬고 나자 파도를 치던 비앙 카의 마음이 한결 잔잔해졌다. 비앙카는 요새 이 법보귀걸 이를 잘 때도 빼놓지 않았다. 이건 이탄이 그녀에게 선물한 뜻깊은 법보였다.

한편 가이르는 눈을 껌뻑거렸다.

'아니, 저자가 대체 누구기에 이런 반응들이지? 저런 중 요한 인물을 그동안 내가 몰랐단 말인가?'

가이르는 자신의 무심함을 반성했다.

사실 이건 가이르의 잘못이 아니었다. 그는 그동안 무너 진 노아의 신전을 다시 일으켜 세우느라 바빠서 세상 돌아 가는 정세를 제대로 살피지 못했다. 당연히 이탄에 대해서 도 무지할 수밖에 없었다.

수의 사원의 대모인 나바리아도 자책을 하기는 마찬가지.

'허어어. 내 그동안 하비에르를 통해서 이탄 신관이 뛰어나 다는 이야기를 귀에 못이 박이도록 들어왔지. 하지만 그가 이 토록 다수의 세력에 깊이 영향을 미치고 있는 줄을 몰랐구나. 이럴 줄 알았다면 진즉에 이탄 신관과 만나볼 것을. 쯧쯧.'

나바리아는 스스로의 안일함을 자책했다.

사실 나바리아도 가이르와 마찬가지로 그동안 세상일에 신경을 쓸 겨를이 없었다. 그녀가 섬기는 인과율의 여신이 무척 불안정한 상태였기 때문이다. 그러다 최근에는 여신과의 연락이 두절되기까지 했다.

여신을 떠올린 나바리아의 얼굴에 그늘이 졌다.

'후우우.'

나바리아가 속으로 한숨을 삼켰다.

솔직히 나바리아는 요새 여신을 걱정하느라 수의 사원 업무는 물론이고 레오니 교황이나 하비에르에게도 전혀 신경을 쓰지 못했다.

한편 라폴 도서관의 코챠 관장도 새삼스레 이탄을 다시 살펴보았다.

"어허허. 보아하니 적임자가 나타난 듯하군요. 삼대 탑뿐 아니라 모레툼 교단에서도 이탄 님을 추천하시는데 누가 반대를 하겠습니까? 허허허."

코챠에게는 딱히 이탄을 반대할 이유가 없었기에 이런 말로 찬성표를 던졌다.

"저희 아바니 가문도 찬성입니다."

마지막으로 아바니의 가주 소노피아마저 동의했다.

이제 이탄은 백 진영 전군을 움직이는 핵심이 되었다. 말이 조율자이지, 사실 이탄은 백 진영의 총사령관이나 다름없었다.

Chapter 2

이탄을 조율자로 선출한 이후에도 회의는 계속되었다. 회의의 주제는 주로 다음 세 가지였다.

첫째, 피사노교와 최후의 대전을 치를 장소 선정.

둘째, 대전을 벌일 시기 확정.

셋째, 전쟁을 관통할 전략의 준비.

백 진영 수뇌부들 사이에서 열띤 토론이 계속되는 동안, 라바, 칼루사, 완칸은 이탄을 연신 힐끔거렸다.

그릇된 차원의 세 왕들은 이탄을 보면서 묘한 느낌을 받았다.

'뭐지? 내 심장이 왜 이렇게 펄떡펄떡 뛰지?'

라바가 침을 꿀꺽 삼켰다.

'이건 마치 가까이해서는 안 될 미지의 존재를 마주한 기분이잖아.'

칼루사는 부르르 몸서리를 쳤다.

'설마 이 불길한 느낌이 저 인간족 애송이 때문은 아니겠지? 에이, 아닐 거야.'

완칸은 영문 모를 불안감을 애써 부정했다.

바로 그때였다. 이탄의 눈길이 세 왕들을 스윽 훑고 지나갔다.

눈빛 교환은 아주 짧은 순간에 이루어졌다. 하지만 세 왕들은 이탄과 정확히 시선이 마주친 것을 느꼈다.

'헙!'

그 순간 세 왕들은 감전이라도 된 것처럼 동시에 허리를 바짝 세웠다. 그들은 머리카락 끝이 쭈뼛 섰다. 등골이 오싹했다.

특히 칼루사는 귀신이라도 본 것처럼 안색이 하얗게 질렸다.

'어어억, 저건 나라카 님의 눈이다. 저자의 동공 속에서 노랗게 빛나는 불꽃은 분명 그릇된 차원의 늙은 왕 나라카 님의 눈이 분명해.'

칼루사의 눈꺼풀이 요란하게 경련을 일으켰다.

칼루사는 아주 오래 전에 나라카를 직접 마주한 경험이 있었다. 당시 칼루사를 제외한 나머지 씨클롭의 혈족들은 모두 힘 한 번 제대로 써보지도 못하고 나라카에게 잡아먹혔다.

사망자 중에는 씨클롭 일족의 최강자로 손꼽혔던 칼루사의 선친도 포함되었다. 눈앞에서 선친의 뼈를 쪽쪽 발라먹는 늙은 왕을 보면서 칼루사는 오줌을 질질 지릴 수밖에 없었다. 그날의 기억이 어찌나 무서웠던지 칼루사는 수천 년이 지난 오늘까지도 나라카와 마주치는 악몽을 꾸곤 했다.

한데 이탄의 눈빛은 칼루사가 기억하는 나라카의 그것과 많이 닮아 있었다.

칼루사가 이탄을 나라카의 현신으로 확신하려는 찰나였다. 또 다른 장면이 그녀의 뇌리에 떠올랐다.

'아니구나. 내가 잘못 보았나? 조금 전 목격한 저자의 눈동자 중심부는 노란색인데, 테두리는 백금색 광망이 자리 잡았던 것 같아. 그리고 노란 안광 속에도 적색과 회색 빛깔이 뒤섞여 있는 것 같았어.'

예전에 칼루사가 목격했던 늙은 왕 나라카의 눈빛은 이탄의 그것처럼 복잡하지 않았다. 그저 동공 전체가 노란색이었다.

'아아, 모르겠다. 설마 진짜로 나라카 님은 아니겠지.'

칼루사는 머리를 좌우로 빠르게 흔들어 불안한 마음을 털어내었다.

그릇된 차원의 세 왕이 두근거리는 심장을 애써 진정시키는 동안, 회의가 마무리되었다. 백 진영의 각 세력들은 최후의 전쟁을 준비하기 위하여 각자의 자리로 돌아갔다.

그로부터 며칠 뒤.

이탄은 드넓은 대륙을 대각선으로 가로질러 피사노교 총단에 도착했다. 이쓰낸의 마법진을 이용하자 초장거리 이

동도 눈 깜짝할 사이에 해결되었다.

이탄이 피사노교를 방문한 이유는 하나였다. 교에서 연락을 받았기 때문이었다. 어제 오후 무렵, 이탄의 망막에 피사노교의 대화창이 열렸다. 대화창 안에는 상대의 이름과 몇 마디 글자가 찍혔다.

⊗ [피사노 이쓰낸] 저어...... 쿠미......?

⊗ [피사노 쿠미] 엇?

이탄에게 연결을 한 장본인은 다름 아닌 피사노교의 절대자 이쓰낸이었다. 이탄은 우선 그 사실에 놀랐다.

'이 여자가 내게 먼저 대화를 건다고?'

이탄은 이 점에 흠칫하는 한편, 네트워크 상에서 자신의 대화명이 바뀐 것에도 시선을 두었다.

얼마 전까지만 하더라도 이탄의 대화명은 [쿠퍼]였다. 그런데 이제는 [피사노 쿠미]로 바뀌었다.

⊗ [피사노 이쓰낸] 저어...... 혹시 내가 갑자기 네트워크를 연결해서 불쾌한 건 아니지? 바쁘면 다음에 다시 연결할까?

이쓰낸은 최대한 조심스럽게 이탄을 대했다. 그 조심스러움이 대화창을 통해서도 확연히 느껴질 정도였다.

이탄은 이쓰낸에 대한 앙금을 이미 푼 상태였으되, 그래도 이쓰낸과 말을 섞고 싶은 기분은 아니었다.

한데 이쓰낸이 쩔쩔매는 모습을 보자 마음속에 남은 응어리가 마저 씻겨 내려가는 것 같았다.

　　⊗ [피사노 쿠미] 저는 괜찮습니다. 이쓰낸 님, 무
　슨 일입니까?

이탄이 선선히 대화에 응해준 것이 기뻤을까? 아니면 이름 뒤에 님이라고 존칭을 붙여준 것 때문일까?

'어머나.'

이쓰낸의 입꼬리가 절로 씰룩거렸다.

다행히 이쓰낸도 이탄처럼 마음을 여러 개로 나눌 수 있었기에 그녀의 생각이 네트워크에 드러나지는 않았다.

이쓰낸은 두근거리는 마음을 애써 가다듬고는 이탄과의 대화를 계속했다.

　　⊗ [피사노 이쓰낸] 아아. 별 건 아니고, 백 진영
　놈들의 움직임이 심상치 않다는 보고가 들어와서.

아무래도 조만간 저놈들과 최후의 결전을 치러야 할 것 같아. 그래서 의논을 한번 해보고 싶었어.

⊗ [피사노 쿠미] 저와 말입니까?

⊗ [피사노 이쓰낸] 으응....... 어려울까?

⊗ [피사노 쿠미] 아니요. 어려울 게 뭐가 있겠습니까. 다만 이런 중요한 이야기를 네트워크로 나누기는 그렇군요. 이쓰낸 님, 제가 총단으로 찾아뵙겠습니다.

⊗ [피사노 이쓰낸] 헉? 진짜?

이탄이 방문한다고 하자 이쓰낸의 얼굴이 활짝 폈다.

다른 한편으로 이쓰낸의 마음 한구석엔 여전히 이탄에게 두려움이 남아 있었다. 그 증거로 이쓰낸의 손가락이 가늘게 경련을 일으켰다.

'안 돼. 이러지 마.'

이쓰낸은 자신의 왼손으로 떨리는 오른손 손가락을 꼭 쥐고는 냉큼 대답했다.

⊗ [피사노 이쓰낸] 여기로 와주면 나야 고맙지.

⊗ [피사노 쿠미] 알겠습니다. 지금 진행 중인 일을 마무리 지은 뒤, 내일 오전 중에 총단에 들어가

겠습니다. 괜찮으시겠지요?

이탄이 정중히 양해를 구했다.

솔직히 이탄은 지금 당장에라도 피사노교에 들어갈 수
있었으나 일부러 하루를 더 지체했다.

　　∞ [피사노 이쓰낸] 그럼. 괜찮고말고. 언제든 편
　할 때 와주면 돼.

이쓰낸은 당연하다는 듯이 이탄의 청을 허락했다. 솔직
히 그녀는 이탄이 외면하지 않고 와주는 것만으로도 고마
웠다.

Chapter 3

다음 날 아침 일찍, 공간이동 마법진이 열렸다. 이것은
이쓰낸이 이탄을 위해서 열어준 마법진이었다.

이탄은 그 마법진을 타고 단숨에 피사노교의 총단에 도
착했다.

일전에 이탄이 같은 방법으로 총단을 방문했을 때에는

분위기가 살벌했었다. 당시 이탄은 여러 악마종들이 지켜보는 앞에서 재판을 받아야 하는 상황이었다.

이번에는 전혀 달랐다. 총단에서 이탄을 기다리고 있는 것은 열렬한 환영인파였다. 게다가 피사노교의 최고 권력자인 이쓰낸이 직접 마법진 앞까지 이탄을 마중 나왔다.

당연히 아르비아와 티스아도 이쓰낸을 뒤따랐다.

원래 피사노교의 신인들 사이에서는 서열 관계가 철저했던바, 제2신인인 이쓰낸이 제10신인인 이탄을 손수 마중 나온다는 것은 교의 관례를 깨트리는 일이었다.

하지만 피사노교의 그 누구도 이쓰낸을 말리지 못했다. 이미 전설로 추앙받는 마녀를 누가 감히 말리겠는가. 와힛이라도 나타나지 않는 한 감히 이쓰낸의 행동에 딴죽을 걸 사람은 없었다.

아니, 와힛이 나타난다 한들 이쓰낸을 저지하지는 못할 것이다.

게다가 지금은 전쟁 중이었다. 비상사태인 만큼 이쓰낸의 권위는 신성불가침을 뛰어넘어 거의 마신의 수준으로 강화되었다.

"왜 안 오지? 왜 아직도 안 오는 거야?"

이쓰낸은 이탄이 도착하기 30분쯤 전부터 마법진 앞에 나와서 초조한 듯 좌우로 왔다 갔다를 반복했다.

보라색 차양막을 든 교도 2명이 이쓰낸의 움직임에 보조를 맞춰서 부지런히 햇볕을 가려주었다.

그보다 한 발 뒤에선 제4 신인 아르비아와 제9 신인 티스아가 공손히 시립했다.

"끄으음. 막내가 왜 이리 늦는 게야."

아르비아가 험상궂게 얼굴을 찌푸렸다. 아르비아는 존경해 마지않는 이쓰낸 님을 감히 밖에서 기다리게 만든 이탄이 마뜩지 않았다.

그렇다고 해서 감히 이탄에게 한 마디를 쏘아붙일 만큼 아르비아의 간이 붓지는 않았다. 지난번 재판 때 이탄이 머리통을 뽑아서 붕붕 휘두르던 장면을 똑똑히 지켜보았던 인물이 아르비아였다. 그녀는 감히 이탄을 꾸짖을 용기가 없었다.

그러니까 지금 아르비아의 마음속에는 '교의 질서를 위해서 막내의 군기를 잡아야 한다.'는 사명감과 '그러다 내가 죽지.'라는 공포가 힘겨루기를 하는 중이었다. 당연히 힘겨루기의 결과는 공포 쪽으로 기울었다.

아르비아의 어지러운 심정을 티스아가 헤아렸다.

"아르비아 님, 막내는 곧 도착할 겁니다. 이쓰낸 님의 마법진을 타고 날아오는 중이라니까 그리 오래 걸리지 않을 거예요."

"끄흠. 그야 그럴 테지."

아르비아가 굳은 표정으로 수긍할 때였다.

파츠츠츠츳—.

이쓰낸이 설치한 공간이동 마법진이 강렬한 은빛 섬광을 토해놓았다. 환한 섬광 속에서 사내의 그림자가 어른거렸다.

모두가 기다리던 이탄의 등장이었다.

"아아아, 쿠미 신인."

이쓰낸은 팔을 활짝 벌리고 반갑게 이탄에게 달려갔다.

그러다 갑자기 겁을 집어먹은 듯 이쓰낸의 발걸음이 주춤했다.

이쓰낸이 서로 상반된 행동을 보인 데는 이유가 있었다. 그녀의 마음은 이탄을 반기는데, 몸에는 이탄에 대한 공포가 각인되어 있었기에 이런 현상이 벌어졌다.

"끄흐흠. 젠장."

그 장면을 목격한 아르비아가 잇새로 앓는 소리를 뱉었다.

솔직히 아르비아는 당당하지 못한 이쓰낸의 태도가 마음에 들지 않았다. 존경하는 이쓰낸 님을 저렇게 만든 막내도 못마땅했다.

하지만 막상 아르비아도 이탄의 얼굴을 보자 손발이 가늘게 떨리는 것은 어쩔 수 없었다.

심지어 티스아도 이탄을 접하고는 피부에 소름이 돋았다.

사실 이건 어쩔 수 없는 조건반사 반응이었다. 지난번 재판 때 이탄이 선보인 무자비한 폭력성을 목격했다면, 세상 그 누구라도 공포를 느낄 수밖에 없었다.

'혹시 막내가 무력만 믿고 막 나가면 어쩌지? 만인이 보는 앞에서 이쓰낸 님이나 우리를 무시하면 어떻게 하냔 말이다. 크윽.'

아르비아는 공포에 질려 숨통이 콱 막히는 와중에도 자신들의 체면이 망가질 걱정부터 했다.

다행히 이탄은 무대포로 나가지 않았다.

"이쓰낸 님을 뵙습니다."

이탄은 먼저 이쓰낸을 향해서 정중히 고개를 숙였다.

"아앗? 으으응. 그, 그래."

이쓰낸은 허둥지둥 이탄의 인사를 받았다.

이탄은 이어서 나머지 두 신인에게도 차례로 목례를 했다.

"아르비아 님과 티스아 님도 강녕하셨습니까?"

"허험. 으허험. 그래. 간만에 얼굴을 보는구나."

아르비아는 헛기침과 함께 이탄의 문안인사를 받아주는 한편, 속으로는 안도의 한숨을 내쉬었다.

"어서 와, 막내."

반면 아무 생각이 없는 티스아는 눈을 반짝거리며 진심으로 이탄을 반겼다.

이탄이 살갑게 대해주자 티스아의 몸에 돋았던 소름도 싹 사라졌다.

3명의 신인들이 이탄과 안부를 주고받는 동안, 신인들의 뒤에 도열해 있던 수많은 사도와 교도들은 이탄을 향해서 무너지듯이 무릎을 꿇었다.

"저희가 위대한 분의 존체를 알현하옵니다."

"오오오오, 위대한 분이시여. 어서 오소서."

쩌렁쩌렁한 함성이 피사노교의 총단을 떨어 울렸다.

Chapter 4

함성 소리는 그 어느 때보다도 더 우렁찼다. 이탄의 얼굴을 확인한 순간, 이 자리에 모인 모든 사도와 교도들의 눈에서는 뜨거운 눈물이 흘러내렸다.

'어라? 이게 뭐지?'

'막내에 대한 반응이 이 정도라고?'

군중이 한순간에 광신도처럼 열광하는 모습을 보면서 아

르비아와 티스아는 눈을 휘둥그레 떴다.

사실 두 신인은 이탄을 향한 교도들의 마음이 얼마나 열광적인지 정확히 파악하지 못했었다. 그저 피상적으로만 이탄의 인기를 짐작할 뿐이었다. 그러다 오늘 이 놀라운 장면을 접하고는 두 신인 모두 의외라는 반응을 보였다.

특히 아르비아의 표정이 좋지 않았다. 아르비아는 이탄이 감히 이쓰낸 님을 뛰어넘는 꼴을 봐줄 수가 없었다.

하지만 어쩌겠는가. 솔직히 지금 피사노교의 교도들 사이에서 이탄의 인기는 와힛이나 이쓰낸을 뛰어넘었다. 여타 다른 신인들은 아예 상대도 되지 않았다.

그럴 수밖에 없는 것이, 최근에 치러졌던 전쟁들을 돌이켜 보라. 피사노교에서 가장 두드러진 활약을 펼쳤던 영웅이 누구인가?

바로 열 번째 신인인 이탄이다.

사도와 교도들이 위기에 빠졌을 때 끝까지 전장에 남아서 그들을 지켜준 이가 누구던가?

이 또한 이탄이다.

다른 신인들이 교도들을 버리고 도망칠 때에도 오직 이탄만이 끝까지 남아서 사도들을 지키는 최후의 방패가 되어주었다. 교도들을 보호하는 든든한 울타리 역할을 자임했다. 사도들과 교도들은 그때를 되새기고는 흐느껴 우는 것이다.

"나의 신인이시여."

사도들 가운데 한 명이 조그맣게 중얼거렸다.

그러자 마치 전염이라도 된 것처럼 주변의 모든 사도와 교도들의 입에서 같은 표현이 반복되었다.

"오오오, 나의 신인이시여."

다들 온 마음을 다해서 이탄의 얼굴을 되새김질했다.

이들에게 있어서 다른 신인은 위대한 분일 뿐 나의 신인은 아니었다. 오직 이탄만이 특별했다.

이쓰낸은 이탄을 신전으로 데려갔다. 그녀는 신전 내부의 높은 기둥 위에서 이탄과 독대를 했다.

주로 이쓰낸이 전략을 설명하였다.

이탄은 상대의 말을 경청했다.

이쓰낸의 설명에 따르면, 피사노교는 총단에서 백 진영의 대군을 맞기로 결정했단다.

이탄이 보기에 이건 이상한 결정이었다.

지난번 전투 이후로 아울 검탑의 리헤스텐을 비롯한 백 진영의 최고위층은 대거 죽어서 이쓰낸의 종복이 되었다.

시시퍼 마탑의 어스 등은 이탄에게 쫓겨 자취를 감추었다.

마르쿠제 술탑의 마르쿠제도 이탄에게 당해서 참전이 불가능했다.

다시 말해서 지금 백 진영의 전력은 크게 약화된 셈이었다.

반면 피사노교는 상대적으로 피해가 적었다. 비록 와힛이 큰 부상을 입고 부정 차원으로 도망가버리기는 하였지만, 이쓰낸이 건재한 것만으로도 피사노교의 상태는 양호했다. 게다가 이쓰낸은 아울1, 2, 3검뿐 아니라 여러 신인들도 언데드로 만들어둔 터라 전력이 그리 약해졌다고 보기도 어려웠다.

한데 돌아가는 사태는 정반대였다. 약해진 백 진영이 용감하게 진격을 하고, 전력 손실이 적은 피사노교는 오히려 방어적으로 나왔다.

이런 일이 벌어진 이유는 오판 때문이었다.

백 진영은 수뇌부들의 죽음을 알지 못하였다. 그들은 최후의 전쟁이 벌어지면 아울1, 2, 3검이나 어스 등이 화려하게 등장하여 피사노교의 악마들을 징벌할 것이라 굳게 믿었다.

반대로 이쓰낸은 어스나 마르쿠제가 건재하다고 오해를 하여 최대한 안전한 작전을 구상했다.

어쨌거나 이쓰낸은 전쟁의 승리를 위해서 전력을 사등분하였다.

넷으로 나눈 전력 가운데 중앙군은 이쓰낸이 직접 지휘할 예정이었다. 또한 군의 오른쪽과 왼쪽 날개는 각각 아르비아와 티스아를 배치하기로 결정했다.

이쓰낸이 구상한 병력 배분은 다음과 같았다.

1. 중앙군: 피사노교 총병력의 30퍼센트 할당, 지휘관 이쓰낸.

2. 좌군: 병력의 20퍼센트 할당, 지휘관 아르비아.

3. 우군: 20퍼센트 할당, 지휘관 티스아.

"이상 3개 군단은 피사노교 총단의 성벽 위에서 적들을 맞을 계획이야."

이쓰낸의 설명에 이탄이 궁금한 점을 물었다.

"하면 이쓰낸 님, 나머지 30퍼센트의 병력은 어찌하실 겁니까?"

이쓰낸은 턱으로 이탄을 가리켰다.

"저요?"

"그래. 쿠미 신인이 역할을 좀 맡아주었으면 해."

이쓰낸은 천천히 고개를 주억거렸다.

이쓰낸이 이탄에게 맡기려는 임무는, 배후에 매복하고 있다가 공성전이 시작되었을 때 나타나 백 진영의 뒤를 치는 것이었다. 자신의 구상을 간략히 설명한 뒤, 이쓰낸은 걱정스러운 표정으로 이탄의 의향을 물었다.

"어때? 내 작전이 괜찮아 보여?"

아르비아와 티스아에게는 통보하듯이 명령을 내리는 이쓰낸이지만, 이탄에게는 조심스럽기 그지없었다.

그런 이쓰낸의 걱정을 덜어주기라도 하려는 것처럼 이탄은 긍정적인 대답을 내놓았다.

"좋은 작전인 것 같습니다. 저는 이쓰낸 님의 뜻을 따르겠습니다."

"진짜야? 고마워. 헤헤."

이쓰낸은 그제야 안심한 듯이 활짝 웃었다.

한편 이탄은 푼수처럼 웃는 이쓰낸을 물끄러미 바라보면서 머리를 굴렸다.

'흐으음. 상황이 이렇게 풀린단 말이지?'

얼마 후 시작될 최후의 전쟁에서 이탄은 백 진영의 여러 세력들을 조율하는 조율자의 역할을 맡아야 한다. 말이 조율자이지, 실제로는 이탄이 백 진영의 총사령관이나 다를 바 없었다.

'그런데 동시에 내 손아귀에 피사노교의 병력 30퍼센트가 들어온다고?'

이탄에게 주어진 30퍼센트는 단순히 물량만 채운 숫자

가 아니었다.

성벽 위에서 방어만 하면 되는 70퍼센트의 병력 .VS. 백진영의 배후를 급습할 30퍼센트의 병력.

이상 두 가지의 경중을 비교해보면, 세상의 그 어떤 지휘관이라도 후자에 힘을 줄 수밖에 없었다.

실제로 이쓰낸은 피사노교의 정예를 끌어모아 전폭적으로 이탄을 지원했다. 그와 반비례하여 성벽 위의 전력은 상대적으로 약했다.

이탄도 이 사실을 잘 알았다.

Chapter 5

"결과적으로 나는 흑과 백의 지휘권을 양손에 나눠 쥐고서 최후의 전쟁을 치르는 셈이구나."

이탄은 나직한 독백과 함께 과거를 회상했다.

얼마 전, 간씨 세가 세상에서도 이와 비슷한 일이 벌어졌었다. 북극에서 벌어진 전투에서 이탄은 오대군벌과 쥬신 제국 복원 세력, 양쪽 모두의 대표자가 되어 한바탕 치열한 전투를 치르는 척 연극을 해내었다.

온 세상을 감쪽같이 속인 1인3역(간철호, 패황, 광황) 연극의 결과, 이탄은 간씨 세가 세상의 권력을 한 손에 틀어 쥔 진정한 막후 권력자로 등극했다.

이탄은 그때와 마찬가지로 언노운 월드도 야무지게 털어 먹을 요량이었다.

이쓰낸과의 회의가 끝난 깊은 밤, 이탄은 뒷짐을 지고 적막에 잠긴 피사노교의 총단을 굽어보면서 솔직한 속내를 드러내었다.

"이참에 제대로 정리를 해야지. 그동안 들인 공이 있는데, 어느 것 하나 놓칠 수는 없어. 흑과 백, 둘 다 내가 가질 거야."

사실 이탄의 무력이라면 번거롭게 흑과 백 양쪽에서 1인 2역의 연극을 하지 않더라도 방해꾼들을 얼마든지 제거할 수 있었다.

하지만 이탄은 천공안으로 미래를 넘겨다보고는 1인 2역의 번거로움을 감수하기로 결심했다.

사실 이건 미끼였다.

'흑과 백이 피터지게 싸우다 지치기만을 기다리는 자들이 있단 말이지? 후훗. 어둠의 숭배자 녀석들. 네놈들의 수작에 한바탕 놀아나는 척 연극을 해주마. 후후후후.'

이탄이 입꼬리를 살짝 비틀었다.

게다가 이번 전쟁은 단순히 언노운 월드의 판도만 결정

하는 게 아니었다. 전쟁이 끝난 이후, 자연스럽게 동차원도 재편될 터였다.

솔직히 동차원은 언노운 월드보다도 더 손에 넣기 쉬웠다. 이탄이 현재 동차원의 정황을 머릿속에 그렸다.

주신 콘으로부터 축복을 받은 풍요로운 남명.

수인족과 유령족 술법사들의 집합체인 북명.

서차원(언노운 월드)과 연결고리 역할을 하는 혼명.

이상 3개의 세력으로 나뉜 세상이 동차원이었다.

이 가운데 이탄은 이미 북명의 수인족들을 단단히 장악했다.

코이오스 가문을 비롯하여 이탄의 행보에 방해가 될 만한 세력들은 미리 가지치기도 해두었다.

이어서 이탄은 혼명의 대표 세력인 마르쿠제 술탑을 정복해 놓았다.

아직은 비앙카를 비롯한 술탑의 잔당들이 호시탐탐 술탑을 수복할 기회를 노리고 있으나, 이미 이탄은 그들에게도 마수(?)를 뻗어놓은 상태였다. 그러니까 혼명도 거의 이탄의 손에 들어온 셈이었다.

마지막으로 남은 남명의 운명도 다를 바 없었다.

이탄은 남명 사대종파 가운데 금강수라종의 핵심 제자인 동시에, 음양종에도 아군을 여럿 만들어 둔 귀빈이었다.

그러므로 언노운 월드에서의 전쟁이 마무리되는 대로 동차원도 이탄의 손아귀에 들어올 수밖에 없을 것이다.

물론 언노운 월드와 동차원을 수중에 넣는 것만으로 이탄의 할 일이 모두 끝나지는 않는다. 최후의 전쟁을 마친 이후에도 이탄에게는 처리해야 할 과제가 몇 개 남아 있었다.

지금 이탄은 최후의 전쟁 이후까지도 내다보고 있었는데, 그때 이탄에게 남은 과제가 최소한 세 가지였다.

첫째, 도망친 신격 존재들을 추적하여 완전히 뿌리 뽑는 일.

둘째, 문지기들의 단체인 쿤룬을 온전히 장악하는 일.

셋째, 혼돈의 신과 그 숭배자자들을 정리하는 일.

이상의 세 가지 과업은 서로 복잡하게 얽혀 있기에 해법이 만만치 않았다.

다만 이것들도 차차 정리가 될 게 분명했다. 그것도 먼 미래의 일이 아니라 최후의 전쟁 직후에 이 과업들이 이탄에게 들이닥칠 모양새였다.

이탄이 아무런 근거도 없이 미래를 확신하는 것은 아니었다. 최근에 이탄은 신비로운 큐브 아조브를 하나로 합치는 데 성공했다.

'바로 그 통합한 아조브가 난해한 과제들을 해결하는 솔루션이 되어줄 거야.'

아조브에 대한 믿음이 바로 이탄이 가진 자신감의 근원
이었다.

실제로 5개 차원에 흩어져 있던 아조브가 하나로 합쳐지
고, 그 결과 결코 열려서는 안 될 끔찍한 문이 열린 이후로
이탄에게는 천지가 개벽할 변화가 생겼다. 지금 이탄의 뇌
속 깊은 곳에서는 까마득한 태곳적, 혹은 그 이전에 숨겨진
비밀들이 하나둘씩 베일을 벗는 중이었다.

한데 알고 보니 베일이 벗겨진 비밀들은 장차 이탄이 해
결해야 할 세 가지 과업과 은근히 관련이 깊었다.

이탄은 검지로 콧잔등을 슥슥 문질렀다.

'바로 그 태곳적 비밀이야말로 혼돈의 신을 포함한 여러
신들에게 닿아 있단 말이지. 후후후후.'

이탄은 보일 듯 말 듯 희미하게 미소를 머금었다. 그 미
소는 어느 때의 웃음보다도 더 위험해 보였다.

스무 날이 지났다.

이 시간 동안 백 진영과 중립 진영의 연합군은 전 대륙에
서 병력을 끌어모은 뒤, 피사노교 총단을 향해서 거침없이
북상했다.

진군하는 병사들의 수가 20억 명을 넘어선 순간부터는
더 이상 머릿수를 헤아리는 것은 의미가 없었다.

또한 시시퍼 마탑이 마법진을 열어준 덕분에 대규모 병력이 대륙을 종단하는 데는 생각보다 시간이 많이 걸리지 않았다.

백 진영이 본격적으로 움직이자 피사노교도 가만히 있지 않았다. 우선 피사노교는 잔가지처럼 뻗어 있던 지부들을 모두 총단으로 거둬들였다.

"최소한의 수색 병력을 제외하고는 모두 총단으로 복귀하라."

이스낸이 내린 엄명이었다.

"신인의 명을 따르겠나이다."

모든 흑 진영이 마녀 이쓰낸의 명령에 복종했다.

흑 진영이 수세적으로 나오자 오히려 연합군의 사기는 하늘을 찌를 듯이 급상승했다.

"이거 피사노교의 악마놈들이 겁을 집어먹었나 보구나."

"으하하하. 역시 하늘은 우리의 편이로다."

아시프 학장과 아울5검은 대놓고 이런 말을 퍼트렸다.

레오니의 뜻에 따라 모레툼 교단도 보조를 맞췄다.

"아군이 승리할 것이 예상됩니다. 북쪽 하늘에 상서로운 징조가 떴어요."

"이는 모레툼 님의 계시가 분명합니다."

추기경들의 입에서 나온 이야기는 전군에 퍼져나갔다.

덕분에 연합군의 사기는 최고조에 이르렀다. 연합군의 병사들은 더더욱 기세등등하여 진군 속도를 높였다.

그리하여 6월 21일, 최대한의 병력을 끌어모은 연합군은 아무런 저항도 받지 않고 피사노교의 코앞까지 당도했다.

Chapter 6

최후의 전쟁을 앞두고 기온이 급상승하였다. 초여름의 태양은 이글이글 열기를 내뿜었다. 공기 중에 습기가 많아 온 세상을 솥에 넣고 푹푹 찌는 듯한 느낌이었다. 대지에서는 아지랑이가 강하게 피어올랐다. 아지랑이 때문에 바룸 산맥의 풍경이 잔뜩 일그러져 보일 지경이었다.

척. 척. 척. 척. 척.

무려 수십억 명이 넘는 연합군 군대가 바룸 대산맥으로 접어들었다. 여러 세력이 모인 연합체다 보니 나부끼는 깃발도 형형색색 제각각이었다.

진군하는 군대가 워낙 대규모라 산맥 기슭 전체에서 뿌옇게 흙먼지가 일었다. 규칙적으로 울리는 병사들의 군화 소리에 산맥 전체가 겁을 내는 듯했다.

역사 이래 이토록 대규모의 적이 바룸 대산맥을 밟은 사례가 없었다. 그동안 바룸 대산맥은 피사노교의 성산이라 불리며 신성불가침의 영역으로 존중을 받아왔다.

한데 그 영험한 산맥이 백 진영 놈들에게 짓밟히다니. 피사노의 입장에서는 오늘이 참으로 치욕스러운 날일 수밖에 없었다.

하지만 이쓰낸은 눈썹 하나 까딱하지 않았다.

"그게 뭐 어때서?"

이쓰낸은 검은 드래곤의 축복을 받은 성스러운 산이 적들의 말발굽에 짓밟히는 것을 보아도 아무런 거리낌이 없었다.

원래 이쓰낸은 매사에 실리를 추구하는 타입이었다. 그것도 극단적인 실리주의자가 바로 이쓰낸이었다.

피사노교의 남문 앞에 세워진 120 미터 높이의 석상 머리 꼭대기 위.

"흥. 지금은 마음껏 우쭐대라지. 곧 저들의 피로 우리의 성산을 흠뻑 적셔줄 거야. 그러면 바룸 대산맥도 기뻐할 테지."

이쓰낸은 그곳에 팔짱을 끼고 서서 섬뜩한 말을 내뱉었다.

이쓰낸의 등 뒤에는 고딕풍의 피사노교 정문이 자리했다. 이것은 남쪽으로 뚫린 남문이자 정문이었다.

높이만 80 미터가 넘는 정문은, 문이 아니라 거대한 탑과 같았다. 높은 정문의 좌우에는 검은 드래곤의 모습이 양각되어 있었으며, 9개의 도개교가 층별로 설치되어 있어 한 번에 대규모 병력의 출입이 가능했다.

당연히 도개교 아래쪽에는 천길 낭떠러지였다.

다시 말해서 피사노교 총단의 정문은 하나의 문이 아니라 도개교로 연결된 9층의 문인 셈이었다.

당연히 각 층에는 피사노교의 정예병들이 배치되어 철통처럼 경비를 섰다.

한편 정문 앞에는 무질서하게 조각상들이 늘어서 있었는데, 하나같이 악마를 형상화한 모습들이었다.

이중 크기가 큰 것은 높이가 120 미터나 되었다.

가장 작은 조각상도 50 미터는 넘었다.

이쓰낸은 가장 높은 조각상의 정수리 위에 서서 남쪽 산기슭의 흙먼지를 바라보다가 시선을 아군 쪽으로 돌렸다.

츠츠츠츠츠.

칼날처럼 벼려진 이쓰낸의 감각이 멀리멀리 퍼져나갔다.

저 멀리 회색 성벽의 오른편에 웅크리고 있는 아르비아의 기운이 또렷하게 잡혔다. 왼편에는 기름 먹인 천으로 검날을 닦고 있는 티스아의 기운이 포착되었다.

이쓰낸과 두 신인과의 거리는 15 킬로미터도 넘었지만, 이쓰낸의 광역 감각은 이 정도 거리쯤은 아무것도 아니라는 듯 상대의 기운을 생생하게 포착해내었다. 심지어 수십 킬로미터 밖, 바룸 대산맥 아래쪽에 매복 중인 피사노 사도들의 기운도 이쓰낸의 예리한 감각을 피해가지 못하였다.

다만 이탄의 기운만큼은 어디에서도 잡히지 않았다.

'역시. 그만큼 쿠미 신인이 강하다는 뜻이겠지. 호호.'

이쓰낸은 이탄의 강함을 질투하지 않았다. 오히려 그녀는 이탄을 자랑스러워했다.

같은 시각, 바룸 대산맥 기슭.

이탄은 휘하의 사도들 가운데 밍니야를 따로 불러내었다. '이번 전쟁에서 1인 2역을 하려면 분신이 필요할 거야.' 라는 생각에서였다.

밍니야의 신체에는 이탄의 분혼이 깃들어 있기에 이탄의 분신이나 다름없었다.

이탄이 의지를 일으키자 밍니야의 모든 감각과 정신이 이탄의 지배 아래 들어왔다. 이제 밍니야가 곧 이탄이었다.

이탄은 밍니야에게 자신의 의복을 입힌 다음, 쿠미 신인임을 나타내는 가면을 얼굴에 씌웠다.

"일어나라."

이탄의 분신이 손바닥을 슬쩍 위로 들었다.

그 즉시 분신의 발밑에서 검푸른 연기가 솟구쳐 말의 형태를 갖추었다.

살점 하나 없이 뼈만 남은 말.

이탄은 리콜 데쓰 호스(Recall Death Horse: 사령마 소환)를 구현했다. 사령마 위에 올라탄 이탄의 분신은 강한 죽음의 기운을 발산했다.

그동안 감춰왔던 기운이 폭발적으로 솟구치자 기후마저 돌변했다.

콰르르르르—.

분신의 머리 위에는 시커먼 먹장구름이 모여서 나선형으로 회전했다. 대기가 마구 요동쳤다.

그 모습이 마치 죽음의 신이 지상에 강림한 듯했다.

[이랴.]

이탄의 분신이 박차를 가하자 사령마는 투레질을 한 번 하고는 따그닥 따그닥 말발굽을 놀렸다.

이탄의 본신은 분신이 사령마를 몰아 피사노교의 매복진 안으로 들어가는 모습을 가만히 지켜보다가 등을 돌렸다.

"자, 그럼 이제 나도 움직여볼까."

하늘로 휙 떠오른 이탄은 한 줄기 벼락이 되어 백 진영에 합류했다.

Chapter 7

피사노교의 총단을 코앞에 둔 상황에서 백 진영들의 수뇌부들이 한 자리에 모였다. 전투 전에 마지막으로 전략을 점검하고 조율하기 위함이었다.

이탄이 먼저 의견을 내었다.

"저 같으면 중앙에 힘을 응집하겠습니다. 대규모 전투다 보니 시간이 갈수록 전장이 넓어질 수밖에 없겠지만, 그럴수록 아군의 피해만 커질 뿐입니다. 최소한 전쟁 초반에라도 중앙 전투에 집중하여 피사노교의 악마들에게 큰 타격을 입히는 전략이 어떻겠습니까?"

"오오, 그게 좋겠군."

"나는 찬성일세."

아시프와 아울5검이 이탄에게 장단을 맞춰주었다. 연합군의 다른 수뇌부들도 이탄의 뜻을 최대한 존중했다. 이들 스스로 이탄에게 조율자의 역할을 맡겼으니 당연히 배려가 필요했다.

큰 틀에서 합의를 이루었으니 이어서 세부 전략을 짤 차례였다. 이번에도 이탄이 회의를 주도했다. 이탄은 아울 검수들을 전면에 내세운 다음, 바로 뒤에 시시퍼 마탑의 마법사들을 배치했다.

"라임 협곡 전투 때와 비슷한 전략을 한 번 더 써보시지요. 시시퍼 마탑의 라인계 마법사들께서 결계를 허물어 적에게 선공을 날리면 어떻겠습니까?"

"그럼 적들이 성벽 뒤에 숨은 이점이 사라지겠군."

아울5검이 눈을 빛냈다.

"맞소. 우리 라인계 메이지들 앞에서는 그 어떤 철옹성도 의미가 없지. 라인계 메이지들의 결계마법이라면 철옹성 뒤에 숨은 적들을 얼마든지 아군 진영 한복판으로 끌어당겨 올 수 있거든. 어허허허."

아시프 학장은 목에 힘을 주었다.

이탄이 지도 위에 놓인 검은 돌을 들어서 연합군 내부로 옮겨놓았다. 이어서 노란 돌을 적진 깊숙이 침투시켰다.

"검은 돌은 적의 중앙군을 의미합니다. 여기 이 노란 돌은 아울 검탑을 뜻하고요. 라인계 메이지들이 검은 돌과 노란 돌을 바꿔치기 하는 순간이 바로 전쟁의 시작이 될 겁니다."

이번에는 레오니 교황이 발언했다.

"적을 끌어오는 데 성공하면 그 즉시 우리 모레툼 교단이 나설 거예요. 추심 기사단을 투입하여 적들을 포위할 생각입니다."

아시프가 레오니의 말을 받았다.

"험험. 그렇다면 우리 시시퍼 마탑에서는 라인계 메이지를 제외한 나머지 마법사들을 총동원하여 포위망에 갇힌 악마놈들에게 공격마법을 난사하리다."

노아의 신전 가이르도 빠지지 않았다.

"치료와 버프 부여는 우리 노아의 신전이 책임지겠소. 그러니 다른 분들은 마음 놓고 공격에만 전념하시구려."

수의 사원 대모인 나바리아도 한 마디 보탰다.

"나를 포함한 사원의 몽크들이 라인계 메이지들을 도울 수 있을 거예요. 전에 보니까 우리 사원의 비술이 라인계 마법과 궁합이 잘 맞더라고요."

나바리아의 말은 사실이었다. 지난번 라임 협곡 전투에서 수의 사원 몽크들은 시시퍼 마탑을 도와서 손발을 맞춰 보았다. 그 결과 나바리아는 사원의 몽크들이 사용하는 도메인(Domain: 범위)과 트랜스폼(Transform: 변형, 전환)이라는 수학적 개념이 결계마법과 연관이 깊다는 사실을 깨달았다.

나바리아는 이번에도 그 경험을 되살려볼 요량이었다.

다들 한 마디씩 떠들고 나자 발언권이 다시 이탄에게 돌아왔다. 이탄은 전장의 오른쪽과 왼쪽에도 신경을 썼다.

"중앙 전투에서 우리가 한 방 먹이고 나면, 놈들의 왼쪽과 오른쪽 날개가 성 밖으로 튀어나올 수밖에 없습니다. 적들은 우리를 포위하려 들겠지요."

이탄은 지도 위의 검은 돌들을 움직여 흰 돌을 포위했다.

레오니가 반론을 제기했다.

"놈들이 성 밖으로 나온다고요? 그럴 것 같으면 진즉에 평야로 나와서 우리와 싸웠겠죠. 성 안에 틀어박혀서 수성전을 하려는 자들이 밖으로 나올 것 같지는 않은데."

레오니의 지적은 타당했다. 이탄은 일단 그 말에 동의했다.

"교황 성하의 말씀이 맞습니다. 전쟁 초반에 피사노교의 악마들은 분명 성벽 안에 숨어서 방어에만 치중할 겁니다. 다만 시시퍼 마탑의 메이지들이 결계마법으로 적병의 일부를 끌어당겨오면, 아마 놈들도 지원군을 보낼 가능성이 있습니다. 또한 우리에게 한 방 먹은 것을 치욕으로 여기는 자들이 소수의 정예병을 이끌고 성 밖으로 나설 가능성도 높습니다."

"으으음. 그럴듯한 추론이군요."

레오니가 이탄의 말에 동의했다.

아시프나 코챠도 고개를 주억거렸다.

아울5검이 이탄에게 물었다.

"아군의 주력을 중앙에만 포진시켜 놓았는데, 적들이 아군의 좌우를 공격하면 취약하지 않겠나?"

이탄이 또 동의했다.

"맞습니다. 측면이 공격을 받으면 아군의 계획이 틀어질 우려가 있지요. 그래서 이에 대한 대비도 필요합니다."

여기서 말을 한 번 끊은 뒤, 이탄이 비앙카에게 시선을 돌렸다.

비앙카는 영리하게도 이탄의 뜻을 알아들었다.

"마르쿠제 술탑이 적의 측면 공격을 막을게요. 다만 저희가 숫자가 부족하여 지원이 필요해요."

이번 전쟁에 참전한 술법사는 비앙카를 포함하여 3명이었다.

비앙카, 아잔데, 테케.

비록 이들 3명이 뛰어난 술법사라 하더라도 숫자가 너무 적었다. 단 3명만으로 밀려드는 적들을 막기엔 역부족이었다.

이탄은 라폴 도서관의 관장 코챠를 바라보았다.

"쿵."

코챠는 검지로 딸기코를 세게 한 번 문지른 다음, 호탕하게 답했다.

"우리가 마르쿠제 술탑을 도우리다. 크허허. 마침 우리 라폴 도서관은 동차원의 신비로운 술법에 관심이 크던 터라 이번 합작이 이득이 된다 싶구려. 크허허허."

"관장님의 지원에 감사드립니다."

비앙카는 재빨리 코챠에게 감사를 표했다.

그 싹싹한 태도에 코챠가 다시 한번 너털웃음을 흘렸다.

이탄이 재빨리 말을 이었다.

"하면 마르쿠제 술탑과 라폴 도서관에서 아군의 우측면을 보호해주시겠습니까?"

"네. 기꺼이."

비앙카가 미소로 답했다.

이탄은 주변을 둘러보았다.

"그럼 우측면은 안심입니다. 한데 놈들이 좌측면을 공격할지도 모르지 않습니까? 이쪽은 어느 분께서 맡아주시렵니까?"

이 질문에 모두가 침묵했다. 연합군은 중앙에 주요 전력을 투입한 터라 따로 뺄 여분의 병력이 없었다. 그나마 우측면에는 마르쿠제 술탑과 라폴 도서관을 투입했지만, 좌측면까지는 무리였다.

Chapter 8

결국 이탄이 결정했다.

"아울 검탑에서 도제생들을 좌측면에 투입해주시지요. 시시퍼 마탑에서도 도제생들을 이쪽으로 보내주시고요."

"으음."

"허어어."

아울5검과 아시프가 동시에 곤란하다는 표정을 지었다. 보아하니 좌측면이 가장 취약한 부위가 될 것 같았다. 그런데 그 위험한 곳에 제자들을 보내고 싶은 사람이 누가 있겠는가. 2명 모두 싫은 기색이었다.

이탄은 아울5검과 아시프의 표정을 읽고서도 모르는 척 말을 계속했다.

"교황 성하, 추심 기사단의 더 데이 별동대를 비롯하여 3개 조를 좌측면에 투입해 주십시오. 그리고 노아의 신전에서는 힐러 한 부대를 좌측면에 배정해 주시기 바랍니다."

"이탄 부단장의 말을 따르죠. 한데 그 정도 병력만으로 좌측면이 막아질까요?"

레오니가 걱정을 했다.

이탄은 담담한 미소로 그녀를 안심시켰다.

"걱정 마십시오. 제가 전체 전장을 조율하는 한편, 좌측면 보강에 최대한 신경을 쓰겠습니다."

"오! 이탄 부단장이 직접 나서준다면 안심이네요."

레오니의 안색이 밝아졌다.

"확실히 이탄 부지파장이라면 믿을 수 있지."

"나도 찬성일세."

아시프와 아울5검도 한시름 덜었다.

이탄이 본격적으로 나서준다면, 시시퍼 마탑과 아울 검탑의 도제생들이 받을 피해도 최소한으로 줄어들 것이기 때문이었다.

"그렇다면 아울99검을 중앙이 아니라 좌측면에 배치해야겠구먼."

아울5검이 즉흥적으로 계획을 바꿨다.

불과 열흘 전까지만 하더라도 아울99검은 피요르드 후작이었다.

지금은 피요르드가 더 상위 순번으로 올라갔고, 프레야가 새로운 아울99검의 자리에 앉았다.

그러니까 아울5검은 '이탄, 네 부인을 좌측면 전장에 투입할 테니 검탑의 제자들이 상하지 않도록 신경을 써주게.' 라는 의미로 이런 일을 벌인 것이었다.

아울5검의 말이 떨어지기 무섭게 레오니가 주먹을 살짝 말아 쥐었다.

비앙카도 얼굴을 굳혔다.

그녀들은 새로운 아울99검이 이탄의 정부인이라는 사실을 알고 있었기에 바짝 긴장했다.

짝짝.

이탄이 손뼉을 쳐서 주위를 환기시켰다.

"자자. 그럼 아군의 전략이 정리가 되었네요. 우선 아군은 대부분의 주요 전력을 중앙에 집중할 겁니다. 이러면 우측면과 좌측면이 취약해질 수밖에 없는데, 이건 마르쿠제술탑과 라폴 도서관, 도제생들, 그리고 제가 보강할 예정입니다. 측면에서 저희가 버티는 사이, 중앙 전투에서 승기를 빨리 잡는 것이 중요합니다. 그래야 피해를 최소화하고 전쟁에서 승리할 수 있으니까요. 이상이 우리의 전략입니다."

아시프가 큰 동작으로 수염을 쓸어내렸다.

"좋아. 알겠네."

아울5검은 손가락으로 자신의 머리를 톡톡 두드렸다.

"전략을 머릿속에 담아둠세."

레오니 교황도, 나바리아도, 코챠도, 가이르도, 그 밖에 다른 사람들도 모두 단호하게 눈을 빛냈다.

이탄은 한 가지 경우의 수를 더 언급했다.

"적들이 아군의 측면만 공략한다는 보장은 없습니다. 당연히 하늘에서 마도전함으로 공격할 수도 있지요. 또는 멀리 우회하여 아군의 뒤를 급습할 수도 있고요."

"으으음."

이 지적에 다들 표정이 굳었다.

이탄은 검지를 좌우로 까딱였다.

"그렇더라도 흔들리실 필요는 없습니다. 아울 검탑은 적진 깊숙이 파고들어 교란작전을 펼치는 데만 집중하시기 바랍니다. 또한 시시퍼 마탑과 모레툼 교단도 적을 끌어당겨 포위공격을 하는 것에만 집중하시고요. 배후와 하늘에서 쏟아지는 적들의 공격은 시시퍼 마탑의 라인계 메이지들께서 멀리 밀쳐내면 됩니다. 다시 한번 강조 드립니다. 적과 싸우는 게 아니라 밀쳐내기만 하는 겁니다. 우리는 오직 중앙 돌파에만 집중할 겁니다. 적이 아군을 허물기 전에 적의 중심부를 박살내버리는 것이야말로 이번 작전의 뼈대입니다."

"오!"

"명심하겠네."

이탄의 말을 끝으로 작전회의가 종료되었다. 회의 내내 연합군 수뇌부들은 이탄의 의견을 따라주었다.

하지만 막상 전략회의를 종료한 뒤에는 각자 믿는 바를 드러내었다.

이건 어쩔 수가 없는 일이었다. 이탄만 믿기에는 이번 전쟁이 너무 중요했다. 또한 이탄에 대한 믿음도 아주 절대적이라고는 할 수 없었다.

회의장을 벗어난 뒤, 아울5검은 하늘을 올려다보면서 중얼거렸다.

"어차피 지상에서의 전투는 한계가 있어. 전쟁의 큰 승패는 결국 그분들이 결정지으시겠지?"

아울5검이 언급한 그분들이란 검주 리헤스텐, 검노 우드워커, 검치 방케르, 즉 아울1, 2, 3검을 의미했다.

'지금은 비록 그분들이 모습을 보이지 않으시지만, 피사노교와 결전을 치르는 날 등장하실 게야.'

이게 아울5검의 진짜 속마음이었다.

"당연한 말씀입니다. 세 분께서 등장하셔서 피사노교의 마왕들을 물리쳐주실 겝니다."

마제르도 아울5검의 의견에 동의했다.

한편 아시프와 유롬은 시시퍼 마탑주의 등장을 기대했다.

"어스 님께서 와주시겠지?"

아시프가 유롬을 돌아보며 물었다.

유롬이 고개를 끄덕였다.

"암요. 탑주님께서는 전쟁이 시작되면 화려한 팔색 무지개를 타고 나타나시겠지요. 늘 그래왔지 않습니까."

"또한 라웅고 부탑주님과 릴, 쿠샴 부탑주님도 함께 와주시겠지?"

"당연하지요. 그분들도 탑주님과 함께 하실 게 분명합니다."

유롬이 확신에 차서 대답했다.

"허허허. 그래. 그분들이 피사노교의 마왕들을 물리칠 동안, 우리는 지상에서 열심히 싸우면 되는 게야."

아시프는 그제야 불안한 마음을 덜었다.

그만큼 아시프는 탑주와 부탑주들에게 의지하려는 마음이 강했다.

'그분들이 아니라 내 어깨에 전쟁의 승패가 달려 있다고 하면 너무 무겁지 않은가. 나는 자신이 없어. 제발 탑주님과 부탑주님들이 오셔야 해. 아니, 반드시 오실 게야.'

아시프는 자신의 믿음이 현실이 될 거라고 반복해서 되뇌었다.

유롬도 당연히 아시프와 같은 마음이었다.

레오니 교황의 경우는 조금 달랐다.

물론 레오니도 이탄이 아니라 다른 이를 믿고 있기는 마찬가지였다.

"그분께서 또다시 현신해 주실까?"

레오니가 지나가는 듯한 말투로 물었다.

교단의 수호 기사단장이 된 하비에르가 애꾸눈을 가린 안대를 검지로 밀어 올리며 대답했다.

"모레툼 님 말씀이십니까?"

"응."

"아마도 현신하시겠지요."

하비에르는 엷은 미소로 대답했다.

레오니가 거듭해서 물었다.

"이번에도 이탄 부단장의 몸을 빌려서 현신하실까?"

"아마도 그러실 겁니다."

"그래. 그러시겠지. 아아아. 그렇다면 안심이다. 신께서 현신하시는데 세상에 두려울 게 뭐가 있겠어?"

레오니는 장난스레 기지개를 쭉 켰다.

레오니의 표정은 한결 밝아져 있었다. 장난기가 어린 교황의 얼굴을 보면서 하비에르도 빙그레 미소를 지었다.

제3화
대전쟁의 마무리 IV

Chapter 1

그날 밤.

쏴아아아아—.

후텁지근하던 날씨가 마침내 비를 불렀다. 불길한 미래를 상징이라도 하듯이 하늘은 장대비를 쏟아부었다.

빗줄기는 다음 날인 6월 22일까지도 계속되었다.

"이제 시작합시다."

빗속에서 아시프가 결행을 지시했다.

"네."

시시퍼 마탑의 라인계 메이지들은 그 즉시 준비한 마법진에 마나를 불어넣었다.

나바리아를 포함한 수의 사원 몽크들도 라인계 메이지들을 도왔다. 나바리아가 손짓을 하자 1, 2, 3, 4…… 등 다양한 황금빛 숫자가 허공에 떠올랐다. ±, ×, ÷, 〈 등 다양한 수학기호들도 허공을 유영했다.

라인계 메이지와 수의 사원 몽크들은 몇 번의 예행연습을 하였기에 서로 손발이 척척 맞았다.

연합군 병력들은 침을 꿀꺽 삼키며 마법진이 활성화되는 모습을 지켜보았다. 특히 적진 한복판에 침투할 아울 검수들은 긴장감이 넘쳤다. 용인이라 겁이 없다는 아울5검마저도 양쪽 어깨를 번갈아 돌려 긴장을 풀 정도였다.

마침내 마법진이 100퍼센트 충전되었다.

후오옹!

마법진으로부터 휘황찬란한 빛이 터졌다.

그 즉시 세상의 경계가 함몰되면서 풍경이 일그러졌다. 세계의 밖, 즉 계외(界外)를 계내(界內)로 끌어들여 신비로운 이적을 발휘하는 특별한 마법이 구현되었다.

지난번 라임 협곡 전투 당시의 일이었다. 시시퍼 마탑의 서열 4위인 쿠샴 부탑주(이쓰낸)은 이 특별한 마법으로 고요의 사원 수도승들을 백 진영 한복판으로 끌어당겨 압살했다. 당시 쿠샴이 발휘한 이적 한 방에 수도승들이 떼몰살을 당했다.

아쉽게도 쿠샴은 전투 이후 실종되었기에 지금은 라인계 메이지들 여럿이 힘을 합쳐서 마법진으로 이적을 구현할 수밖에 없었다.

그만큼 마법 구현에 시간이 오래 소요된 것은 불가피한 일이었다. 더불어서 이적의 범위도 라임 협곡 전투 때보다 상당히 제한되었다.

다시 말해서 이는 쿠샴이 얼마나 뛰어난 마법사인지를 보여주는 사례였다.

세상의 경계가 허물어지는 순간, 이쓰낸은 눈에 묘한 열기를 머금었다.

"어라? 이 마법은 그거잖아."

솔직히 말해서 시시퍼 마탑의 라인계 메이지들은 이쓰낸의 제자나 마찬가지였다. 비록 지금은 이쓰낸과 라인계 메이지들이 적으로 만났지만, 과거의 인연까지 완전히 부정할 수는 없는 법이었다.

이쓰낸이 입꼬리를 피식 비틀었다.

"후훗. 실력들이 얼마나 늘었는지 한번 당해줘 볼까?"

만약에 이쓰낸이 마음만 먹는다면 시시퍼 마탑의 라인계 마법을 깨트리는 것은 일도 아니었다. 혹은 몇 발만 옆으로 비켜도 결계마법의 범위를 벗어날 터였다.

하지만 무슨 바람이 불었는지 이쓰낸은 라인계 마법진이 완전히 가동될 때까지 아무런 조치를 취하지 않았다.

아니, 오히려 이쓰낸 스스로 결계마법 안으로 들어갔다.

잠시 후, 마법진이 활성화되었다. 세상의 경계가 그대로 허물어지면서 계외가 계내로 파고들었다.

그 증거로 피사노교 총단 정문 위에 배치되어 있던 병력들이 눈 깜짝할 사이에 백 진영 한복판으로 이동해 버렸다. 그것도 가장 중요한 인물인 이쓰낸과 그 주변의 사도들 100여 명이 통째로 끌려왔다.

거기에 더해서 이쓰낸의 머리 위를 선회 중이던 마도전함 대여섯 척도 백 진영으로 함께 나포되었다.

반대로 아울5검이 이끄는 아울 검수들은 피사노교의 성벽 안쪽, 즉 적들의 배후로 불쑥 자리 이동 했다.

피사노교의 입장에서 이건 참으로 불가사의한 현상이었다.

피사노교의 성벽에는 분명히 백 진영의 마법들을 무력화시키는 방어마법진이 새겨져 있다. 한 술 더 떠서 수십 미터 높이의 투명한 쉴드도 둘러져 있는 상황이다.

그런데 놀랍게도 라인계 메이지들의 결계마법은 피사노교의 방어마법진을 완전히 무시하고는 목표를 달성해버렸다. 결계마법이 펼쳐진 즉시, 칼로 푸딩을 반듯하게 잘라서

퍼낸 것처럼 피사노교 정문 위쪽 수십 제곱미터 영역이 백진영 안쪽으로 편입된 것이다.

뜻하지 않게 공간이동을 하게 된 피사노교의 사도들이 기겁했다.

"뭐, 뭐야?"

마도전함의 탑승자들도 믿지 못할 현실에 잠시 멍했다.

"대체 이게 무슨 현상이지?"

놀란 자들의 대부분은 지난번 라임 협곡 전투에 참전하지 않은 무경험자들이었다. 그들은 오늘과 같은 대규모 전투에서 라인계 메이지들이 얼마나 무서운 일을 해내는지 겪어보지 못했다.

Chapter 2

원래 경험이 없으면 불의의 일격을 당하게 마련.

"놈들을 포위하라."

어딘가에서 우렁찬 포효가 들렸다.

타타타타타.

그에 반응이라도 하듯이 추심 기사들이 발 빠르게 달려나와 피사노교의 사도들을 빙 둘러쌌다.

줄무늬 갑옷을 입은 기사들은 방패로 높은 벽을 쌓아 사도들의 퇴로를 완전히 차단하는 한편, 방패 위에 다수의 신성 가호들을 중첩하여 둘렀다.

"헙?"

"여긴 적진이잖아?"

피사노교의 사도들은 그제야 자신들이 적진 한복판에 갇혔다는 사실을 깨닫고는 황급히 퇴로를 찾았다.

안타깝게도 상황은 절망적이었다. 사방이 모레툼의 가호로 꽉 막혀 있어 탈출할 구멍이 전혀 보이지 않았다.

사도들에게 곧 악몽이 시작되었다. 추심 기사단이 쌓은 방패의 벽 뒤쪽에서 시시퍼 마탑의 마법사들이 공격을 개시했다.

"마탑의 자랑스런 마법사들이여, 저 악마놈들을 몰살하라."

아시프 학장이 긴 수염을 휘날리며 소리쳤다.

아시프는 뒷짐을 지고 명령만 내린 게 아니었다. 그를 포함한 유동계 애니마 메이지(Anima Mage: 심혼 마법사)들이 힘을 하나로 합쳐서 커다란 바람의 드래곤을 소환했다.

반투명한 드래곤이 하늘로 승천하여 나포한 마도전함을 집중적으로 두드렸다.

아시프가 공중전을 맡을 동안, 유롬 지파장은 지상 전투를 진두지휘했다.

"다들 총공세를 펼쳐라."

유롬은 떡갈나무 지팡이를 휘두르며 공격에 앞장섰다.

탱커계 워 메이지(War Mage: 전투 마법사)들이 추심 기사단을 도와서 스크럼을 짰다.

공격계 워 메이지들은 인챈트 마법으로 무기를 강화하는 한편, 물, 불, 번개, 바람과 같은 원소마법들을 난사했다.

식물계 애니마 메이지들은 질긴 마법 넝쿨을 꾸역꾸역 소환하여 사도들의 움직임을 방해했다.

동물계 애니마 메이지들은 코뿔소나 코끼리를 닮은 마법 생물들을 소환하여 피사노교의 사도들에게 돌진시켰다.

뒤를 이어서 암석, 또는 금속으로 이루어진 골렘 군단이 쿵쿵쿵 진격했다.

이쓰낸의 다리에도 마법 넝쿨이 빠르게 기어 올라왔다. 파이어 애로우(Fire Arrow: 불화살)와 라이트닝 체인(Lightning Chain: 뇌전의 사슬)도 이쓰낸을 집중 공격했다.

마법사들이 이쓰낸의 정체를 알아본 것은 아니었다. 만약 상대가 이쓰낸이라는 사실을 알았더라면 이런 공격을 하지는 않았을 것이다.

이쓰낸은 가소롭다는 듯이 코웃음을 쳤다.

"흥."

이쓰낸의 몸에서 시커먼 연기가 방출되었다.

죽음의 기운을 품은 흑연에 닿은 즉시 시시퍼 마탑의 마법 넝쿨이 재로 흩어졌다. 파이어 애로우와 라이트닝 체인도 흑연에 막혀서 이쓰낸의 근처에 얼씬도 하지 못했다.

이쓰낸이 발을 한 차례 굴렀다.

꽈릉!

가볍게 발로 땅을 찍는 동작 한 방에 대지가 뒤집혔다. 이쓰낸의 전면에는 무려 수십 미터 넓이로 땅이 팼다.

무섭게 진격하던 마법 코뿔소와 골렘들이 충격을 받아 휘청거렸다. 일부 골렘들은 대지의 균열에 처박혀 버둥거렸다.

그 사이 이쓰낸이 싸늘하게 부하들을 둘러보았다.

"다들 정신 차려라."

"앗!"

"네넵."

피사노교의 사도들은 이쓰낸의 한 마디에 정신이 번쩍 들었다. 그들은 일제히 마나를 끌어올려 방어에 나섰다.

이윽고 사도들의 몸 주변에 검붉은 막이 형성되었다.

이건 피사노교가 자랑하는 블러드 쉴드(Blood Shield: 피의 방패)였다.

퍼퍼퍼펑!

반구 형태로 넓게 펼쳐진 블러드 쉴드가 원거리에서 날아온 원소마법을 효과적으로 막아주었다.

일단 방어에 성공하고 나자 사도들의 반격이 시작되었다.

"이 찢어죽일 백 진영 놈들, 가만두지 않겠다."

일부 사도들은 고스트 핸드(Ghost Hand: 유령 손)로 추심 기사단이 쳐놓은 포위망을 두드렸다. 을씨년스러운 기운과 함께 유령의 곡소리가 울려퍼졌다.

또 다른 사도들은 상대의 마나를 고갈시키는 마나 드레인(Mana Drain)으로 공격의 가닥을 잡았다.

비록 명칭은 마나 드레인이지만, 이 독특한 흑마법은 추심 기사들의 신성력까지도 거침없이 고갈시켰다.

그 탓에 1열의 기사들이 휘청거렸다.

추심 기사들이 타격을 받자 백 진영 내에서 곧바로 도움의 손길이 뻗어왔다. 가이르는 두 팔을 활짝 벌려 빛을 방출했다.

투화—확—.

휘황찬란하게 퍼진 빛은 여덟 갈래로 갈라지면서 둥글게 원진을 만들고 있는 추심 기사단 전체에게 버프를 선사했다.

* 공격력 10퍼센트 강화.

* 민첩성 10퍼센트 강화.

* 피로 감소 시간 5퍼센트 단축.

이와 같은 버프 효과가 추심 기사들의 사기를 북돋웠다.

한편 피사노교의 사도들 가운데 일부는 직접 육탄전에 돌입했다.

사도들은 원래 제각기 특기가 달랐다. 일부는 원거리 전투가 주특기지만, 다른 부류들은 근접전에 능했다.

주로 흑체술을 연마한 사도들이 전방으로 직접 달려 나가 고체계 애니마 메이지들이 소환한 골렘 군단과 맞서 싸웠다. 그들은 마법생물과도 격렬히 충돌했다.

전방에서 동료가 육탄전을 벌이는 동안, 독에 능한 사도들은 적진의 상공에 베놈 포그(Venom Fog: 독안개)를 짙게 살포했다.

악마종을 소환하는 사도들도 있었다.

거친 나무뿌리를 연상시키는 악마종이 땅을 뚫고 등장하여 시시퍼 마탑의 마법 넝쿨과 치열하게 뒤엉켰다.

용암으로 이루어진 날짐승형 악마종도 괴성을 지르며 추심 기사단의 머리 위를 덮쳤다.

Chapter 3

이 악마종들은 흑마법에 의해 소환된 터라 100퍼센트의 힘을 발휘하지는 못했다. 만약 차원 간 어프로칭 현상이 진행되는 중이라면 악마종들이 100퍼센트의 무력을 가지고 직접 현신하겠지만, 지금은 소환마법에 의존할 수밖에 없어 30, 40퍼센트의 실력밖에 발휘할 수 없었다.

사실 이것만으로도 피사노교에게는 큰 도움이 되었다.

과연 이쓰낸의 직속 병력들은 강력했다. 사도들은 갑작스러운 위기 상황에서도 능숙히 대응했다.

그러나 안타깝게도 숫자가 너무 적었다. 주변을 에워싼 백 진영은 군단 규모인 반면, 이곳으로 끌려온 사도들의 숫자는 불과 100명 남짓이었다.

"크윽. 빌어먹을. 놈들이 너무 많아."

"아아아, 안 돼."

시간이 조금 지나자 수적 열세에 밀린 사도들이 하나둘 무릎을 꿇었다. 사도들의 얼굴은 온통 피투성이에 땀범벅이었다.

비록 지금은 블러드 쉴드가 백 진영의 파상공세를 버텨주고 있지만, 이대로 조금만 시간이 흐르면 사도들의 피해가 기하급수적으로 커질 수밖에 없는 상황.

'제발 이쓰낸 님, 저희를 구원해주소서.'

사도들은 이쓰낸이 나서주기만을 간절히 바랐다.

"쯧."

이쓰낸은 귀찮은 듯 인상을 한 번 찌푸렸다. 그런 다음 그녀는 전면을 향해서 우아하게 손을 내밀었다.

그 즉시 검은 연기, 즉 흑연이 먹물 퍼지듯이 사방으로 확산하여 추심 기시단의 코앞까지 접근했다.

이변이 일어난 것은 바로 그 직후였다. 콰드득 소리와 함께 흑연이 뭉쳐서 시커먼 뼈로 변한 것이다.

얼기설기 엉킨 뼈들은 눈 깜짝할 사이에 수십 미터 높이로 부풀더니 원통형의 벽이 되어 버렸다.

이 벽은 네크로맨서들이 즐겨 사용하는 본 월(Bone Wall: 뼈의 벽)과 생김새가 비슷했다.

다만 위력만큼은 본 월과 차원이 달랐다. 거무튀튀한 뼈의 벽, 즉 흑골의 벽에 어린 죽음의 기운은 필멸자들로 하여금 감히 마주 볼 수조차 없게 만들었다.

게다가 이 흑골의 벽은 추심 기사단의 선두와 바짝 밀착하여 소환되었다. 덕분에 소환과 동시에 흑골의 벽이 기사들의 가호와 빠바방! 충돌했다.

승패는 곧 드러났다.

추심 기사들이 힘을 합쳐 발산한 각종 가호들은 흑골의

벽과 충돌한 즉시 갈기갈기 찢어졌다.

이게 끝이 아니었다. 기사단의 후방에서 마법사들이 날린 원소마법도 흑골의 벽과 충돌하자 힘을 잃고 자동 해제되었다. 마법 넝쿨이나 마법생물, 골렘과 같은 소환마법들도 도무지 힘을 쓰지 못했다.

마법 한 방에 백 진영의 모든 공격 차단 성공.

이쓰낸이 소환한 검은 뼈 덕분에 벽 안쪽, 즉 둥그런 공터 안쪽은 갑자기 안전지대로 돌변했다.

"허허헉헉. 역시 이쓰낸 님이시다."

"아아아. 위대하신 분께서 직접 나서셨으니 이제 저 더러운 백 진영 놈들은 끝났어. 헉헉헉."

기진맥진해 있던 사도들은 그제야 땅바닥에 주저앉아 거친 숨을 몰아쉬었다.

딱!

그 순간 이쓰낸이 손가락을 튕겼다.

흑골의 벽이 그대로 폭발하면서 뼈의 파편들이 추심 기사단을 휩쓸었다.

"피햇!"

뒤에서 레오니가 악을 썼다.

추심 기사들이 깜짝 놀랐다. 그 와중에 방패의 가호와 지둔의 가호를 하사받은 기사들은 전력을 다해 방어에 전념했다.

가이르를 비롯한 노아의 신전 힐러들은 아직 부상자도 발생하지 않았는데 미리 힐을 시전해 놓았다.

시시퍼 마탑의 마법사들도 추심 기사들의 앞에 방어마법을 펼쳐주었다.

다 소용 없었다.

수십 미터 높이의 원통형 벽이 폭발하면서 발생한 파괴력은 음양종의 두 노조가 양극합벽을 때려 박은 위력에 거의 육박할 수준이었다.

물론 순수한 파괴력은 양극합벽이 당연히 앞설 터였다.

대신 이쓰낸의 흑마법은 죽음과 관련된 부정한 인과율의 힘을 잔뜩 담고 있었기에 살상력만큼은 양극합벽에 밀리지 않았다.

그 증거로 시커먼 빛이 폭발한다 싶은 순간, 수만 명이 넘는 추심 기사들이 갈려나갔다. 가이르가 치료마법을 미처 써볼 새도 없었다. 기사들이 싹 다 죽었다.

그것도 그냥 죽은 게 아니었다. 사람 몸을 분쇄기에 넣고 갈아버린 것처럼 온몸이 갈가리 찢겨서 사망했다.

죽음의 기운에 노출된 탓일까?

망자의 피와 살점들은 시커먼 색깔로 오염되어 있었다.

"으으으. 말도 안 돼. 어찌 이럴 수가 있단 말인가."

가이르가 이빨을 딱딱 맞부딪쳤다. 용의 피를 물려받은 가이르가 공포에 질릴 만큼 이쓰낸의 무력은 압도적이었다.

"으어어, 어어어어."

레오니도 망연자실하여 휘청거렸다.

"교황 성하, 제발 정신 차리십시오."

하비에르가 재빨리 레오니를 부축했다.

수호 기사들이 방패를 겹쳐 쌓아서 레오니의 앞을 가려주었다. 이 수호 기사들은 최근에 레오니가 새로 뽑은 자들이었다.

Chapter 4

이쓰낸이 백 진영에 크게 한 방을 먹일 무렵, 아시프 학장은 유동계 마법사들과 함께 마도전함 대여섯 기를 추락시키는 데 성공했다.

원래 마도전함은 백 진영이 가장 두려워하는 전략병기 중 하나였다. 마도전함이 난사하는 살상광선이 극도로 위험할뿐더러, 대규모로 병력을 드랍(Drop)하는 기능까지 갖추었으니 백 진영이 경계할 만했다.

하지만 이건 마도전함들이 함대 단위로 수십 척 이상 뭉쳐 있을 때의 이야기였다. 지금처럼 대여섯 척만 적진에 고립되면 오히려 마도전함이 바람을 지배하는 유동계 마법사들의 먹이가 될 수밖에 없었다.

시커먼 연기에 휩싸인 마도전함들이 연달아 추락했다. 거기에 한 술 더 떠서, 아시프가 이끄는 유동계 마법사들은 교묘하게 바람을 컨트롤하여 마도전함의 추락지점을 이쓰낸의 머리로 유도하였다.

"쓰읍. 귀찮게 구는군."

이쓰낸이 하늘을 향해 손을 뻗었다.

이쓰낸의 손끝을 따라 오염된 빛의 기둥이 퍼져나갔다. 시커먼 빛 속에서 온몸이 검은 뼈로 이루어진 거대한 드래곤이 등장했다.

지상에는 어느새 깊이를 알 수 없는 구멍이 뻥 뚫렸다. 검은 뼈로 이루어진 드래곤은 머리 부위는 지면 위에 내어 놓고 몸통과 꼬리는 구멍 속에 남아 있는 상태로 등장하였다가, 빠르게 지상으로 기어올라 왔다.

이 괴수의 정체는 블랙 본 드래곤(Black Bone Dragon).

당연히 계열은 언데드 쪽이었다.

[크롸롸롸롯!]

환상처럼 나타난 블랙 본 드래곤은 추락하는 마도전함들

을 향해서 거대한 아가리를 쩌억 벌리더니 한 입에 삼켜버렸다.

원래 마도전함이 추락하면 그 폭발력에 휘말려 사도들 대다수가 죽거나 중상을 입을 수밖에 없을 터.

그런데 놀랍게도 블랙 본 드래곤은 마도전함 대여섯 기를 한 번에 삼키고도 뼈대가 으스러지지 않았다. 주변으로 파편이 튀게 만들지도 않았다.

블랙 본 드래곤이 마도전함의 폭발을 대신 감당해준 덕분에 이쓰낸과 그녀의 사도들은 털 끝 하나 상하지 않았다.

그만큼 블랙 본 드래곤의 두개골이 단단하다는 뜻이었다.

사실 이 언데드 드래곤의 정체는 라웅고였다. 시시퍼 마탑의 부탑주이자 용인으로 긍지가 높던 라웅고는 이쓰낸에 의해서 죽임을 당한 후 블랙 본 드래곤이 되어버렸다. 그것도 일반 언데드가 아니라 특별한 개체로 거듭났다. 〈강을 거스르는〉이라는 부정한 인과율이 개입된 결과였다.

살아생전 금빛 찬란하던 라웅고의 몸통은 시커멓게 그을린 먹빛으로 번들거렸다. 지혜로 가득하던 라웅고의 눈빛은 암흑의 동굴처럼 칙칙하기 그지없었다.

[크르르르.]

언데드가 된 라웅고가 낮게 으르렁거렸다.

그런 라웅고의 이빨과 턱 사이로 허옇게 연기가 피어올랐다.

라웅고의 몸통이 제아무리 단단하다 하더라도 마도전함이 폭발한 여파가 전혀 없을 수는 없었다. 지금 그의 잇새로 흘러나오는 매캐한 연기야말로 마도전함이 라웅고의 아가리 속에서 폭발한 흔적이었다.

[크롸롸롸롹—.]

언데드 드래곤이 되어버린 라웅고는 그 독한 연기를 시시퍼 마탑의 마법사들을 향해서 뱉어내었다.

마도전함의 잔해가 연기와 함께 쏟아져 나왔다.

언데드 드래곤 특유의 브레스, 즉 데쓰 브레스(Death Breath: 죽음의 숨결)도 당연히 허연 연기 속에 복합되었다.

유독 가스가 동반된 데쓰 브레스는 시체의 산이 썩는 듯한 악취와 함께 전방을 휩쓸었다.

유롬이 경고를 날렸다.

"위험하닷!"

유롬은 라웅고의 정체를 짐작도 하지 못했다.

다만 유롬은 블랙 본 드래곤이 내뱉는 연기가 극악무도한 독기운을 품고 있다는 사실을 눈치챘다.

유롬이 떡갈나무 지팡이를 휘두르자 암석들이 사방에서 날아와 벽을 만들었다. 유롬은 암석의 벽으로 라웅고의 브레스를 막고자 했다.

아시프도 힘을 보탰다.

"모두 나에게 마나를 보내라."

아시프가 외쳤다.

그 즉시 유동계 마법사들이 자신들의 마나를 증폭 마법진에 넣어서 아시프에게 전달했다. 아시프는 마법진에 의해서 응집된 힘을 한꺼번에 내쏟아 두 마리의 바람의 드래곤을 소환했다.

바람이 뭉쳐서 수 킬로미터 크기의 드래곤 두 마리로 변하는가 싶더니, 그 드래곤들이 나선형으로 회전하면서 라웅고에게 달려들었다.

라웅고도 참지 않았다.

[크락.]

라웅고는 강한 분노와 함께 바람의 드래곤들과 격돌했다.

드래곤 주변의 바람이 칼날처럼 날카롭게 응집되어 라웅고의 뼈를 마구 베었다. 바람으로 이루어진 드래곤의 발톱이 라웅고의 두개골을 강하게 내리찍었다.

라웅고는 딱히 막지 않았다. 죽음의 기운으로 강화된 그의 뼈는 한낱 바람 따위로 뚫을 수 없는 까닭이었다.

방어에 신경을 쓰지 않는 대신 라웅고는 육중한 몸을 일직선으로 날려서 상대를 들이받았다.

꽈앙!

귀청을 찢는 폭음과 함께 바람의 드래곤 두 마리가 동시에 폭발했다. 응축된 바람이 사방으로 터져나가면서 추심 기사들과 시시퍼 마탑의 마법사들을 난도질했다. 이 격돌한 방에 온 사방이 피바다로 변했다.

"이런 제기랄. 제기랄."

가이르는 거의 울 듯한 표정으로 광역 힐을 남발했다. 가이르가 전력을 다하자 그의 가슴 속 드래곤 하트가 미친 듯이 펌프질했다.

노아의 신전 힐러들도 가이르를 도왔다. 그들은 젖 먹던 힘까지 쥐어짜서 아군 부상자들을 치유했다.

그럼에도 치유 효과는 제한적이었다.

사상자가 워낙 많은 탓이었다.

단숨에 바람의 드래곤을 해치운 뒤, 라웅고는 지면에서 방향을 수직으로 틀더니 그대로 상승했다.

[크르롹.]

아직까지 허공에 머물고 있는 아시프와 유롬이 라웅고의 목표였다.

사실 라웅고는 생전에 아시프 학장과 무척 살갑게 지냈다.

하지만 이미 죽어서 언데드가 되었기에 생전의 기억은 라웅고의 뇌속에서 모두 잊혀졌다. 그저 지금의 라웅고는 세상의 모든 생명체를 향해서 활화산과 같은 질투와 분노를 발산할 뿐이었다.

생명을 부러워하고, 또 저주하는 것은 모든 언데드들의 숙명과도 같은 것.

라웅고도 예외는 아니었다.

본 드래곤이 갑자기 덮쳐들자 유롬은 반사적으로 암석 골렘을 소환했다.

"뭉쳐라, 바위여. 이이야압."

유롬의 기합과 함께 지상에서 날아온 돌과 바위가 어느새 육중한 골렘으로 변하여 라웅고의 앞을 가로막았다.

라웅고는 골렘 따위는 그냥 돌파해버렸다.

꽈득.

라웅고의 강한 턱에 걸려서 골렘이 허무하게 으깨졌다.

라웅고는 이빨로 골렘을 으스러뜨리는 것과 동시에 긴 동체를 좌우로 출렁거려 아시프부터 휘감았다.

Chapter 5

"이 악마야, 안 된다."

주변의 마법사들이 재빨리 비행마법으로 떠올라 라웅고를 방해했다. 마법사들은 완드를 휘둘러 아시프를 보호할 마법을 캐스팅했다.

이 중에는 헤스티아 영애도 포함되었다.

하지만 언데드화 이후로 한층 더 강해진 라웅고였다. 그런 언데드 드래곤을 일반 마법사들이 막아낼 리 없었다.

라웅고가 가소롭다는 듯이 몸통을 크게 휘둘렀다.

"으악."

마법사들은 블랙 본 드래곤의 몸통에 스친 즉시 피떡이 되어 날아갔다.

"꺄아악."

헤스티아도 라웅고의 비늘에 살짝 스치는 바람에 무려 80미터나 뒤로 날아가 땅바닥에 거칠게 처박혔다.

"끄으응."

헤스티아는 그대로 기절해 버렸다.

다행히 충격을 받는 것과 동시에 헤스티아의 귓불에 매달린 황옥 귀걸이가 영롱한 빛을 토했다.

금테에 높은음자리표 모양의 황옥 귀걸이는 어제 이탄이

헤스티아를 찾아와 선물한 법보였다.

무려 8,500여 년 전 동차원 남명의 오수문에서 제작한 이 귀걸이형 법보에는 착용자가 적의 공격을 받았을 때 착용자가 가진 방어력의 40퍼센트에 해당하는 황룡이 소환되어 주인을 보호해주는 기능이 내포되었다.

이 법보의 더 뛰어난 장점은, 착용자가 술법에 대해서 전혀 모르는 문외한이어도 효과가 발휘된다는 점이었다.

그 증거로. 헤스티아가 충격을 받은 즉시 그녀의 몸 주변에 반투명한 누런 드래곤이 환상처럼 나타나 똬리를 틀었다.

정확히 말해서 이 드래곤은 언노운 월드의 드래곤들과는 외양이 달랐다. 그는 동차원의 용과 더 비슷했다.

누런 드래곤, 즉 황룡은 등장과 동시에 헤스티아를 칭칭 휘감아 보호하더니, 충격의 일부분을 대신 떠안았다.

[우워어엉.]

황룡은 자신에게 부여된 방어력의 맥시멈 한도까지 충격을 감당한 뒤, 구슬픈 뇌파와 함께 사라져버렸다.

황룡 덕분에 헤스티아는 즉사를 면했다.

바로 이어서 헤스티아의 또 다른 특성이 발현되었다. 헤스티아가 타격을 받은 즉시 그녀의 온몸에서 청록색 불꽃이 스스로 발화했다. 헤스티아를 온화하게 감싸주는 이 불꽃은 헤스티아의 고유 특성인 '화로의 덫'의 발전된 형태였다.

청록색 불꽃 속에서 강한 생명력이 샘솟아 헤스티아의 상처를 빠르게 치유했다.

그럼에도 헤스티아는 여전히 정신을 차리지 못했다.

만약 헤스티아의 권능이 치료와 관련된 것이 아니었다면 목숨이 위태로울 뻔했다. 그만큼 라웅고의 일격은 강력했다.

조금 전, 헤스티아가 비명을 지르며 날아갔을 때였다.

"저 빌어먹을 뼈다귀 녀석이 감히 누구를 건드려?"

멀리서 이탄이 눈썹을 깊게 찌푸렸다.

헤스티아 영애는 프레야, 비앙카 공주, 씨에나 부지파장, 레오니 교황 등과 함께 이탄이 직접 신경을 쓰는 극소수의 보호 대상자 중 한 명이었다.

그 중요 인물이 다쳐버렸다. 이탄은 라웅고를 못마땅하게 노려보았다.

게다가 지금은 헤스티아만이 문제가 아니었다.

'이대로 이쓰낸 님을 방치했다가는 중앙 백 진영이 몽땅 털리겠어. 쳇. 멍청한 라인계 녀석들 같으니. 하필이면 이쓰낸 님과 같은 재앙을 끌어당겨 올 게 뭐람.'

이탄은 마음속으로 라인계 메이지들의 어리석음을 욕했다.

사실 이건 메이지들의 잘못이 아니었다. 이쓰낸 스스로 결계마법에 뛰어든 것이니 메이지들을 원망할 수는 없었다.

어쨌거나 일이 더 커지기 전에 이탄이 나서야 했다. 이탄은 그대로 수평 비행하여 라웅고를 덮쳤다.

원래 이탄은 백 진영의 왼쪽 측면만 방어할 뿐 중앙 전투에 개입할 마음이 없었다.

그런데 지금은 상황이 급해졌다.

이탄이 전장에서 이탈하자 백 진영 좌군은 잠시 행군을 멈췄다.

이탄은 법보를 구동하여 빠르게 비행하는 한편, 백팔수라(百八修羅) 제1식 수라초현(修羅初現)의 술법을 끌어올렸다.

이탄의 머리는 어느새 18개로 늘어났다. 팔다리는 각각 36개가 되었다. 더불어서 이탄의 몸 주변에는 한 치 앞도 보이지 않는 안개가 짙게 끼었다.

이 안개는 북명의 유명한 술법인 포그 레코드(Fog Recode: 안개 기록)로, 이탄은 이 끈적끈적한 술법을 자신의 백팔수라와 하나로 합쳤다.

그 후 백팔수라가 한층 업그레이드되었을 뿐 아니라 자연스럽게 이탄의 얼굴도 가려주는 효과를 발휘했다.

이탄이 막 전장에 도착했을 때, 라웅고는 추심 기사 수십 명을 한 입에 물어뜯고는 거칠게 포효하던 중이었다.

바로 그 타이밍에 안개 속에서 괴물수라가 불쑥 나타나 라웅고의 턱을 들이받았다.

빠각!

둔탁한 소리와 함께 블랙 본 드래곤의 턱뼈에 구멍이 뚫렸다.

라웅고의 턱뼈는 살아생전보다 훨씬 더 강화된 상태였으되, 이탄의 육탄돌격을 버티지는 못하였다.

[크롸롸롸롹.]

분노한 라웅고가 머리를 좌우로 흔든 다음, 괴물수라를 향해서 데쓰 브레스를 쏘았다.

이탄은 피하지 않았다. 그는 마치 폭포를 거스르는 연어처럼 오히려 데쓰 브레스 속으로 뛰어들더니 눈 깜짝할 사이에 라웅고의 두개골에 또 하나의 구멍을 뚫어주었다.

[쿠얼?]

놀란 라웅고가 목뼈를 세워 머리를 잠시 뒤로 물렸다.

이탄은 후퇴하는 라웅고에게 바짝 따라붙어 상대의 앞니 하나를 맨손으로 잡아 뜯었다.

[쿠억, 쿠억.]

라웅고는 연거푸 비명을 질렀다.

Chapter 6

언데드가 된 이후로 라웅고의 몸—사실은 뼈—에는 소멸과 죽음의 권능이 강하게 깃들었다. 때문에 라웅고의 신체에 직접 닿는 자들은 접촉과 동시에 생명의 기운을 빼앗기게 마련이었다.

하되 이탄에게는 해당사항이 없었다.

왜냐하면 이탄도 언데드이기 때문이다. 생명력 탈취는커녕 오히려 라웅고가 보유한 죽음의 기운이 거꾸로 이탄에게 흡수당했다.

[크롸?]

라웅고가 화들짝 놀라 이탄을 피했다.

덩치만 보면 라웅고는 몸체의 길이가 10 킬로미터에 달하는 초대형 본 드래곤이었다.

그에 비해서 괴물수라는 보잘것없었다.

하지만 결과는 정반대.

이탄의 괴물수라가 무섭게 달려들 때마다 거대한 블랙

본 드래곤은 쩔쩔매면서 회피하기에 급급했다.

"와아아아. 대단하구나."

이탄이 대활약을 펼치자 백 진영에서 환호가 터졌다.

"대체 저게 누구야? 아울 검탑의 최상위권 검수인가?"

대부분의 사람들은 이탄의 빠른 비행 속도를 따라잡지 못했다. 그들은 이탄을 쫓아서 눈동자만 획획 돌릴 뿐, 괴물수라의 모습을 제대로 보지 못했다.

일부 괴물수라의 형상을 어렴풋이 목격한 자들도 자신이 본 장면을 믿지 못했다. 그들은 이탄의 움직임이 너무 빨라서 생긴 잔상 현상 때문에 팔다리와 머리가 여러 개로 보였을 것이라고 추측했다.

반면 극히 일부지만 잔상에 속지 않고 이탄의 모습을 똑똑히 본 자들도 존재했다.

당연히 이쓰낸도 이 극소수에 속했다.

"으응?"

이쓰낸은 블랙 본 드래곤을 정신없이 몰아붙이는 이탄의 모습을 확인하고는 고개를 갸우뚱 기울였다.

"이거야 원. 지난번에는 구역질 나는 신성력을 흉내 내어 백 진영의 첩자로 오해하게 만들더니, 이번에는 또 무슨 꿍꿍이일까?"

이쓰낸은 괴물수라가 곧 이탄임을 알아보았다.

"아무래도 저건 동차원의 술법 같은데, 저런 스킬은 또 언제 익혔대? 하긴, 보고서에 따르면 쿠미는 마르쿠제 술탑에도 빨대를 꽂아놓았다고 했지?"

이쓰낸은 황당하다는 듯이 머리를 가로저었다.

이쓰낸의 기대대로라면, 지금쯤 이탄은 피사노교의 사도들과 함께 백 진영의 후방에 매복하고 있다가 덮칠 타이밍을 재고 있어야만 했다.

그런 이탄이 느닷없이 전투에 개입하여 라웅고를 공격한다고? 이쓰낸의 시선에서 보았을 때 이건 배신이었다.

그런데도 이쓰낸은 전혀 화를 내지 않았다. 그저 그녀는 이탄의 진정한 속셈이 궁금할 뿐이었다.

"뭐, 피사노교가 세상에서 사라진다 해도 할 수 없지. 쿠미 신인이 백 진영 놈들의 편을 들어서 피사노교를 세상에서 지워버릴 생각이라면 나도 말릴 방도가 없잖아? 저 무시무시한 존재를 감히 누가 말리겠어."

이쓰낸은 자조 어린 독백과 함께 어깨를 으쓱했다. 이쓰낸의 뇌리에는 어느새 지난번에 이탄이 날뛰던 모습이 떠올랐다.

스스로의 머리통을 뽑아서 미친 듯이 휘두르던 듀라한의 무지막지한 풍모!

이쓰낸은 그 기막힌 광경을 회상하고는 부르르 몸을 떨

었다.

물론 이쓰낸은 피사노교를 아꼈다.

하지만 이탄만큼은 아끼지는 않았다.

이쓰낸은 자신이 만들어낸 언데드들을 아꼈다. 예를 들어서 블랙 본 드래곤으로 거듭난 라웅고나 아울 검탑의 리헤스텐, 우드워커, 방케르, 피사노교의 쌀라싸, 싸마니야 등등. 이 모두가 이쓰낸의 귀중한 컬렉션들이었다.

하지만 이들도 이탄만큼 소중하지는 않았다.

이탄은 이쓰낸이 빚어낸 최고의 걸작인 동시에 이쓰낸 본인을 뛰어넘은 청출어람의 결과물이었다.

아니, 이쓰낸에게 이탄은 그 모든 걸 뛰어넘는 어떠한 존재였다.

'어쩌면 나는 나 자신보다 쿠미 신인을 더 아낄지도 몰라.'

왜 이렇게까지 이탄에게 일방적인 마음을 품는 것인지, 이쓰낸 본인도 그 이유를 알지 못했다.

여하튼 이쓰낸은 이탄을 방해할 생각이 눈곱만큼도 없었다.

"오냐. 네가 원한다면 나는 한 발 뒤로 물러나 있으마. 그러니 어디 한번 네가 하고 싶은 것을 다 해보렴. 호호호."

이쓰낸은 이탄을 위해서 잠시 방관자가 되기로 결심했다.

최근 수백 년의 세월을 통틀어서 라인계 메이지들 가운데 최고의 천재는 단연 쿠샴 부탑주였다. 그리고 그 쿠샴이 곧 이쓰낸이었다.

솔직히 이쓰낸이 펼치는 결계마법의 위력은 현존하는 시시퍼 마탑 라인계 메이지들을 모두 합친 것보다도 10배는 더 뛰어났다.

이쓰낸이 양손을 가볍게 위로 들었다. 이쓰낸의 입술이 미세하게 달싹거렸다.

복잡한 캐스팅이 놀랍도록 빠르게 완료되었다. 그 즉시 계외와 계내를 구분하는 경계가 허물어졌다.

시시퍼 마탑의 라인계 메이지들이 끌어당겼던 공간이 다시 원상태로 돌아갔다. 이쓰낸과 사도들 전원이 피사노교의 정문 위로 다시 이동한 것이다.

이쓰낸은 라웅고도 거둬들였다.

라웅고의 두개골에는 이미 괴물수라에게 얻어맞아서 무려 10개가 넘는 구멍이 뚫린 상태였다.

[쿠롸롸롹.]

라웅고도 더는 이탄과 맞서 싸울 의향이 없는 듯 재빨리 이쓰낸의 말을 들었다.

꼬리를 말고 도망치는 거대한 블랙 본 드래곤을 보면서 이탄은 기묘한 표정을 지었다.

"허어."

이탄이 시선을 살짝 돌렸다.

짙은 안개 저편, 이쓰낸이 이탄을 똑바로 쳐다보고 있었다. 이쓰낸의 입가에는 엷은 미소가 걸렸다.

'이쓰낸 님이 내 행동을 눈감아줄 생각인가?'

이탄은 검지로 관자놀이를 긁적이다가 안개 너머의 이쓰낸에게 까딱 목례를 보냈다. 이건 별 의미가 담기지 않은 동작에 불과했다.

한데 이쓰낸도 똑같이 목례로 답하는 것이 아닌가.

이탄은 어안이 벙벙했다.

'이거 참. 나중에 이유라도 한번 물어봐야겠구먼. 이쓰낸 님이 왜 이렇게 나에게 관대한지 말이야.'

어쨌거나 이쓰낸이 한 발 뒤로 물러났으니 골치 아픈 일은 덜었다. 이탄은 그 즉시 수라초현의 술법을 해제하고는 자신이 원래 있어야 할 자리, 즉 좌군으로 복귀했다.

"다시 진군한다."

이탄이 지휘봉을 들었다.

"명을 따르겠습니다."

백 진영 좌군은 피사노교의 성벽을 향해서 다시금 파도

처럼 밀어닥쳤다. 어마어마한 대군이 전개해나가는 모습이
실로 장관이었다.

Chapter 7

백 진영은 첫 번째 교전에서 별다른 재미를 보지 못했다.

아니, 재미는커녕 손해만 잔뜩 봤다. 시시퍼 마탑의 라인
계 메이지들이 적장을 아군 한복판으로 끌어당겨 온 것까
지는 좋았으나, 이쓰낸이 소환한 블랙 본 드래곤 때문에 백
진영의 피해만 커진 상황이었다.

특히 모레툼 교단의 추심 기사단이 가장 큰 피해를 보았
다.

시시퍼 마탑의 마법사들도 많이 사망했는데, 그중에서도
전선 최전방을 맡았던 탱커계 워 메이지들의 피해가 컸다.

그나마 아시프 학장이나 유롬 지파장이 죽음을 면한 것
은 천운이었다. 만약에 이쓰낸이 알 수 없는 이유로 후퇴하
지 않고 좀 더 공격을 지속했더라면 이 2명은 반드시 목숨
을 잃었을 것이다.

'후우우. 결국 우리 백 진영이 거둔 성과라고는 마도 전
함 여섯 기를 추락시킨 것밖에 없지 않은가.'

레오니는 손으로 자신의 이마를 짚었다.

굳이 하나를 더 꼽자면, 조금 전 블랙 본 드래곤에 의해서 백 진영이 위기에 몰렸을 때 기적처럼 등장한 초인의 존재가 백 진영의 성과라면 성과였다.

레오니가 문득 눈매를 가늘게 좁혔다.

'설마 그 초인이 이탄 부단장은 아니겠지? 이탄 부단장이 동차원의 술법도 익혔다는 이야기를 듣기는 했는데…….'

레오니는 짙은 안개 속에서 언데드 드래곤을 일방적으로 몰아붙이던 초인이 어딘지 모르게 이탄 부단장을 닮은 것 같다는 생각을 품었다.

'에이. 설마 그건 아니겠지.'

그러다 무슨 생각이 들었는지 고개를 좌우로 흔들어 부정하는 레오니였다.

'이탄 부단장이 아무리 다방면에서 탁월한 능력을 보여주는 대천재라지만, 그건 너무 나갔잖아.'

레오니가 이런 상념을 품는 동안, 시시퍼 마탑 고체계 지파의 씨에나 부지파장도 골똘히 생각에 잠겼다.

'이탄 부지파장, 아니 이탄 사제가 맞을까? 조금 전에 본 드래곤과 싸우던 초인이 과연 그였나?'

레오니가 수호 기사단의 방패 속에 안전하게 머무는 동안, 씨에나는 비교적 전투 현장에 가까이 위치했었다.

덕분에 씨에나는 괴물수라와 블랙 본 드래곤 사이에 벌어진 전투 장면을 좀 더 근거리에서 목격할 수 있었고, 그만큼 강한 확신을 가졌다.

'아무래도 그가 분명해. 나중에 전쟁이 끝나면 사제를 붙잡고 한번 물어봐야겠어. 도대체 그런 굉장한 술법은 언제 익혔담? 하아아.'

씨에나는 마음이 복잡했다.

이탄이 놀라운 무력을 선보인 것은 분명히 반가운 일이었다. 이탄 덕분에 아시프와 유롬도 목숨을 건지지 않았나.

한데 씨에나는 마냥 기뻐할 수만은 없었다.

'히잉. 이탄 사제와 나 사이의 거리가 점점 멀어지는 것 같아. 그는 내가 감히 넘겨다 볼 수 없는 위치로 빠르게 성장하고 있는데, 나만 뒤처져 있어. 히이잉.'

이게 씨에나의 마음을 복잡하게 만든 이유였다. 씨에나는 답답한 마음에 한 번 더 한숨을 내쉬었다.

이탄이 좌군 병력을 절반쯤 끌어올렸을 때였다. 피사노교의 총단에서도 일단의 무리가 성문 밖으로 나왔다.

이들은 아르비아가 이끄는 사도들이었다.

큰 그림에서 전황을 되짚어 보았을 때, 백 진영이 먼저 결계마법으로 선방을 날렸으니 피사노교도 한 번쯤은 카운터펀치를 날려줘야만 했다. 그렇지 않으면 교도들의 사기가 꺾이고 기세에서 밀릴 수밖에 없었다.

한데 그 와중에 백 진영의 좌군이 또 치고 올라온다.

이건 피사노교가 두 번이나 연달아 얻어맞는 꼴이었다. 최소한 아르비아의 관점에서는 그러했다.

아르비아는 도저히 이 꼴을 그냥 참을 수가 없었다. 분노한 아르비아가 까마귀 우짖는 듯한 카랑카랑한 소리를 내었다.

"캬아악. 저 따위 냄새 나는 놈들이 도발을 하는데 가만히 성벽 안에만 머물고 있으라고? 그럴 수는 없다."

피사노교의 여러 신인들 중에서 아르비아는 유독 기세를 중요하게 여겼다.

우군 총사령관인 아르비아가 커다란 핼버드를 손에 쥐고 성 밖으로 뛰쳐나가자 좌군의 티스아도 보조를 맞췄다.

"우리도 출전한다."

"넵."

그 한 마디에 티스아의 혈족들이 모두 성 밖으로 뛰쳐나갔다.

'진격의 티스아'라는 별명에 걸맞게 티스아는 호전적이었다.

티스아를 따르는 여검수들도 하나같이 전쟁광들이었다. 당연히 전쟁과 시작과 동시에 여검수들의 피가 끓었다. 몸이 근질근질했다.

그러던 참에 티스아의 명이 떨어졌다. 혈족들은 기다렸다는 듯이 검을 뽑아들고 백 진영을 향해 달려들었다.

붉은 갑옷을 입고, 붉은 머리카락을 휘날리면서 티스아가 선봉에 섰다.

쿠콰콰콰콰!

티스아를 중심으로 핏빛 검기가 태풍이 되어 휘몰아쳤다. 티스아의 어깨 위에는 눈에 보이지 않는 회색 문자가 어른거렸다.

〈전진밖에 모르는〉

이게 바로 티스아가 깨우친 부정한 인과율이었다.

이 인과율로 인해 티스아는 일단 검을 뽑으면 물러서지 않는 독종이 되었다.

이 인과율 덕분에 티스아의 핏빛 검기는 한번 휘몰아치기 시작하면 적의 목을 따기 전에는 절대 사그라지는 법이 없었다.

한편 핏빛 태풍 뒤에서 티스아의 혈족들도 붉은 오러를 진하게 발산하며 달려들었다.

피사노교의 파상공세에 아잔데가 입술을 굳게 다물었다.

"끄으응."

마르쿠제 술탑 사천왕 중에 제1인자인 아잔데지만, 피사노교의 신인의 무력 앞에서는 긴장이 절로 되었다.

아잔데는 독이 담긴 호리병 법보의 목을 쥐고는 스르렁 스르렁 돌렸다. 이는 긴장을 풀기 위한 아잔데 특유의 동작이었다.

아잔데의 옆에서는 테케가 노란 부적을 한 움큼 움켜쥐었다.

비앙카는 마르쿠제로부터 선물 받은 법보 십염선을 뽑았다. 단지 손에 들기만 했는데도 십염선에서 가공할 열기가 뿜어져 나왔다.

3명의 술법사 뒤쪽에는 코챠를 비롯하여 라폴 도서관의 병력들이 포진했다.

"이야아아압—."

그런 백 진영을 향해서 티스아가 우렁찬 기합을 내질렀다.

Chapter 8

"어디 보자."

마르쿠제 술탑과 라폴 도서관이 백 진영의 우측면에서 티스아를 맞을 태세를 갖추는 동안, 백 진영의 왼쪽, 즉 좌측면에서는 이탄이 가늘게 좁힌 눈매로 전방을 주시했다.

이탄의 시선이 꽂힌 곳에서는 아르비아가 커다란 핼버드를 한 손에 들고 달려드는 중이었다.

아르비아는 비록 체격이 자그마하지만, 그녀가 휘두르는 핼버드는 길이만 3 미터가 넘는 중병기라 위세가 장난이 아니었다.

또한 아르비아의 뒤편에 자리한 흑가면의 사도들도 하나같이 중병기를 움켜쥔 모습이었다. 그들은 아르비아처럼 흉포한 살기를 내뿜었다.

이탄이 상대를 반겼다.

'아르비아 님, 잘 왔소.'

아르비아를 바라보는 이탄의 눈빛은 차갑기 그지없었다.

이탄이 싸늘한 태도를 보이는 이유는 간단했다. 아르비아는 이번 전쟁에서 제거해야 할 대상이기 때문이었다.

이탄은 이번 전쟁을 통해서 냉철하게 가지치기를 할 생각이었으며, 아르비아도 그 명단에 포함되었다.

와힛과 쌀라싸, 싸마니야 등 피사노교의 수뇌부들이 대거 실종된 지금, 남은 신인들 중에서 이탄에게 까칠하게 구는 인물은 아르비아가 유일했다.

티스아는 원래부터 이탄에게 호의적이었다.

게다가 티스아는 피를 볼 때를 제외하면 맹한 구석이 있어서 이탄의 권위에 눈곱만큼도 위협이 되지 않았다.

이쓰낸의 경우도 마찬가지.

처음에는 이탄도 이쓰낸을 살생부에 올렸었다.

지금은 상황이 좀 변했다. 어찌 보면 티스아보다 이쓰낸이 이탄에게 더 호의적인 것 같아서였다.

'이쓰낸 님은 일단 좀 더 두고 봐 볼까?'

이탄은 이쓰낸을 좀 더 지켜보기로 하고는 살생부에서 뺐다.

그렇다면 남는 인물은 아르비아뿐이다. 아르비아만 사라지고 나면 피사노교는 온전히 이탄의 손아귀에 굴러떨어질 것이었다.

이탄은 여기까지 내다보고는 백 진영의 좌군 총사령관 자리를 꿰찼다.

일단 이탄이 좌군을 맡아야 전쟁터에서 피사노교의 우군과 맞붙을 테고, 그래야 아르비아를 처리하기 쉬워질 테니까.

결국 모든 일은 이탄의 계획대로 흘러갔다.

"더러운 양떼 놈들, 다 죽여주마."

아르비아가 호통을 쳤다.

백 진영 좌측면을 향해서 달려드는 아르비아의 기세는 꼬리에 불이 붙은 멧돼지를 연상시킬 정도로 저돌적이었다.

"훗."

뿌옇게 흙먼지를 일으키며 달려드는 상대를 보면서 이탄은 입매를 살짝 옆으로 비틀었다.

여유만만하게 웃는 이탄과 달리 좌군에 배치된 백 진영 병사들은 잔뜩 긴장했다.

물론 초반에는 이들도 피사노교의 성벽을 향해서 기세등등하게 돌격했더랬다.

하지만 아르비아가 커다란 핼버드를 훙훙 휘두르며 달려나오는 모습을 보자 다들 기가 눌렸다. 몸이 바짝 얼어붙었다.

'이건 이미 예상했던 바지.'

이탄은 좌군 병력에 그다지 큰 기대를 품지 않았다.

그럴 만도 한 것이, 좌군에 배치된 병력들 대부분은 아직 미숙한 도제생들이었다. 그러니까 아르비아의 무시무시한 모습에 심장이 내려앉고 몸이 굳는 것도 이해할 만했다.

이탄이 빠르게 부하들을 다독였다.

"다들 긴장할 필요 없다. 오늘 우리는 저 악마들을 처단하여 정의를 구현할 것이다. 아울 검수들과 마법사는 진형

의 간격을 바짝 유지하라. 별동대는 좌우로 산개하여 적의
옆구리를 친다."

"넵."

이탄의 말이 떨어지기 무섭게 에더와 베르거가 한 목소
리로 명을 받들었다. 이들 쌍둥이 형제는 추심 기사단 별동
대의 대장들이었다.

머리카락을 양 갈래로 딴 흉터 사내가 형인 에더, 정수리
에 한 묶음 꽁지를 묶은 사내가 동생인 베르거였다.

원래 두 형제는 이탄이 속한 더 데이 별동대의 부조장이
었으나, 이탄이 기사단의 부단장으로 승진하면서 이들도
함께 승진하여 각각 별동대를 하나씩 맡았다.

추심 기사단이 발 빠르게 움직인 것에 비해서 아울 검탑
과 시시퍼 마탑의 도제생들은 아직까지 미숙했다.

이탄이 버럭 언성을 높였다.

"다들 죽고 싶나? 정신 바짝 차리고 진형을 유지해."

"아! 네넵."

아울 검탑의 도제생들이 서로 어깨를 바짝 붙여 진형의
밀집도를 높였다. 도제생들의 선두에는 정식 검수로 승급
한 프레야가 섰다.

본격적인 전투가 시작되기 전, 프레야는 복잡한 눈빛으
로 이탄을 돌아보았다.

'……'

이탄을 향한 프레야의 눈동자가 와르르 흔들렸다.

불과 얼마 전까지만 하더라도 프레야는 남편인 이탄의 실체를 제대로 파악하지 못했다. 그저 그녀는 남편이 대륙 최고의 부자라고만 알고 있었다.

그러다 이탄이 모레툼 교단의 부단장이자 시시퍼 마탑의 부지파장이라는 사실을 듣고는 프레야가 어찌나 놀랐던지.

뿐만 아니라 이탄은 이번 최후의 전쟁에서 백 진영 군단 전체를 통솔하는 총사령관의 자리에 앉았다.

프레야는 더 이상 놀랄 기력도 없었다. 그런 줄로만 알았다.

그런데 오늘 프레야는 한 번 더 놀라게 되었다. 멀리서 우렁찬 목소리로 전군을 질타하는 남편의 모습을 보라. 이탄은 단순히 무력만 강한 게 아니다. 대군을 지휘해본 경험도 풍부해 보였다.

프레야는 또다시 강한 충격을 받았다.

'대체 내가 그에 대해서 제대로 알고 있는 게 뭐가 있지? 낯설어. 그가 너무 낯설다고.'

프레야는 남편의 낯선 모습이 당황스러우면서도, 다른 한편으로는 마음 한구석이 든든해지는 듯한 느낌을 받았다. 그런 프레야의 귓불엔 높은음자리표 모양의 귀걸이가 매달려서 대롱거렸다.

금 재질의 테두리에 청옥이 박혀 있는 이 귀걸이형 법보는 어제 저녁 이탄이 프레야를 찾아와서 직접 달아준 선물이었다.

고가의 사치품처럼 보이는 이 귀걸이에는 착용자가 적의 공격을 받았을 때 착용자의 방어력의 40퍼센트에 해당하는 청룡이 소환되어 적을 자동으로 공격하는 독특한 술법이 내장되었다.

프레야는 자신도 모르게 남편의 선물을 매만졌다.

그러자 숨이 턱 막히던 긴장감이 조금이나마 완화되었다.

'헤헤.'

어제 저녁 귀걸이를 달아주던 남편의 손길을 떠올렸기 때문일까? 프레야의 볼은 전투를 앞둔 사람답지 않게 복숭앗빛으로 물들었다.

Chapter 9

오래 전 아르비아가 처음 사도가 되었을 때의 일이었다. 그녀는 피사노교의 6개 별 가운데 카코의 별을 개방했다.

이 별은 제례사도와 관련이 깊었다.

덕분에 아르비아는 매사에 격식과 절차, 예법을 따지는 꼬장꼬장한 성품을 갖게 되었다.

이러한 성품은 아르비아가 신인으로 발돋움한 이후에도 변치 않았다. 아르비아는 와힛이나 이쓰낸, 쌀라싸와 같은 상위 서열들에게는 깍듯하였으되, 후배 신인들에게는 엄한 선배가 되었다.

또한 아르비아는 카코의 별을 통해서 빙의와 관련된 흑마법을 집중적으로 연마하였으며, 그 결과 피사노교 총단에 세워진 모든 조각상에 빙의할 수 있는 존재로 거듭났다. 아르비아가 깨우친 부정한 인과율, 즉 만자비문도 〈빙의하는〉이었다.

예전에 남명의 젊은 수도자들이 피사노교의 총단을 급습했을 때에도 아르비아는 거대 조각상에 빙의하여 남명의 거신강림대진을 막아내었다.

당시 이탄의 맹활약이 아니었더라면 남명의 수도자들은 아르비아의 손에 전멸을 당할 뻔했다.

이번에도 아르비아는 같은 수법을 사용했다.

"끼야압."

아르비아가 까마귀 울음 같은 괴성을 지르며 핼버드를 높이 치켜든 순간, 피사노교의 남동쪽 성벽 옆 절벽에 설치된 80미터 높이의 거대 조각상이 마치 살아 있는 생명체처럼 움직여서 아르비아와 하나가 되었다.

이 조각상은 주둥이가 새의 부리처럼 뾰족한 것이 특징이었다. 조각상의 몸은 사람 남자의 것이었으되 등에는 한 쌍의 박쥐 날개가 달렸다. 아르비아가 한 손에 핼버드를 움켜쥔 것과 달리 조각상은 가시가 박힌 장창을 무기로 사용했다.

콰앙!

신장이 80미터나 되는 조각상이 절벽을 박차고 뛰어나와 단숨에 수백 미터를 점프하더니 백 진영의 선봉을 후려쳤다.

"으윽."

좌군 선봉에 서있던 아울 검탑의 도제생들이 황급히 검에 오러를 실어 거대 조각상의 공격을 막았다.

프레야가 선두에서 도제생들을 이끌었다.

찰칵.

프레야는 양손에 검을 두 자루씩 쥐고 있다가 그 검들의 손잡이를 하나로 연결했다. 그리곤 십(十)자 모양으로 결합된 검을 빠르게 회전시켜 검풍을 일으켰다.

위이이이잉—.

프레야가 만들어낸 검풍이 바람개비처럼 회전하면서 날아가 아르비아가 빙의한 조각상의 발목을 베었다.

아르비아가 프레야를 비웃었다.

[크흥. 그따위 조잡한 검술이 통할 것 같으냐?]

조각상은 큰 덩치에 어울리지 않게 민첩한 몸놀림으로 프레야의 검을 회피하더니, 거대한 장창을 질풍처럼 휘둘러 프레야를 짓이기려고 들었다.

"크읏."

프레야는 황급히 검의 방향을 틀어서 날아오는 창날을 비껴 쳤다.

검과 창날이 부딪칠 때마다 요란하게 불똥이 튀었다. 돌가루가 휘날렸다. 오러 파편이 비산했다.

불과 몇 합을 겨뤘을 뿐인데 벌써부터 승패가 갈렸다.

"아아악."

어느 한 순간, 프레야는 거대 조각상의 괴력을 이기지 못하고 30미터 저편까지 나뒹굴었다.

반면 아르비아가 빙의한 조각상은 단숨에 프레야를 걷어냈을 뿐 아니라 주변의 도제생 대여섯 명도 짓이겨 죽였다.

[크앙!]

프레야가 거칠게 바닥에 처박힌 순간, 그녀의 귀걸이에서 반투명한 청룡이 튀어나와 조각상의 왼쪽 종아리 부위를 휘감았다.

아르비아는 괴상한 술법에 놀라서 잠시 멈칫했다.

"하, 깜짝이야."

의외의 술법에 놀라기는 했으되, 청룡의 위력은 그렇게까지 뛰어나지는 않았다.

이는 프레야의 무력이 아직 약한 탓이었다. 향후에 프레야가 성장하면 할수록 청룡도 점점 더 강해질 터였다.

제 역할을 다한 청룡은 구슬픈 울음과 함께 사라졌다.

"요년. 죽어라."

훼방꾼 청룡이 자취를 감추자 아르비아는 곧장 프레야부터 노렸다.

그때 이탄이 달려들었다.

이탄은 일부러 모레툼의 가호를 사용하지 않았다. 그는 주특기인 금속 마법도 일부러 멀리했다.

이상 두 가지 수법은 지난번에 이탄이 악마종들 앞에서 재판을 받을 때 공개한 것들이었다. 이탄은 아르비아의 이목을 의식하고는, 비교적 덜 알려진 방법, 즉 동차원의 술법을 위주로 공격의 가닥을 잡았다.

[멈춰라, 이 늙은 마녀야.]

머리가 18개에 팔다리가 각각 36개인 괴물수라가 벼락처럼 날아와 프레야의 앞을 가로막았다.

Chapter 10

[너는 또 뭐냐?]

아르비아는 새로 등장한 방해꾼(괴물수라)을 향해서 1초에 무려 수십 번이나 장창을 찔렀다.

괴물수라는 36개의 손으로 원을 그리며 육중한 장창을 모조리 튕겨내었다.

까가가가강!

괴물수라의 손등과 창날이 부딪칠 때마다 금속 터지는 듯한 굉음이 울렸다.

[훗. 이제 내 차례인가?]

방어를 끝낸 뒤, 괴물수라는 자세를 숙이고 벼락처럼 아래쪽으로 파고들어 조각상의 발등을 여러 개의 주먹으로 동시에 내리쳤다.

이 공격 한 방에 조각상의 발톱 3개가 박살 났다.

[끄앗.]

아르비아가 비명을 질렀다.

괴물수라의 공격은 아직 끝나지 않았다.

턱, 턱, 턱, 턱.

괴물수라는 조각상의 발등과 무릎을 차례로 딛고 도약하더니, 조각상의 가슴 부위를 쾅! 관통해 버렸다.

괴물수라가 허공에서 방향을 급격히 틀 때마다 주변 공기가 터지면서 소닉 붐 현상을 일으켰다.

[제기랄. 안 되겠구나.]

견디다 못한 아르비아의 조각상이 한 발로 땅을 박차 하늘로 도망쳤다.

80미터나 되는 조각상이 날개를 퍼덕이면서 비상하는 모습은 실로 비현실적이었다.

[어딜 도망치려고?]

괴물수라가 끈질기게 그 뒤를 쫓았다.

아니, 뒤를 따라잡는 정도를 넘어서 괴물수라는 조각상의 허벅지 부위를 뚫고 내부로 파고들더니 단숨에 정수리로 튀어나왔다.

조각상의 몸통과 안면에 실금이 쩍쩍 갔다.

[캬악. 이런 지독한 놈.]

아르비아가 치를 떨었다.

조각상이 붕괴할 기미를 보이자 아르비아는 재빨리 빙의를 풀고는 본래의 몸으로 돌아왔다.

괴물수라도 미리 예측이라도 한 것처럼 방향을 틀어 아르비아의 본체를 덮쳤다.

"젠장. 집요하구나."

빙의를 푼 아르비아가 육성으로 욕을 뱉었다. 그러면서

아르비아는 아래서 위로 핼버드를 풀스윙했다.

후왕—.

핼버드 날에는 피처럼 붉은 오러가 어려 있었다.

이탄은 상대의 섬뜩한 오러를 보고도 물러서지 않았다.
이탄의 괴물수라가 4개의 손날로 상대의 핼버드를 내리쳤
다.

꽝!

육중한 핼버드가 통째로 폭발했다.

괴물수라가 남은 손들을 뻗어 아르비아의 머리채와 몸통
을 동시에 움켜잡았다.

"아악."

아르비아가 비명과 함께 몸을 뒤로 빼려 했다.

꽉 잡힌 머리채 때문에 도주가 불가능했다. 결국 아르비
아는 애병도 내팽개친 채 도망치듯이 또 다른 조각상 속으
로 빙의해버렸다.

이번에 아르비아가 빙의한 대상은 머리가 2개 달린 쌍두
견의 조각상이었다.

[크르르르.]

산비탈에 세워져 있던 쌍두견의 조각상 중 하나가 낮은
포효와 함께 풀쩍 점프했다. 조각상에 빙의한 아르비아가
뇌파로 명을 내렸다.

[뭣들 하느냐? 다 함께 저 괴물을 공격하라. 놈을 짓이겨 버려.]

아르비아가 지목한 목표는 당연히 괴물수라였다.

"넵, 위대한 분이시여."

"자, 모두 달려들어서 저 괴물을 해치우자."

얼굴에 흑가면 쓴 사도들은 중병기를 자신들의 머리 위로 들어 붕붕 휘두르면서 괴물수라에게 달려들었다.

한데 웬걸?

막상 아르비아 본인은 뒤로 후퇴했다.

겁이 났기 때문이었다. 아르비아는 조금 전 이탄과 부딪치자마자 깨달았다.

'이자는 내 상대가 아니야. 붙잡히면 죽는다.'

아르비아가 보기에 저 괴물은 이쓰낸 님이 아니고서는 막을 수 없었다. 가슴이 철렁한 아르비아는 자신의 혈족들을 죽음의 구렁텅이에 밀어 넣어 잠시 시간을 번 다음, 그 틈에 재빨리 물러났다.

그 꼴을 두고 볼 이탄이 아니었다.

백팔수라 제2식 수라군림(修羅君臨) 작렬!

괴물수라는 한 줄이 질풍이 되어 아르비아가 빙의한 쌍두견 조각상을 뒤쫓았다.

질풍의 앞을 가로막는 존재는 모두 피보라로 변했다. 괴물수라와 충돌한 사도들의 몸뚱어리가 100배의 반탄력에 폭발하면서 피를 뿜었고, 그 피가 강한 흡입력에 의해 괴물수라의 주변에 달라붙었다.

그 모습이 마치 괴물수라가 진득한 피구름을 몰고 다니는 것 같았다.

빠아앙—.

아르비아의 귓가에 바람 터지는 듯한 소리가 들렸다.

[허억?]

아르비아는 쌍두견의 머리 하나를 뒤로 돌렸다가 자지러지게 놀랐다.

아니다. 제대로 놀랄 시간도 없었다. 아르비아가 뒤에서 쫓아오는 피구름을 확인한 순간, 이미 괴물수라가 쌍두견 조각상의 등에 올라탔다.

뿌드득.

끔찍한 소리와 함께 8개의 손이 쌍두견의 오른쪽 머리를 뽑아버렸다.

또 다른 손 8개는 쌍두견의 왼쪽 머리를 해체했다.

아르비아가 황급히 또 다른 쌍두견 조각상에 빙의했다.

한데 이번엔 빙의에 실패했다.

딱!

이탄이 손가락을 튕기자 아르비아의 영혼이 다시 원래

조각상으로 되돌아왔다.

[아니, 어떻게?]

아르비아는 도무지 정신을 차릴 수가 없었다.

사실 아르비아가 빙의에 실패한 이유는 귀장갑(鬼掌匣) 때문이었다. 이탄이 손에 착용한 이 살벌한 법보야말로 모든 혼백과 영혼을 통제하는 요물이었다.

괴물수라가 뇌파로 속삭였다.

[내가 말했지. 도망치지 못한다고.]

[아으으으.]

아르비아는 놀라다 못해 오줌까지 지릴 지경이었다. 쌍두견 조각상의 머리 2개가 모두 뜯겨나간 터라 아르비아는 앞을 볼 수도 없었다.

제4화

대전쟁의 마무리 V

Chapter 1

귀장갑의 괴이한 힘에 의해 영혼이 찢겨나가는 고통 속에서도 아르비아는 필사적으로 도움을 요청했다.

[이쓰낸 님, 도와주소서. 이쓰낸 님 제발 저 좀 살려주소서.]

안타깝게도 아르비아의 절규는 이쓰낸에게 닿지 못했다. 이탄이 주변의 모든 뇌파를 차단한 까닭이었다.

설령 이쓰낸이 아르비아의 구조 요청을 들었다고 하더라도 그녀가 도움의 손길을 뻗어줄 것인지는 미지수였다.

또한 이쓰낸이 나선다고 해도 이탄이 호락호락 물러날 리도 없었다. 이탄은 오늘 잔정에 이끌리지 않고 매섭게 손을 쓰기로 마음먹었다.

아르비아의 영혼이 다급히 비명을 질렀다.

[안 돼. 꺄아아악.]

이미 늦었다. 쌍두견 조각상은 괴물수라의 손아귀에 붙잡혀 산산이 해체되었다. 조각상에 빙의했던 아르비아의 영혼도 갈가리 찢겼다가 결국 귀장갑에 흡수당했다.

지난 세기의 대전쟁 이후로 흑 진영에서 가장 높은 위치까지 올랐던 마녀가 덧없이 스러졌다.

조각상이 부서졌건만 사도들은 아르비아의 죽음을 믿지 않았다.

"설마 위대한 분께서 당하셨을까?"

"절대 그럴 리 없다. 위대한 분께서는 빙의 마법으로 이미 이곳을 벗어나셨을 거야."

"암. 그러셨겠지."

아르비아가 무사히 탈출했다면, 이제 흑가면 사도들이 저 무지막지한 괴물의 손에서 벗어날 차례였다.

사도들 가운데 우두머리가 크게 외쳤다.

"모두 산개하여 총단으로 복귀한다."

흑가면 사도들은 즉각 여러 방향으로 흩어져 도망쳤다. 괴물수라의 손에 전원이 몰살을 당하지 않으려면 뿔뿔이 흩어지는 수밖에 없었다.

다행히 이탄은 패잔병들을 뒤쫓지 않았다. 이탄의 목적은 피사노교의 멸망이 아니라 장악이기 때문이었다.

'무사히 도망치거라. 그래야 내가 최대한 온전한 상태로 피사노교를 접수하지.'

이탄은 풀숲으로 산개하여 도망치는 사도들의 뒷모습을 보면서 입맛을 다셨다.

같은 시각.

"우웅. 이건 좀 그러네."

멀리서 이쓰낸이 이마를 찌푸렸다. 아르비아가 이탄의 손에 사망한 순간, 이쓰낸은 곧바로 비보를 알아차렸다.

"쯔읏. 아르비아는 나를 무척 잘 따르던 귀여운 아이였는데."

이쓰낸은 이탄의 행동이 마뜩지 않은 듯 불평을 뱉었다.

'그렇다고 아르비아의 복수를 해줄 마음은 또 없지만.'

이쓰낸은 냉정하게 아르비아를 손절했다. 좀 더 정확히 말해서 이쓰낸은 이상할 정도로 이탄의 행동에 너그러워졌다.

아니, 솔직히 이건 너그러운 수준을 넘었다. 이쓰낸은 이탄에게 순종하는 듯한 태도를 보였다.

'죄책감 때문일까?'

이쓰낸은 자신의 마음속을 들여다보았다.

'아니야. 죄책감은 아니야.'

이쓰낸이 이탄에게 쩔쩔매는 것은 단순히 이탄을 듀라한으로 만들었다는 죄책감 때문은 아니었다.

'혹은 그가 두려워서 이러나? 두려움 때문에 그에게 아무런 불평도 하지 못하는 처지가 되어버렸다고?'

이건 그럴듯한 추론이었다. 이쓰낸은 이탄이 얼마나 강한지 짐작도 하지 못했다. 세상 그 누구라도, 심지어 부정차원의 성마라 할지라도 이탄의 신급 무력을 두려워하는 것이 당연했다.

하지만 공포 때문에 할 이야기를 못 할 만큼 이쓰낸이 물렁하지는 않았다. 이쓰낸과 이탄 사이에는 그걸 넘어선 무언가가 존재했다.

'그게 뭘까?'

이쓰낸은 답을 찾기 위해 골똘히 생각에 잠겼다.

결론은 쉽게 나오지 않았다.

아르비아가 죽었기에 피사노교의 신인은 이제 단 3명만 남았다.

지난 전투에서 와힛은 우드워커의 검에 몸뚱어리가 세로로 쪼개진 채 영혼만 모드레우스 제국으로 도망쳤다.

제3신인인 쌀라싸는 이쓰낸에 의해 언데드가 되었다.

제4신인인 아르비아는 조금 전 이탄에게 죽었다.

제5신인인 캄사도 까칠하게 굴다가 이탄의 손에 작살 났다.

제6신인 싯다는 아울 검탑 전투 당시 사브아에게 당했다. 추후에 드러난 사실이지만, 사실 사브아는 아울2검인 우드워커였다.

제7신인 사브아는 이미 오래 전에 죽었다. 우드워커가 사브아인 척 변장을 하고 피사노교에 잠입하여 무려 수십 년 동안 여러 신인들을 기만했었다.

물론 그 우드워커도 지금은 언데드가 되어 이쓰낸의 컬렉션에 들어갔다.

제8신인 싸마니야도 이쓰낸에 의해 언드데가 되어버렸다.

그렇다면 남은 신인은 이쓰낸, 티스아, 쿠미(이탄)뿐. 여기에 와힛의 영혼을 더한다고 하더라도 고작 4명에 불과했다.

'일단 소기의 목적을 달성했구나.'

이탄은 그 즉시 좌군을 뒤로 뺐다.

원래 이탄이 좌군을 과감하게 전진시켰던 이유는, 아르비아를 자극하여 그녀를 성 밖으로 끌어내기 위함이었다.

'원하는 바를 얻었으니 이제 물러나야지.'

여기서 이탄이 진군나팔을 불면 좌군은 전멸을 면치 못할 것이었다. 이탄은 미숙한 도제생들을 피사노교 성벽에 꽂아 박아 희생양으로 만들 생각이 없었다.

뿌우우우, 뿌우우우.

두 차례 퇴각 나팔이 울렸다.

한창 진군을 하던 좌군이 다시 뒤로 물러나 본진과 합류했다. 이탄은 마지막 병사가 안전한 곳으로 후퇴할 때까지 버티고 서서 보호해주었다.

'아!'

프레야는 흔들리는 눈으로 이탄의 철벽같은 뒷모습을 바라보았다. 프레야의 눈에 비친 이탄은 세상에 둘도 없는 영웅이었다.

Chapter 2

조금 전 피사노교의 늙은 마녀가 거대 조각상에 빙의하여 아군을 덮칠 때, 프레야는 아찔함을 느꼈다.

'여기서 내가 죽겠구나.'

이게 프레야가 느낀 감정이었다.

한데 그 아찔한 순간, 돈만 밝히는 상인 나부랭이인 줄로만 알았던 남편이 영웅처럼 등장하여 피사노교의 마녀를 물리치는 것이 아닌가.

물론 이탄이 마녀를 죽였는지 여부는 확실치 않았다. 프레야의 안목으로는 그런 세세한 것까지 볼 수는 없었다.

하지만 어쨌거나 이탄이 마녀를 줄행랑 치도록 만든 것은 분명했다.

"와아아, 역시 대단하구나."

그 위대한 장면을 목격한 즉시, 아울 검탑과 시시퍼 마탑의 모든 도제생들이 이탄을 우러러보았다. 그들의 눈에 비친 이탄은 영웅 중의 영웅이었다.

'아아. 그동안 내 눈은 눈이 아니라 나무옹이였구나. 나는 내 남편에 대해서 아무것도 모르고 있었어. 마르쿠제 술탑이나 시시퍼 마탑의 여러 여인들이 그의 가치를 주목할 동안에도 나만 눈 뜬 장님처럼 아무것도 보지 못했다고. 하긴, 그러니까 어머니가 나를 바보 맹추라고 질책했겠지. 하아.'

프레야는 다시금 한숨을 내쉬었다.

이탄의 명에 따라 좌군이 안전하게 후퇴하는 동안, 티스아는 눈이 뒤집혀서 전장을 가로질렀다.

"안 돼. 씨팔. 안 된다고."

티스아는 정말 다급해 보였다.

조금 전까지만 하더라도 티스아는 여유롭게 상대를 가지고 놀았다.

반면 백 진영의 우군은 죽을 맛이었다. 비앙카가 아무리 십염선으로 불꽃을 뿜고, 아젠데가 호리병으로 독을 살포하고, 테케가 부적 병사를 일으켜 세워도 소용이 없었다. 티스아가 핏빛 태풍을 일으키자 모든 술법들이 유리처럼 깨져나갔다.

라폴 도서관의 관장 코챠가 수십 미터 크기의 금속 책을 소환하여 티스아의 앞을 가로막아주었다.

도서관의 사서들도 독특한 마법으로 미로를 만들었다.

만약 이들의 지원이 없었더라면 비앙카 일행은 그대로 목이 잘릴 뻔했다.

물론 아직까지 비앙카가 안심할 때는 아니었다. 마르쿠제 술탑뿐 아니라 라폴 도서관도 티스아의 무지막지한 검술에 밀려 정신을 못 차렸다.

"크윽. 정말 지독한 마녀로구나."

코챠가 진저리를 쳤다.

티스아만 무서운 게 아니었다. 그녀의 혈족들도 사납기 그지없었다. 붉은 옷의 여검수들은 죽음을 두려워 않고 전진했다. 여검수들의 검에서 뿜어진 오러는 붉은 뱀이 담장을 타넘듯이 미로를 넘나들며 라폴 도서관의 사서들을 유린했다.

'더는 버티기 힘들어. 그만 후퇴해야 해.'

마침내 코챠가 후퇴를 염두에 둘 때였다.

"아아악! 아르비아 님."

티스아가 갑자기 괴성을 지르며 방향을 틀었다. 그리곤 전장을 횡으로 가로질러 남서쪽 방면으로 달려갔다. 조금만 더 공격의 고삐를 조이면 확실하게 승기를 잡을 순간에 티스아가 갑자기 전장을 이탈한 것이다.

티스아가 떠나자 그녀의 혈족들도 황급히 그 뒤를 따랐다.

죽다 살아난 비앙카가 숨을 헐떡이며 물었다.

"헉헉헉. 저 마녀가 갑자기 왜 저러지?"

"크허헉, 헉헉. 저희도 잘 모르겠습니다."

아잔데나 테케도 영문을 모르기는 마찬가지였다.

코챠도 어리둥절한 눈으로 티스아가 사라진 방향을 넘겨다보았다.

그들은 이 일이 이탄의 활약 덕분이었음을 뒤늦게 알게 되었다. 어쨌거나 백 진영 우군은 구사일생으로 한숨을 돌릴 시간을 벌었다.

이탄이 아르비아를 해치울 즈음, 피사노교의 성벽 안쪽에서 벌어진 전투도 대충 정리가 되었다.

결계마법 때문에 이쓰낸과 일부 사도들이 적진으로 끌려 갔을 때, 그와 반대로 아울 검수들은 피사노교의 성벽 안쪽에 불쑥 나타났다. 공기가 꿀렁거린다 싶더니, 그 속에서 다수의 검수들이 뛰쳐나왔다.

"뭐지?"

정문을 지키던 사도들이 멍하게 뒤를 돌아보았다.

그 순간 아울5검이 검끝을 정면으로 뻗었다.

콰릉!

아울5검의 무기에서 솟구친 드래곤 형상의 오러는 눈 깜짝할 사이에 수십 미터 크기로 부풀더니 피사노교의 사도들을 사납게 후려쳤다.

아울5검의 오른편에선 아울7검이 손을 썼다. 아울7검은 반원 모양의 검 두 자루를 맞물려 환 형태로 만들더니, 그 환을 매섭게 날렸다.

써걱, 써걱, 써걱.

비스듬히 공기를 가르며 날아온 환은 사도 7, 8명의 몸 뚱어리를 사선으로 자르며 지나갔다. 아울7검의 공격이 어찌나 신속했던지 비명도 제대로 터지지 않았다.

환이 지나가고 몇 초 후, 후두둑 소리와 함께 사도들의 잘린 몸뚱어리가 성벽 안쪽으로 추락했다.

한편 아울9검 마제르는 특유의 검술로 공간을 지배했다. 마제르가 검을 내뻗은 순간, 그 검 끝이 공기 속으로 사라졌다. 그렇게 사라졌던 검 끝은 무려 수십 미터의 공간을 뛰어넘어 사도들의 목젖을 단숨에 뚫었다.

아울11검―이제는 아울10검으로 승급했지만―은 둥그런 방패에 올라타 사도들 사이로 파고들었다.

아울10검의 손톱에서 솟구친 열 가닥의 검기는 수십 미터 길이의 철사처럼 길게 자라나더니 피사노교 사도들의 목을 썽둥썽둥 베었다.

"아악, 적이다."

"적들이 성벽 안으로 침투했다. 모두 막앗."

사도들은 뒤늦게 반격에 나섰다.

정문의 도개교를 지키던 사도들이 성벽 안으로 풀쩍 풀쩍 뛰어내렸다. 사도들은 일단 블러드 쉴드를 서로 연결하여 검붉은 방어막을 펼쳐낸 다음, 각자의 주력 스킬로 공격을 퍼부었다.

비상 호각이 울리자 성 안쪽에서 교도들이 우르르 뛰쳐나왔다.

"뒤는 저희에게 맡겨주십시오."

덩치가 큰 아울16검과 얼굴이 말처럼 길쭉한 아울18검이 동시에 나섰다.

앞 서열 검수들이 사망한 관계로, 아울16검은 15검으로, 아울18검은 16검으로 각각 승급한 상태였다.

아울15검(이전 16검)이 넓적한 검 두 자루를 핑그르르 돌리자 오러가 방패 모양으로 솟구쳤다.

아울16검(이전 18검)은 창처럼 긴 검으로 땅바닥에 줄을 쭉 그었다.

"누구든지 이 선을 넘어오는 자는 다 죽는다."

아울16검의 목소리에는 잔뜩 날이 섰다.

Chapter 3

"뭐라고?"

피사노교의 인물들은 아울16검의 오만한 태도에 자극을 받았다. 대표적으로 샴쌍둥이 형제가 울화통을 터뜨렸다.

"크흠. 건방진 놈들이로다. 여기가 어디라고 함부로 날뛰지?"

"검은 드래곤의 성지를 더럽힌 놈들이다. 다 짓이겨버려라."

뒤통수가 붙은 샴쌍둥이 형제는 피사노교 내에서 제법

지위가 높은 사도였다. 그의 명이 떨어지자 교도들이 아울 검수들을 향해서 달려들었다. 성질이 급한 사도들은 교도 들의 머리를 타넘어 먼저 진격했다.

"퉤. 오너라."

아울15검이 자신의 손바닥에 침을 탁 뱉고는 마주 달려 나갔다.

"놈들을 반반씩 맡으시죠."

아울16검은 긴 검에서 가시 모양의 오러를 줄기줄기 뿜 어내며 아울15검과 보조를 맞췄다.

후방에서 쏟아지는 공격을 아울15검과 16검이 막아내는 동안, 나머지 아울 검수들은 피사노교의 정문을 집중적으 로 공략했다.

백 진영 대군을 위해서 피사노교 정문의 도개교 9개를 활짝 여는 것이 아울 검수들의 목표였다.

"으악."

"크아악."

아울5검 방출한 드래곤 형상의 오러가 휘젓고 다닐 때마 다 피사노교의 사도들이 뭉텅이로 죽어나갔다.

아울7검과 아울9검, 아울10검도 아울5검 못지않은 맹활 약을 펼치며 사도들의 목을 베어 넘겼다.

피사노교의 사도들이 제아무리 정예병이라고 할지라도

아울 검탑 상위 서열들을 막기에는 역부족이었다.

더 나쁜 점은, 성벽에 새겨진 각종 마법진이 성벽 밖에서 쳐들어오는 적들을 공격하기 위한 것들이라 성 안쪽으로는 발동하지 않는다는 것이었다.

또한 성 밖이 아니라 안에서 공격을 받다 보니 이곳이 철옹성이라는 지리적인 이점도 전혀 취할 수 없었다.

사도들이 기를 쓰고 막았지만 이미 도개교의 일부가 아울 검수들에게 점령을 당했다. 방패를 타고 날아온 아울10검이 도개교와 연결된 굵은 쇠사슬을 잘랐다.

쿠웅.

하늘을 향해 접혀 있던 9개의 도개교 중 하나가 낭떠러지 저편으로 뚝 떨어졌다. 드디어 외부와 통로가 연결되었다.

아울10검은 다람쥐처럼 점프하여 2층으로 향했다.

철컹!

아울10검의 오러 검에 도개교의 사슬이 끊어지고, 두 번째 도개교도 개방되었다.

3층의 도개교는 아울9검 마제르가 열었다. 마제르의 앞에는 끝까지 저항하던 사도들의 목 열댓 개가 비참하게 나뒹굴었다.

아울7검은 4층의 도개교를 맡았다. 오러가 실린 환이 핑그르르 회전하면서 사도들의 목을 베었다.

사도들이 목숨을 걸고 저항하였으나 아울7검을 막지는 못했다. 꼽추인 아울7검은 최대한 잔인하게 사도들을 죽인 뒤, 4층의 도개교 사슬을 풀었다.

이쓰낸이 정문 탑으로 복귀한 것이 바로 그 때였다. 이쓰낸은 이탄의 계획을 방해할 생각은 추호도 없었으나, 그렇다고 아울 검수들이 피사노교의 성지에서 방자하게 날뛰는 꼴을 보아주지도 않았다.

"이런 시건방진 것들. 지옥을 보고 싶은가 보구나."

이쓰낸이 무감정한 음성으로 으르렁거렸다.

흥! 흥! 흥!

이쓰낸이 양손을 활짝 펼치자 아울 검수들 주변에 품(品)자 모양으로 빛의 기둥이 내리꽂혔다. 거무튀튀한 빛의 기둥 속에서 회색 피부를 가진 언데드 3명이 튀어나왔다. 이 언데들의 회색 피부 위에는 검은 핏줄이 거미줄처럼 번져 있었다.

언데드가 되기 전, 그러니까 살아생전 이들은 각각 다음과 같은 이름으로 불렸다.

검주 리헤스텐.

검노 우드워커.

검치 방케르.

가혹하게도 이쓰낸은 아울 검탑의 세 절대자들을 출전시

켜 아울 검수들을 도륙할 요량이었다.

처음에는 아울 검수들 가운데 아무도 세 절대자의 정체를 알아보지 못했다.

"사악한 악마놈들. 망자의 영면을 방해하여 언데드를 소환하다니, 용서할 수 없도다."

아울9검 마제르가 피사노교의 악랄함을 꾸짖었다.

그 순간 리헤스텐이 손을 번쩍 들었다. 그 손끝에서 오염된 빛이 일어 마제르의 목 언저리를 훑고 지나갔다.

이건 극쾌의 검.

마음의 검, 즉 심검에 일부 발을 걸친 덕분에 빛보다 더 빨라진 검술이 언데드가 된 리헤스텐의 손끝에서 피어났다.

이 검에는 리헤스텐이 깨우친 '극쾌'의 언령까지 담겨 있었다.

"헙!"

마제르가 황급히 공간을 왜곡시켜 상대의 검을 미끄러뜨렸다.

그러나 이미 리헤스텐의 검은 마제르의 목을 3 센티미터 깊이로 자르고 지나갔다. 그나마 마제르가 공간을 왜곡시켰기에 이 정도로 그쳤지, 조금만 반응이 늦었더라면 목 전체가 날아갈 뻔했다.

"크헉? 설마 이 검은!"

마제르는 경동맥에서 분수처럼 뿜어지는 선혈을 손으로 꽉 누르면서 동공을 바르르 떨었다.

같은 시각.

검치 방케르는 1,000개나 되는 오염된 검을 부채꼴 모양으로 띄우더니, 그 검을 하나로 합쳐서 폭사시켰다.

천검일섬(千劍一閃) 작렬!

벼락처럼 날아간 방케르의 검이 아울5검의 드래곤 오러를 완전히 박살 내며 파고들었다. 방케르의 천검일섬에는 모든 법칙을 깨뜨리는 '멸법'의 인과율이 담겨 있기에 아무리 용인인 아울5검이라고 하더라도 막기란 불가능했다.

"이야아아압."

그래도 아울5검은 드래곤 오러를 한 번 더 발휘하여 최후의 발악을 해보았다.

무의미한 짓이었다. 그때 이미 천검일섬은 아울5검의 심장에 꽂혔다.

"끄으윽. 말도 안 돼. 이건 방케르 님의 검술인데?"

아울5검은 불신에 가득한 눈으로 방케르를 노려보았다. 한쪽 무릎을 꿇은 아울5검의 가슴에서는 피가 철철 흘렀다.

Chapter 4

리헤스텐이 아울9검 마제르를 공격하고, 방케르가 아울 5검의 드래곤 하트에 천검일섬을 꽂아 넣을 동안, 검노 우드워커도 가만히 있지 않았다. 우드워커가 휘두른 검에는 '무산'이라는 깨우침이 담겨 있었다.

그리하여 이 검은 앞을 가로막는 모든 것을 무산시키곤 했다.

마법사의 마법도, 검수의 검술도, 술법사의 술법도 모조리 해체해버리는 무서운 검술이 바로 우드워커의 특기였다.

우드워커는 이 놀라운 검으로 아울 검수들을 서걱서걱 베어 넘겼다.

후방을 지키던 아울15검은 넓적한 검 두 자루를 휘두르며 우드워커에게 저항했다.

하지만 우드워커의 검술에 노출된 순간 아울15검의 단단한 방어가 그대로 와해되었다. 이어서 아울15검도 허무하게 목이 잘렸다.

아울15검은 죽은 뒤에도 자신이 어떻게 죽었는지 깨닫지 못하였다.

아울15검의 목이 떨어지는 순간, 아울16검은 창처럼 긴 검으로 우드워커의 옆구리를 찔러왔다.

이 공격 또한 우드워커의 검에 노출되자마자 물거품처럼 무산되었다. 이어서 파고든 우드워커의 검이 아울16검의 길쭉한 머리를 세로로 쪼갰다.

"쿨럭."

아울16검은 하늘로 피를 뿜으며 즉사했다.

"이 악마야, 죽어랏."

아울7검이 환을 날려 우드워커의 등을 공격했다.

우드워커는 얼굴에 검은 핏줄이 뒤덮인 채로 뒤를 돌아보더니, 아울7검을 향해 손을 뻗었다.

그 전에 방케르의 천검일섬이 날아와 아울7검의 이마를 꿰뚫었다.

동시에 리헤스텐이 날린 오염된 빛의 검도 아울7검의 심장을 관통했다.

마지막으로 우드워커의 오러가 아울7검의 복부를 찢었다.

아울7검은 머리와 심장, 배에 동시에 치명상을 입고 즉사했다.

어찌 보면 아울7검은 행운아일지 몰랐다. 그가 존경해 마지않는 리헤스텐과 우드워커, 방케르의 검을 동시에 맞으면서 죽다니, 이건 아울7검이 늘 바라던 꿈 중 하나가 아니던가. 덕분에 아울7검의 마지막 표정은 그리 나쁘지 않았다.

'크으읏. 아니, 저분들께서 도대체 왜?'

마제르는 가물거리는 눈을 부릅떴다.

마제르는 이제야 세 검수들의 정체를 알아차렸다. 존경해 마지않는 세 절대검수들이 이 자리에 등장한 것도 믿기지 않는데, 그들이 제자나 다름없는 아울 검수들을 공격한 것은 더더욱 불가사의했다.

'정신 지배 계열의 흑마법에 당하셨나? 설마 저분들이 언데드가 되신 것은 아니겠지?'

마제르는 오른쪽 경동맥이 끊어지고 피를 콸콸 쏟는 와중에도 세 절대검수들의 걱정부터 하였다.

마제르가 혼란에 빠져 머뭇거리는 사이, 리헤스텐은 극쾌의 검, 즉 빛의 검을 연달아 날렸다.

리헤스텐이 손을 움찔거릴 때마다 아울 검수들이 한 명씩 고꾸라졌다.

우드워커도 아울 검수들의 검을 무자비하게 파훼하면서 하나씩 목을 베었다. 우드워커가 지나가는 길에는 오직 시체만 남았다.

방케르는 오염된 검 1,000자루를 다시 소환하여 전면으로 폭사시켰다.

이번에는 1,000개의 검을 하나로 모으지 않고 사방으로 난사시켰는데, 덕분에 검 하나하나의 위력은 떨어졌지만 공격 범위는 훨씬 더 확장되었다.

이른바 천검폭사(千劍爆射)의 구현이었다.

방케르가 날린 1,000개의 검이 아울 검수들에게 큰 부상을 입혔다. 일부 검수들은 부상 정도가 아니라 아예 목숨을 잃었다.

그 가운데는 피요르드도 포함되었다.

마침 피요르드에게도 이탄의 감각이 붙어 있던 터.

"쯔읍. 이거 곤란한데."

성벽 아래 저 멀리서 이탄이 검지로 관자놀이를 긁었다.

만약 당하는 사람이 프레야나 비앙카, 헤스티아였다면 이탄은 일단 그녀들의 목숨부터 구해주고 봤을 것이다.

한데 피요르드는 애매했다.

이탄이 잠시 망설일 때였다. 리헤스텐이 아울10검에게 오염된 빛의 검을 쏘았다.

놀랍게도 아울10검은 방패를 빙글 돌려 리헤스텐의 공격을 흘려버리더니, 도개교 아래로 풀쩍 몸을 날려 도망쳤다.

리헤스텐이 무표정하게 쫓아오면서 손을 휘감아 뿌렸다.

풋! 풋!

빛의 검 2개가 연달아 날아가 도주하는 아울10검을 요격했다.

놀랍게도 아울10검은 검이 날아올 경로를 미리 예측이라도 한 듯이 허공에서 두 번 급격히 방향을 틀어 리헤스텐의 공격을 피했다.

이건 실로 놀라운 일이었다. 아울9검 마제르도 제대로 피하지 못한 리헤스텐의 검을 아울10검이 무려 세 번이나 피하다니.

리헤스텐이 손을 휘감아 네 번째 빛의 검을 만들 때였다. 옆에서 방케르가 갑자기 끼어들었다.

빠앙—.

무시무시한 파열음과 함께 천검일섬이 날아와 아울10검의 등판을 찔렀다.

아울10검은 이 공격마저 아슬아슬하게 피한 다음, 허공에 문을 그렸다.

"차원의 문!"

이탄이 눈을 번쩍 떴다.

이탄은 피요르드 후작뿐 아니라 아울10검에게도 감각을 붙여놓았다.

사실 오늘 이탄이 가장 염두에 두고 있는 인물이 바로 아울10검이었다.

'오래 전 내가 막 듀라한이 되었을 때 나를 납치하려고 들었던 자. 이제 보니 네놈은 쿤룬의 문지기 중 한 명이었

구나. 내가 다른 것을 몰라도 네놈만큼은 놓치지 않는다.'

마침내 이탄이 개입했다.

이탄은 그동안 자제하던 인과율마저 거침없이 사용했다.

째깍, 째깍, 째애깍, 째애애애애깍, 째애애애애애~애깍.

'무한시'의 언령이 발동하면서 시간이 급격히 느려졌다.

이탄은 '무한공'의 언룡도 동시에 사용했다. 단숨에 공간을 격하고 날아온 이탄이 허공에 거꾸로 서서 아울10검의 머리끄덩이를 붙잡았다.

"헙?"

아울10검은 심장이 멎을 뻔했다.

아울10검이 반사적으로 손톱에 오러를 일으켜 이탄을 베어갔다.

하지만 시간이 벌써 왕창 느려져서 그가 오러를 휘두르는 속도도 굼벵이 같아졌다.

콰직!

이탄은 아울10검의 손목을 붙잡아 그대로 으깨버렸다. 그런 다음 이탄은 아울10검을 쭉 잡아당겨 기절시킨 뒤, 통째로 아공간에 욱여넣었다.

Chapter 5

이탄이 잠시 고민했다.

'이왕 개입한 김에 장인어른도 구해줄까?'

처음부터 손을 쓰지 않았다면 모를까, 여기까지 왔는데 피요르드를 그냥 죽도록 내버려두는 것도 이상했다.

이때 이미 시계바늘은 완전히 멈췄다. 멈춰진 시간 속에서 모든 사람과 언데드들이 동작을 정지했다.

이탄은 조각처럼 딱딱해진 피요르드를 낚아채 옆구리에 끼었다. 피요르드의 코앞에는 방케르가 날린 검이 둥실 떠 있었다.

'위험했었네.'

검의 속도와 방향으로 보건대, 이탄이 도와주지 않는다면 피요르드는 즉사할 상황이었다.

그러다 이탄이 또 멈칫했다.

'에이. 이왕 돕는 거, 조금 더 베풀까?'

이탄은 조금만 더 아량을 베풀기로 마음을 고쳐먹고는, 아직 목숨이 붙어 있는 아울 검수들을 몽땅 빛으로 휘감아 전쟁터에서 빼내었다.

이 가운데는 목덜미에 치명상을 입은 마제르도 포함되었다.

째애애애애애애~애깍, 째애애애애깍, 째애깍, 째깍, 째
깍.

이탄이 제자리로 돌아온 뒤, 멈췄던 시간이 다시 흘렀다.

이탄은 꽁꽁 묶어놓았던 시곗바늘을 다시 풀어주기 전,
아울 검수들을 라인계 메이지들 앞에 떨궈놓았다. 라인계
메이지들이 결계마법으로 아울 검수들을 빼 온 것으로 위
장하기 위함이었다.

시간이 다시 흐르기 시작했다. 그에 따라 필멸자들도 다
시 정신을 차렸다. 언데드들도 하던 일을 재개했다.

다만 그들은 멍해질 수밖에 없었다.

천검폭사에 이어서 새로 천검일섬을 날리려던 방케르도,
오염된 빛의 검 2개를 손에 휘감아 움켜쥔 리헤스텐도, 새
로운 먹잇감을 향해서 위에서 아래로 검을 내리찍던 우드
워커도, 모두 대상자를 잃고는 멈칫거렸다.

"으잉? 뭐가 어찌 된 거지?"

주변의 사도들도 놀라긴 마찬가지.

"침입자 놈들이 갑자기 어디로 사라진 거야?"

"또 그 마법인가?"

사도들은 조금 전 아울 검수들이 공간을 뛰어넘어 불쑥
나타났던 것처럼, 신비로운 마법에 의해 아울 검수들이 다
시 사라졌을 것이라고 추측했다.

오직 이쓰낸만이 다른 가능성을 염두에 두었다.

'내가 착각한 게 아니야. 이건 결계마법 따위가 아니라고. 그보다 훨씬 더 근원적인 힘, 세상의 근간과 맞닿아 있는 신격 권능이 발휘되었어. 그렇구나. 그가 또 손을 썼나보구나. 하아아.'

이쓰낸은 이탄이 머무를 것으로 짐작되는 남쪽 방향을 향해서 시선을 돌렸다.

이쓰낸의 예리한 감각으로도 이탄의 위치는 포착할 수 없었다. 이쓰낸은 불특정한 넓은 범위를 향해서 속삭였다.

"나는 두 손 두 발 다 들었으니까, 뭐가 되었든 원하는 대로 해요."

이쓰낸은 이탄에게 존댓말을 사용했다.

마치 이탄에게 들으라는 듯이 속삭이는 동안, 이쓰낸의 등 뒤에서는 텁텁한 바람이 불었다. 그 바람을 타고 역한 피비린내가 끼쳐왔다.

쏴아아아—.

하늘에서 쏟아지는 빗줄기는 전혀 줄어들 기미가 보이지 않았다. 죽은 사도들과 아울 검수들의 시체는 비바람 속에 그냥 방치되었다.

갑자기 나타난 아울 검수들의 처참한 모습에 마법사들이

깜짝 놀랐다.

"급하다. 급해. 어서 힐 마법을 사용해라."

치유계 마법사들이 우선 응급조치를 취했다.

그 사이에 노아의 신전 힐러들이 후다닥 달려와 본격적인 치료에 들어갔다.

"으으으윽."

검수들은 바닥에 드러누워 가느다란 신음을 흘렸다.

부상이 심한 검수들은 힐러들의 치료를 받고도 정신을 차리지 못했다. 아울9검 마제르도 피를 너무 많이 흘려 정신이 오락가락했다.

"아니야. 그분들이 어찌 우리를. 크윽. 그분들이 왜? 끄으으윽."

동공이 풀린 마제르는 연신 헛소리를 뱉었다.

힐러들 가운데 마제르의 말에 귀를 기울이는 사람은 없었다. 그러기에는 지금 위급 환자가 너무 많았다.

그나마 아울33검인 웨이투나 아울42검인 피요르드 후작 정도가 멀쩡한 편이었다.

지금으로부터 몇 년 전, 이탄이 아울 검탑에서 첫 번째 아조브를 탈취했을 때만 하더라도 애꾸눈 검수 웨이투의 서열은 77번째, 즉 아울77검이었다.

당시에는 피요르드 후작도 막내의 자리인 99검에 겨우

이름을 올렸다.

한데 지금 그들은 각각 33번째와 42번째로 서열이 급상 승했다. 이것만 보더라도 최근 아울 검탑이 얼마나 큰 사상 자를 내었는지 짐작이 가능했다.

그 와중에 오늘 또 어마어마한 피해를 보았으니 아울 검 탑의 처지는 말로 표현할 수 없을 만큼 처참했다.

검탑이 타격을 받은 주요 원인은 이쓰낸이었다.

조금 전 라인계 메이지들이 결계마법으로 피사노교의 사 도들을 아군 진영에 끌어당겼을 때에도 백 진영은 이쓰낸 때문에 별 재미를 보지 못했다.

피사노교 내부에 침투한 아울 검수들도 이쓰낸의 개입으 로 인해 큰 피해를 입었다.

그나마 아울 검수들은 총 9층의 도개교 가운데 4층까지 여는 데 성공하였으나, 불행하게도 백 진영은 이를 활용하 지 못했다. 백 진영이 손을 써보기도 전에 이탄이 이끄는 피사노교의 매복 군단이 움직였기 때문이었다.

Chapter 6

[검은 드래곤의 자식들이여, 모두 전진하라.]

우렁찬 뇌파가 산맥을 뒤흔들었다.

"와아아아아아—."

바룸 대산맥 남쪽 기슭에서 매복 중이던 피사노교의 정예군단이 질풍처럼 일어나 백 진영의 후방을 덮쳤다.

피사노교는 마치 검은 해일이 육지를 강타하는 것처럼 수십 킬로미터 영역을 뒤덮더니, 백 진영의 배후를 허물며 산비탈을 타고 올라왔다.

뇌파로 공격 명령을 터뜨린 장본인은 이탄이었다. 해일처럼 밀려드는 피사노교의 병력 중앙에는 해골 말을 타고 있는 가면인의 모습이 보였는데, 죽음의 기운을 풀풀 퍼트리는 그가 바로 이탄의 분신이었다.

콰르르르르—.

사령마를 몰고 산비탈을 오르는 이탄의 주변으로 데쓰 필드(Death Filed)가 휘몰아쳤다. 그것도 장장 수 킬로미터에 걸쳐서 나선형으로 빙글빙글 회전하면서 주변을 잠식했다.

"으으윽."

데쓰 필드가 깔린 영역 내에서 모든 생명체들은 지속적으로 생명력이 깎여 나갔기에 괴로워했다.

이는 단지 백 진영 사람들에게만 국한된 일이 아니었다. 피사노교의 사도들도 똑같이 고통을 받았다.

전에는 이렇지 않았다. 예전에 이탄이 데쓰 필드를 펼치면 대기 중에 음차원의 마나가 풍부해지면서 모든 사도들과 교도들이 혜택을 보았다.

지금은 달랐다. 이탄이 데쓰 필드의 농도를 끌어올린 탓에 어지간한 사도들도 그 힘을 견디지 못했다.

단, 언데드 계통의 흑마법을 연마한 사도들은 오히려 데쓰 필드에 노출되자 충만한 황홀함을 느꼈다. 그들은 오히려 기를 쓰고 데쓰 필드 안으로 들어오려고 애썼다.

이는 다른 계열의 사도들이 기겁을 하면서 데쓰 필드의 영향권을 벗어나려는 것과 정반대의 태도였다.

이탄의 통제를 받는 매복 군단에는 피사노교의 사도들뿐 아니라 외부에서 갓 영입된 자들도 포함되었다.

예를 들어서 이그놀리 흑탑이나 야스퍼 전사탑, 고요의 사원, 혹은 시돈의 네크로맨서가 그 대상이었다.

이 중 이그놀리 흑탑 출신의 소소리 대장로는 광역 회오리를 일으키는 데쓰 필드를 보면서 진저리를 쳤다.

"으으윽. 정말 지독하구나."

소소리가 경악을 할 만큼 데쓰 필드의 위력은 무시무시했다. 저 회오리에 가까이 가는 것만으로도 현기증이 나고 생명력이 대폭 고갈되었다. 회오리 안에서 조금만 오래 머물면 그대로 죽어서 언데드가 될 것만 같았다.

"크읍. 그 말씀이 맞습니다."

소소리뿐 아니라 주변의 흑탑 출신 전사들 모두 손수건으로 입과 코를 가린 상태였다. 다들 최대한 데쓰 필드와 거리를 두려고 애썼다.

이런 현상은 정반대쪽 산기슭에서도 벌어졌다. 그 일대에 배치된 야스퍼 전사탑 출신 교도들은 최대한 데쓰 필드를 피해서 전진했다.

한때 전사탑의 탑주였던 에레보스나, 전사탑 서열 3위였던 게라스도 예외일 수 없었다. 그들은 옷을 찢어서 호흡기를 막고 삼각방패로 피부를 가린 채 이동했다.

에레보스가 혀를 내둘렀다.

"허어. 피사노교의 신인들은 하나 같이 마신의 경지에 올랐다고 하더니만, 과연 그게 헛말이 아니었구나. 막내 신인이라는 자가 저 정도라면, 대체 상위 신인들은 또 얼마나 강하단 말인가?"

"그러게 말입니다."

게라스가 맞장구를 쳤다.

고요의 사원 출신인 히데거도 최대한 진군 속도를 늦추었는데, 이 또한 데쓰 필드의 영향권을 회피하려는 의도였다. 히데거를 따르는 수도승들도 시커먼 소용돌이가 두려운 듯 발걸음을 주춤거렸다.

이들은 이탄의 뒤쪽, 그러니까 매복 군단의 후방에 배치된 상태였다.

물론 모든 이들이 데쓰 필드를 꺼리는 것은 아니었다. 최근에 피사노교에 합류한 자들 가운데 베이루트는 눈을 희번덕거리며 이탄의 뒤에 바짝 따라붙었다.

피사노교에 가입하기 전, 베이루트는 네크로맨서 집단인 시돈의 우두머리 노릇을 했다. 그런 베이루트에게 이토록 진한 데쓰 필드는 저주가 아니라 축복 그 자체였다.

이탄이 흩뿌리는 데쓰 필드의 기운이 어찌나 농밀하였던지, 오래 전 산 속에 파묻힌 해골들이 스스로 땅을 헤치고 기어 나와 언데드 군단을 이룰 정도였다. 데쓰 필드의 영향권 안에 머물고 있는 것만으로도 베이루트의 마력은 최대치까지 차올랐다.

베이루트는 이 귀중한 기운을 한 모금이라도 더 들이마시려는 듯이 흉부의 수축과 팽창을 거듭했다.

"후읍, 후읍, 후우읍. 크하하하. 이 안에서는 아무리 마법을 퍼부어도 마나가 전혀 고갈될 것 같지가 않구나. 크하하."

이탄의 뒷모습을 바라보는 베이루트의 눈이 광기로 번들거렸다.

"내가 세상 최고의 네크로맨서라 자부했건만, 역시 세상은 넓어. 피사노교의 저 신인은 모든 언데드들의 자양분이라 불려도 손색이 없겠어. 크하하."

　그렇다고 해서 베이루트가 이탄에게 복종의 마음을 품은
것은 또 아니었다.

　'비록 지금은 내가 머리를 조아리고 피사노교에 투항한 처
지다만, 장차 내가 너희들의 대가리 위에 우뚝 올라서 주마.'

　이게 베이루트의 다짐이었다.

　복종은커녕 오히려 베이루트는 '기회만 오면 쿠미 신인
의 저 무지막지한 힘을 **빼앗고** 그의 자리를 대신 차지해야
겠구나.' 라는 야망을 불태웠다.

　베이루트의 생각에, 이건 마냥 헛된 꿈만은 아니었다. 베
이루트는 자신의 왼손 약지에 낀 반지를 소중하게 문질렀다.

　청록, 주홍, 노란색의 보석 3개가 박힌 신비로운 반지가
베이루트의 야심에 불을 지펴주었다.

　'으흐흐. 내가 이 반지를 얻은 건 행운이야. 흐흣. 이것
만 보더라도 음차원의 신께서 나를 보우하고 계심이 분명
하다고.'

　베이루트의 손가락에서 요사한 삼색 빛을 뿌리는 마물은
'리암의 반지' 라 불리는 유니크 아이템이었다.

　몇 달쯤 전, 베이루트가 이끌던 시돈의 네크로맨서들은
남명 술법사들의 기습공격을 받아 전멸하다시피 했다.

조직이 붕괴하고 아우들이 죽어버리자 베이루트는 절망했다. 당시 베이루트는 복수의 일념으로 대륙을 종단하여 피사노교에 투항했다.

이때까지만 하더라도 베이루트는 피사노교의 도움을 받아 아우들의 복수를 하겠다는 생각뿐이었다. 감히 피사노교의 정상에 오르겠다는 허황된 마음을 품지는 못하였다.

한데 피사노교에 가입하기 직전, 어마어마한 행운이 베이루트를 찾아왔다. 우연히 마주친 집시 노파의 손에서 리암의 반지를 빼앗게 된 것이 바로 베이루트가 찾은 행운이었다. 대륙 최고의 네크로맨서—이탄이나 이쓰낸은 제외하고—답게 베이루트는 리암의 반지가 얼마나 엄청난 아이템인지 한눈에 알아보았다.

물론 이 반지를 처음 접했을 때만 하더라도 베이루트는 반지의 이름도 알지 못했다. 베이루트가 리암이라는 명칭을 들은 것은 노파의 입을 통해서였다.

'뭐, 이름이 중요한 게 아니지. 이 반지에 담긴 권능이 중하지.'

반지를 내려다보는 베이루트의 눈이 강한 탐욕으로 물들었다.

Chapter 7

까마득한 옛날, 음차원에서 탄생한 리암의 반지는 다음과 같은 세 가지 권능을 품고 있었다.

첫째, 모든 물질을 녹일 수 있는 권능.

둘째, 모든 생명체의 뇌를 자극하여 광기에 젖도록 만드는 권능.

셋째. 모든 생명체에게 최면을 걸어 정신을 지배하는 권능.

이상의 권능들은 반지에 끼워진 세 가지 보석들로부터 비롯된 것이었다. 각각 청록색, 주홍색, 노란색을 띤 보석들은 단순한 광물이 아니라 음차원의 정화였다.

이 가운데 청록색 보석은 융해의 능력을 지녔다.

주홍색 보석은 버서커(Berserker: 광전사)를 대량으로 만들어내는 물질이었다.

마지막으로 노란색 보석은 강력한 마인드 컨트롤(Mind Control: 정신 조종)의 정화라고 불릴 만했다.

이 삼색보석들은 음차원의 정화가 뭉쳐서 탄생한 결과물이므로 제아무리 피사노교의 신인이라고 할지라도 보석의 권능을 벗어나기란 불가능했다.

최소한 베이루트는 그렇게 확신했다.

'크흐흐. 이번 전쟁에서 공을 세우면 피사노교의 신인들을 가까이서 만날 기회가 주어지겠지? 그럼 리암의 반지로 신인들을 내 노예로 만드는 거야. 마침 신인들 가운데 미인들이 많으니 잘 되었다. 그녀들을 하나씩 내 노예로 만들고 나면 피사노교가 곧 내 것이 될 테지. 게다가 저렇게 농밀한 데쓰 필드를 뿌리는 신인마저 내 노예로 만들어버리면 결국 저 힘도 내가 빼앗을 수 있잖아? 크하하하하.'

베이루트는 약지에 찬 반지를 내려다보며 사악하게 웃었다.

문득 베이루트의 뇌리에 집시 노파의 얼굴이 떠올랐다.

'나에게 이런 행운을 안겨준 늙은이의 이름이 뭐라고 했더라? 무척 독특한 이름이었는데. 그래! 샤늘루루. 샤늘루루라는 이름이었어.'

베이루트는 집시 노파 샤늘루루로부터 리암의 반지를 강탈한 다음, 고래고래 욕을 퍼붓는 노파를 목 졸라 살해했다.

'쯧쯧쯧. 늙은 여자여, 억울해하지 말지어다. 너의 희생으로 인하여 이 세상에는 언데드들의 진정한 왕이 탄생할 것이니라. 어차피 이런 귀중한 보물은 너 따위 집시 늙은이의 손가락에 끼워져 있기엔 아깝잖아.'

당연한 일이지만, 베이루트는 죄 없는 노파를 죽이고 보물을 빼앗은 것에 대해서 전혀 죄책감을 느끼지 않았다.

오히려 베이루트는 보물이 비로소 제 주인을 찾은 것이라 여겼다.

"안 돼. 크으윽. 도저히 막을 수 없어."

백 진영의 병사들이 절망에 빠졌다.

강하게 회오리치는 데쓰 필드 때문에 백 진영의 후방은 제대로 저항도 해보지 못하고 허물어졌다.

진이 무너지자 개개인은 더더욱 힘을 쓰지 못했다. 생명력을 깎아버리는 시커먼 회오리 속에서 무수히 많은 병사들이 고꾸라졌다. 삐꺽삐꺽 움직이는 스켈레톤들이 주저앉은 병사들의 목을 물어뜯었다.

백 진영이 우왕좌왕하는 반면, 피사노교의 성벽 위에서는 환호성이 터졌다.

"와아아, 저것 좀 봐."

"역시 쿠미 신인님이시다. 위대한 분께서 드디어 전장에 나서신 거야. 이제 저 더러운 위선자 놈들은 다 죽었다."

피사노교의 사도와 교도들은 열렬하게 이탄을 응원했다.

안타깝게도 백 진영에서는 이탄을 막을 만한 자가 없었다. 최소한 검탑의 1, 2, 3검이나 시시퍼 마탑의 부탑주급 이상, 동차원의 대선인은 되어야 나서라도 볼 텐데, 지금은 모두 자리에 없었다.

"아아, 이 일을 어쩐단 말인가."

아시프가 발을 동동 굴렀다.

그러면서도 아시프는 플라잉 마법으로 아군의 머리 위를 타넘어 후방으로 달려갔다.

"일단 나라도 저 악마를 막아봐야지."

이게 아시프의 결심이었다.

"같이 가시죠."

유롬이 재빨리 아시프를 보좌했다.

한데 아시프보다 더 빨리 후방으로 달려가는 용사의 모습이 보였다. 새하얀 빛에 휩싸여 쏜살처럼 적에게 달려드는 이의 정체는 다름 아닌 이탄이었다.

"오오오, 이탄 부지파장이로구나."

아시프가 눈을 반짝 빛냈다.

레오니도 새하얀 빛의 정체를 알아보고는 눈시울을 붉혔다.

"역시 신께서는 우리를 버리지 않으셨군요."

레오니가 조그맣게 중얼거렸다.

"아아아아. 신이시여."

교황의 곁을 지키던 하비에르와 수호 기사들도 모두 감동의 눈물을 머금었다. 저 하얀 빛으로부터 느껴지는 성스러운 기운을 그들이 어찌 모르겠는가.

저건 신의 빛이다.

모레툼의 빛이다.

물론 이탄이 발산하는 강렬한 신성력은 사기였다. 이탄의 피부 위에 한 겹 덮여 있는 절망과 비탄과 통곡의 악마종 화이트니스가 음차원의 마나를 성스러운 신성력인 척 포장해주었을 뿐이다.

그래도 백 진영의 사람들은 다 속았다.

"오오, 저것 좀 봐. 진짜로 신께서 강림하셨나 봐."

사람들은 이탄이 사기를 치는 것도 모른 채 숨을 죽여 선과 악의 격돌을 지켜보았다.

만인이 보는 앞에서 성스럽게 불타는 새하얀 빛이 산비탈 아래서 태풍처럼 휘몰아치는 검은 회오리와 정면으로 충돌했다.

콰창!

이윽고 검은 빛과 흰 빛의 파편이 물결치듯이 사방으로 퍼졌다.

공기가 꿀렁거리다 못해 공간이 통째로 왜곡되었다. 주변 10여 킬로미터에 걸쳐서 땅거죽이 엉망진창으로 들고 일어났다. 이 일대 바위와 나무들이 산비탈을 따라 계곡 아래로 우수수 굴러떨어졌다.

아니, 그 정도를 넘어서 아예 대규모의 산사태가 일어나 버렸다.

Chapter 8

"으아아아악, 살려줘."

수많은 사람들이 산사태에 휩쓸려 떠내려갔다. 여기에는 흑과 백의 구별이 없었다. 추심 기사들도, 시시퍼 마탑의 도제생들도, 피사노교 매복 군단의 교도나 사도들도 상당히 큰 피해를 입었다.

한바탕 난리가 난 와중에도 선과 악의 격돌은 계속되었다. 뒤로 튕겨 나갔던 새하얀 빛이 더 빠른 속도로 달려들어 검은 태풍과 재차 충돌했다.

콰차앙!

이번에는 더 큰 충격파가 발생했다.

무려 수십 킬로미터에 걸쳐서 땅거죽이 뒤집혔다.

사람들은 온 사방을 휩쓰는 충격파에 떠밀리지 않으려고 제 자리에 납죽 엎드렸다. 그것만으로 안심이 되지 않아 다들 커다란 나무나 암석을 꽉 끌어안았다. 동료들끼리 붙잡아 주고 어깨동무도 하였다.

그래 봤자 언 발에 오줌 누기였다. 시간이 갈수록 피해는 기하급수적으로 늘었다.

선(이탄)과 악(이탄)의 충돌의 여파로 저 멀리 피사노교의 성벽까지 뒤흔들렸다. 꽈득! 하고 주춧돌이 부러지는 듯한 굉음과 함께 수십 킬로미터에 걸쳐서 성벽이 무너질 기미를 보였다.

"이런."

이쓰낸이 황급히 마나를 사방으로 뻗어서 흔들리는 성벽을 붙잡았다. 그것도 무려 수십 킬로미터에 걸쳐서 흔들리는 성벽 기초를 안정화시켰다.

이것은 이쓰낸처럼 무지막지한 마나의 소유자가 아니라면 도저히 보여줄 수 없는 기적이었다. 또한 아무리 이쓰낸이라고 하더라도 적기에 반응을 하지 못했더라면 남쪽 성벽 전체가 통째로 허물어질 뻔했다.

"이야압."

선 역할의 이탄이 신성력을 극한까지 내뿜으면서 또 달려들었다. 그보다 한 발 앞서 천둔의 가호가 연달아 세 번이나 폭발하면서 적의 퇴로를 막았다.

쿠콰콰콰콰!

악 역할의 이탄은 데쓰 필드를 더욱 크게 키웠다. 시커먼 회오리는 이제 수십 킬로미터 영역을 잡아먹었다.

회오리의 중심부에서는 검록색 편린들이 봄날의 나비 떼처럼 날아올랐다. 편린 하나하나마다 엄청난 역도를 품고 있었기에 스치지만 해도 모든 물체가 다 녹았다.

선은 악이 쏟아낸 편린을 벼락같은 속도로 피했다.

목표를 놓친 편린들은 선의 뒤쪽 수 킬로미터 밖에 엎드려 있던 모레툼 교단 측을 무섭게 덮쳤다.

우연인지 아니면 의도한 것인지, 이탄이 날린 검록색 편린들은 추심 기사들을 기가 막히게 피해갔다. 레오니 교황도 살짝 비껴갔다. 대신 권력욕이 넘치는 추기경들에게 집중적으로 꽂혔다.

편린이 꽂힌 즉시 추기경들의 몸뚱어리에서 검록색 화염이 확 피어올랐다.

"끄아악, 살려줘."

"으악. 모레툼 님이시여, 자비를 베푸소서. 으악."

"안 돼. 제발. 내 몸이 녹는다고."

추기경들은 검록색 불길 속에서 온몸을 뒤틀며 죽었다. 불과 몇 초 만에 그들의 몸뚱어리가 녹색의 물로 녹아버렸다.

한편 악의 공격을 회피한 선은 신성력을 광선처럼 쏘아 반격했다.

이번에는 악이 순간이동으로 선의 공격을 피했다.

덕분에 선이 날린 신성한 광선은 벼락보다 더 빨리 날아가 사도 몇 명을 날려버렸다. 하필 이 사도들은 교내에서 아르비아나 캄사를 극단적으로 따르면서 쿠미 신인을 은근히 견제하던 자들이었다.

천둔의 가호도 마찬가지.

선이 터뜨린 3개의 천둔은 어마어마한 위력으로 피사노교의 세 곳을 강타했다.

그 바람에 소소리가 즉사했다.

죽기 직전, 소소리가 반사적으로 버클러(Buckler: 원형의 방패)로 자신의 급소를 보호하고 블랙 라이트닝(Black Lightning: 검은 번개)으로 저항을 해보았지만, 천둔이 폭발하면서 만들어낸 파괴 에너지를 감당하지는 못하였다.

소소리가 죽었으니 이그놀리 흑탑 출신의 투항자들은 이제 구심점을 잃었다. 향후 그들은 따로 파벌을 만들지 못하고 피사노교에 얌전히 흡수될 수밖에 없으리라.

두 번째 천둔은 하필이면 야스퍼 전사탑 근처에서 폭발했다. 이로 인해 전사탑의 탑주였던 에레보스가 죽었다.

에레보스도 창에서 노란 악령을 불러내고 삼각방패로 몸을 가렸지만, 천둔의 폭발을 막아내기에는 역부족이었다.

"으아아악, 탑주님."

에레보스의 다음 서열인 게라스가 피투성이인 몸을 질질

끌고 기어와 에레보스의 잔해를 챙기려 했다.

이미 대폭발로 인해 에레보스의 살과 뼈가 모두 흩어진 터라 게라스는 아무것도 할 수 없었다.

그나마 야스퍼 전사들은 구심점이 남아 다행이었다. 어쨌거나 게라스가 가까스로 목숨을 건졌으니까 말이다.

한데 전사들이 알까?

게라스는 예전에 마르쿠제 술탑에 포로로 잡혔다가 쿠미 신인에게 구출되었고, 그 결과 쿠미를 진심으로 따른다는 사실을. 그리고 이런 충직한 성격 때문에 오늘 게라스가 살아남았음을, 세상 그 누가 알겠는가.

한편 세 번째 천둔이 폭발한 곳은 고요의 사원 출신 수도승들의 위쪽이었다. 특히 폭발력의 대부분이 수도승들의 구심점인 히데거에게 집중되었다.

수도승들이 뇌조를 소환할 틈도 없이 히데거의 몸뚱어리가 폭발했다.

히데거 주변의 수도승들도 함께 희생양이 되었다.

"우어어."

겨우 목숨을 건진 수도승들은 망연자실하여 그 자리에 무릎을 꿇었다. 히데거가 죽었으니 이제 이들도 장차 파벌을 형성하기는 힘들었다.

선의 가면을 쓴 이탄은 악을 공격하는 척하면서 장차 피사노교의 장악에 방해가 되는 자들, 일부 까칠한 사도들과 소소리 대장로, 에레보스 탑주, 히데거 장로를 제거했다.

악의 가면을 쓴 이탄은 선을 공격하는 척하면서 모레툼 교단의 추기경들의 목을 쳤다.

선도 이탄이고 악도 이탄이었다. 이탄이 계획한 연극 한 방에 장차 이탄에게 방해가 될 자들이 싹 다 날아갔다.

'일단은 2명 정도만 더 해치울까?'

선의 이탄과 악의 이탄이 눈짓을 주고받았다.

선이 먼저 공격을 날렸다. 이번에는 모레툼의 가호가 아니라 금속 마법을 이용한 공격이었다.

콰콰콰콰콰―.

땅 속에서 솟구친 금속이 뾰족한 창날 수천 개로 변하여 적을 찔렀다. 창날 하나하나마다 신성한 기운이 오러처럼 어려 있어 무척 위협적이었다.

[크흥. 어림도 없다.]

악은 블러드 쉴드와 데쓰 필드로 선의 공격을 옆으로 흘려버렸다.

그렇게 미끄러진 수천 개의 창날이 엉뚱하게도 네크로맨서인 베이루트를 덮쳤다.

Chapter 9

"으헉?"

베이루트는 난데없는 날벼락에 화들짝 놀랐다.

그 급박한 와중에도 베이루트는 침착하게 최선을 다했다.

우선 그는 디깅(Digging: 땅파기) 마법으로 재빨리 지하로 숨어들었다. 그것만으로 부족해 베이루트는 자신의 머리 위에 뼈를 무더기로 소환하여 본 월(Bone Wall: 뼈의 벽)을 무려 여덟 겹이나 둘렀다.

다 소용없었다. 신성력을 머금은 수천 개의 창날은 본 월 여덟 겹을 눈 깜짝할 사이에 날려버리고 땅 속에 숨은 베이루트를 노렸다.

"크읏. 제기랄."

베이루트가 언데드를 소환하여 자신의 몸 앞에 고기방패로 내세웠다.

수천 개의 창날은 이 고기방패마저 모두 날려버렸다.

극한에 몰린 베이루트는 리암의 반지를 사용했다.

푸확!

베이루트가 반지를 낀 손을 앞으로 쭉 내밀자 반지에 박힌 3개의 보석 가운데 청록색 보석이 영롱한 빛을 뿌렸다.

이 보석에는 세상의 모든 물질을 녹여버릴 수 있는 융해의 권능이 깃들어 있었다.

놀랍게도 수천 개의 창날 가운데 99퍼센트 이상이 눈 깜짝할 사이에 녹아버렸다.

"응?"

이탄은 진심으로 놀랐다.

'비록 내가 전력을 다한 것도 아니고 지극히 미약한 힘만 발휘하였다고 하나, 그걸 저렇게 쉽게 녹인다고?'

이어서 이탄은 상대가 가진 반지에 눈독을 들였다.

'아무래도 저 반지가 수상하구나. 조금 전의 그 이적은 저자의 능력이 아니라 반지의 권능인 것 같은데?'

이탄은 시험 삼아 한 번 더 금속 마법을 발휘했다.

쿠콰콰콰콰—.

수천 개의 창날이 땅을 뚫고 튀어나와 베이루트를 또 노렸다.

이번에도 이탄은 피사노교의 쿠미 신인을 공격하는 척하면서 베이루트에게 창날을 쏘아 보냈다.

그러자 베이루트는 뭔가 이상함을 눈치챘다.

'선과 악의 두 절대자가 미친 듯이 싸우는 와중에 두 번이나 연달아 그 공격의 파편이 내게 날아온다고? 이건 우연이 아닌 것 같은데?'

베이루트는 빠르게 짱구를 굴렸다.

위기감을 느낀 베이루트는 '리암의 반지로 쿠미 신인을 마인드 컨트롤해버리자.'라는 애초의 계획을 폐기하고는 재빨리 도망쳤다.

그보다 한발 앞서 수천 개의 창이 베이루트의 등을 찔렀다.

베이루트는 어쩔 수 없이 이번에도 리암의 반지를 사용했다.

푸확!

반지에 박힌 청록색 보석이 빛을 뿌리자 신성력이 덧씌워진 창날 수천 개가 단숨에 녹아서 융해되었다.

'옳거니. 역시 저거였구나.'

이제 이탄은 확신했다.

악의 가면을 쓴 이탄이 데쓰 필드를 갑자기 회수했다. 주변 수십 킬로미터 영역에서 휘몰아치던 죽음의 기운이 단숨에 이탄의 몸뚱어리로 빨려 들어갔다.

그러면서 주변에 흩어져 있던 음차원의 마나도 함께 딸려갔다. 당연히 베이루트의 마나도 이탄에게 흡수당했다.

그 정도를 넘어서, 베이루트의 몸뚱어리도 강력한 자석에 끌린 쇠못처럼 하염없이 이탄에게 끌려갔다.

"아, 안 돼."

베이루트의 얼굴이 하얗게 질렸다.

그런 베이루트의 등 뒤에 새하얀 해골이 환상처럼 떠올랐다. 불멸의 악마종 아나테마의 등장이었다.

아나테마의 악령은 이탄과 손발이 척척 맞았다. 그는 이탄이 풀어주자마자 베이루트의 등 뒤에서 몸을 현신하더니, 본 사이드(Bone Scythe: 뼈의 낫)라는 무기를 번쩍 들어 상대의 뒷덜미를 내리쳤다.

본 사이드의 날에 박힌 고양이의 눈 문양이 섬뜩하게 빛났다. 본 사이드의 막대 끝에 매달린 여우왕의 두개골은 괴이한 괴성을 터뜨렸다.

여우왕의 두개골에 박힌 뿔로부터 강력한 구속력이 흘러나와 베이루트의 손발을 꽝꽝 묶었다.

그보다 한발 앞서 베이루트의 두 눈은 몽롱하게 풀렸다. 이는 본 사이드 날에 새겨진 고양이 눈의 효과였다.

썽둥―.

베이루트의 목은 허무할 정도로 쉽게 떨어졌다. 베이루트의 두 눈이 불신으로 가득했다. 6명의 아우와 함께 무리를 지어 대륙 남부를 공포로 물들였던 시돈의 우두머리 베이루트는 그렇게 죽었다.

한데 웬걸?

목이 잘린 베이루트가 뒤로 빙글 돌더니, 아나테마를 향해서 리암의 반지를 내미는 것이 아닌가.

스스스스슷.

반지에 박힌 노란색 보석이 몽환적인 빛을 토했다.

[윽.]

이번에는 아나테마가 행동을 멈추었다. 아나테마의 해골 눈 부위 깊숙한 곳에선 조그맣고 샛노란 불덩어리가 나선을 그리며 회전했다.

이는 마인트 컨트롤이 먹혔을 때 나타나는 현상이었다. 리치인 아나테마마저 마인드 컨트롤로 지배해버릴 만큼 반지의 위력은 엄청났다.

'아나테마 영감.'

이탄이 아나테마의 악령을 일깨웠다. 꽈배기 모양의 회색 문자가 아나테마의 두개골 속으로 흘러들어 갔다.

부정 차원 인과율의 강력한 권능 덕분에 아나테마가 제정신을 되찾았다.

[끼, 끼읍? 끼읍? 조금 전에 대체 뭔 일이 있었던 게지?]

아나테마가 뇌파를 더듬었다.

그러자 목이 잘린 베이루트가 아나테마를 향해서 한 차례 더 리암의 반지를 내밀었다. 반지에 박힌 노란 보석이 몽환적인 빛을 뿌렸다.

아나테마의 눈 부위 깊숙한 곳에 다시금 노란 불덩이가 피어올라 뱅글뱅글 회전했다.

'이거 안 되겠구먼. 영감, 이리 돌아오쇼.'

이탄은 아나테마의 악령을 자신의 영혼 속으로 낚아채 보호한 다음, 베이루트에게 직접 달려들었다.

Chapter 10

퍼엉!

사령마에 올라탄 악의 이탄이 검푸른 연기로 흩어졌다가 베이루트의 오른쪽에서 다시 뭉쳤다. 악의 이탄은 손바닥으로 베이루트의 갈비뼈를 후려쳐 부쉈다.

번쩍!

같은 시각, 선의 이탄은 눈부신 신성력에 휩싸인 채 벼락처럼 달려들어 베이루트의 척추를 허물었다.

2명의 이탄이 양쪽에서 협공을 하자 베이루트도 버티지 못했다.

갈비뼈가 박살 나고 척추가 붕괴하기 전, 베이루트는 리암의 반지를 한 번 더 사용했다. 노란 보석이 몽환적인 빛을 발산했다.

짧은 순간, 이탄은 현기증을 느꼈다.

신격 존재이자 마격 존재인 이탄이 약간이지만 어지러움

을 느낄 만큼 리암의 반지는 대단한 기물이었다.

하나 이 정도로 이탄의 정신을 빼앗기에는 이탄이 너무 강했다. 이탄의 눈동자에 회색 문자가 빠르게 떠올랐다가 사라졌다. 반지의 권능은 그 즉시 해소되어 이탄에게 영향을 미치지 못했다.

2명의 이탄은 양쪽에서 베이루트의 몸을 찢어발겼다.

마침내 베이루트의 사체가 땅바닥에 고꾸라졌다.

사령마 위의 이탄이 손을 뻗었다. 땅바닥에 나뒹굴던 삼색의 반지가 저절로 떠올라 이탄의 손아귀로 빨려들어 갔다.

'이건 대체 어떤 종류의 아이템이지? 반지에 박힌 보석에서 음차원의 기운이 강하게 느껴지는걸.'

이탄은 리암의 반지를 유심히 살펴보았다.

분명 이 반지와 음차원은 연관성이 깊어 보였다. 그 증거로 이탄이 반지와 접촉하자마자 그의 가슴에 박힌 음차원 덩어리가 쿵쾅쿵쾅 맥동했다.

[끼요옵. 대체 그건 무슨 물건이냐? 세상에 어떻게 저렇게 괴상한 물건이 다 있지?]

아나테마의 악령이 홀린 듯이 반지를 바라보았다. 실제로 아나테마는 반지가 욕심나는 듯 두 눈이 탐욕으로 번들거렸다.

'영감. 괜한 욕심내지 마쇼.'

이탄이 미리 경고했다.

그 즉시 이탄의 영혼 속 기온이 영하로 뚝 떨어졌다.

[응? 으응? 내가 뭐? 끼요옵. 괜한 오해 마라.]

정신이 번쩍 든 아나테마가 민망한 듯 변명을 했다.

그러면서도 아나테마는 반지에서 눈을 떼지 못했다. 그만큼 리암의 반지는 요물 중의 요물이었다.

이탄은 일단 리암의 반지를 꽁꽁 밀봉하여 아공간에 보관했다.

'이 수상한 반지를 사람들 앞에 내보이면 안 될 것 같아. 다들 반지를 보자마자 이성을 잃고 눈이 돌아갈 것 같거든.'

그래서 이탄은 반지를 아공간 깊숙한 곳에 봉인해 두었다.

이탄의 판단이 옳았다. 리암의 반지는 보통 물건이 아니었다. 이걸 그냥 방치했다가는 다들 반지에 눈이 멀어서 무슨 짓을 벌일지 몰랐다.

조금 전 베이루트가 목이 잘리고도 아나테마를 홀리려고 들었던 것도, 베이루트의 의지가 아니었다.

그때 이미 베이루트는 사망한 상태였다. 그저 리암의 반지가 죽은 베이루트의 몸뚱어리를 조종했던 거였다.

베이루트를 죽이고 리암의 반지를 회수한 이후로도 이탄은 전투를 계속했다. 선의 이탄과 악의 이탄이 맞서 싸우면서 흑 진영과 백 진영의 피해는 점점 더 늘었다.

다만 피해를 입는 자들의 유형은 대부분 정해져 있었다.

장차 이탄이 세력을 장악할 때 방해가 될 법한 자들.

오직 이런 부류의 인간들만 두 절대자—사실은 2명이 아니라 이탄 한 명이지만—의 싸움에 휘말려 죽어나자빠졌다. 평소에 이탄과 원만하게 지냈던 자들, 혹은 이탄을 지지하는 이들은 털 끝 하나 다치지 않았다.

시간이 어느 정도 흘렀다. 흑과 백, 양 진영은 병력을 뒤로 물려서 두 절대자의 싸움에 괜히 휘말리지 않도록 조심했다.

'일단 오늘은 여기까지 할까?'

이탄은 양 진영의 대응을 눈여겨보다가 적절한 타이밍에 전투를 멈추었다.

전투 중단 바로 직전에 이탄은 일부러 세게 충돌했다. 두 절대자의 격돌 여파가 어찌나 강력했던지 이탄을 태운 사령마가 저절로 소환이 취소되었다. 이탄이 쓴 가면 속에서 한 가닥 핏줄기가 흘렀다.

[안 되겠다. 일단 성 안으로 물러날 것이다. 다들 나를 따르라.]

이탄이 후퇴를 명했다.

이탄의 지휘를 받던 매복 군단은 그 즉시 철수했다. 이탄이 피를 흘리는 모습을 보고는 아무도 철수에 반대하지 못했다.

악의 이탄이 병력을 끌고 성 안으로 물러날 즈음, 선의 이탄도 산기슭 아래로 후퇴했다.

눈을 뜨고 볼 수 없는 강렬한 신성력이 걷히고 나자 이탄의 행색이 드러났다. 선의 이탄도 악의 이탄과 마찬가지로 온몸이 피로 물들고 상처투성이였다. 일부 상처는 심하게 썩어가는 중이었다.

"헉. 이탄 부지파장, 괜찮은가?"

아시프가 가장 먼저 달려와 이탄의 상세를 살폈다.

레오니의 명을 받은 수호 기사도 재빨리 달려와 이탄의 몸 상태를 조심스럽게 체크하고는 되돌아가서 보고했다.

가이르와 힐러들이 이탄을 위해서 힐 마법을 쏟아부어 주었다. 이탄의 상처는 가짜에 불과하지만, 그 어떤 힐러도 이를 눈치채지 못했다.

심지어 이탄보다 부상이 극심한 아울 검수들도 이탄을 걱정했다.

사실 아울 검수들은 다른 곳에 한눈을 팔 처지가 아니었다. 검수들은 리헤스텐과 우드워커, 방케르의 변절에 기함하여 정신이 하나도 없었다.

'물론 아직까지는 세 분께서 변절을 한 것인지 아니면 피사노교의 정신계 흑마법에 당하신 것인지 불분명하지. 분명 후자일 게야.'

아울9검 마제르가 입술을 꽉 깨물었다.

마제르를 비롯한 아울 검수들은 아직 이 문제를 공론화하지 못했다. 이는 아울1, 2, 3검의 명예와 직결된 문제이기 때문이었다.

한편 모두의 관심이 쏠리자 이탄은 아무렇지도 않다는 듯이 손을 내저었다.

"괜찮습니다. 아직 견딜 만합니다."

이탄이 괜찮다고 하는데도 백 진영 사람들은 걱정의 빛을 거두지 못했다.

이유는 뻔했다.

'만약 그가 잘못되면 백 진영 전체가 위험해진다. 그가 우리의 희망이야.'

조금 전의 어마어마한 전투를 목격한 자들은 이탄에게 의지할 수밖에 없었다. 시간이 갈수록 이탄에 대한 백 진영의 의존도는 높아져만 갔다.

선의 이탄이 백 진영에서 부상 회복에 전념하는 척하는 동안, 피사노교의 총단으로 복귀한 악의 이탄도 비슷한 대우를 받았다.

이쓰낸을 비롯한 여러 사도들은 이탄의 부상을 걱정했다.

심지어 아르비아의 죽음에 눈이 돌아 버린 티스아도 잠시 짬을 내어 이탄에게 얼굴을 비쳤다.

이탄은 가면도 벗지 않고 휴식을 청했다.

"이쓰낸 님, 제게 조금만 시간을 주십시오. 전투 중에 억지로 억눌러 놓았던 상처를 회복하려면 시간이 좀 필요합니다."

"응? 당연히 그래야지. 괜히 서두르지 말고 몸부터 충분히 회복해."

이쓰낸은 이탄의 청을 선뜻 들어주었다.

허락을 받은 이탄은 총단 안쪽 자신만의 공간에 틀어박혔다.

사실 이탄은 회복이고 뭐고 필요 없었다. 실제로 다친 곳이 전혀 없는 까닭이었다.

제5화
콘과 알리어스

Chapter 1

이탄은 가짜 부상을 핑계로 외부와의 접촉을 차단했다.

두 절대자의 부상(?) 때문에 전쟁이 잠시 중단되었다.

백 진영의 수뇌부들은 머리를 맞대고 의논한 끝에 일단 병력을 산기슭 아래까지 물리기로 결정했다.

헤아릴 수 없이 많은 깃발들이 출렁거리며 하산했다. 백 진영의 대군은 무려 15킬로미타나 뒤로 물러나 진을 새로 쳤다.

피사노교도 약화된 성벽을 보강하며 총단 방어에 치중했다.

전쟁이 잠시 멈춘 짧은 공백기 동안 티스아는 이쓰낸에게 알현을 신청했다.

"위대한 분이시여, 부디 저의 출전을 허락해주소서. 저는 아르비아 님의 복수를 하지 않고는 도저히 숨을 쉴 수가 없습니다."

이쓰낸 앞에 엎드린 티스아의 두 눈은 그녀의 머리카락보다 더 붉게 물들어 있었다. 핏발이 곤두선 티스아의 눈과 표정을 보면 당장에라도 백 진영에 뛰어들어 대량학살을 자행한 뒤 장렬히 산화할 것만 같았다.

이쓰낸은 티스아의 청을 대뜸 거절했다.

"안 돼."

"위대한 분이시여."

이쓰낸이 티스아의 말을 중간이 잘랐다.

"내가 안 된다고 말하였다. 감히 내 명을 어기고 네 마음대로 출전한다면 내가 결코 용서하지 않으리라."

이쓰낸은 무시무시한 표정으로 티스아를 굽어보면서 으르렁거렸다.

티스아가 이쓰낸의 기세에 눌려서 목을 움츠렸다.

이쓰낸이 말을 이었다.

"티스아, 잘 들어라. 네 목숨은 너의 것이 아니라 피사노 교의 것이다. 아르비아의 복수를 하려는 네 마음을 모르는 바는 아니다만, 아르비아에 이어서 너까지 잘못된다면 이는 검은 드래곤께 큰 죄를 짓는 셈이니라. 그러니 그만 물러가서 마음을 차갑게 다스려라."

"아아아."

티스아는 하늘이 무너질 듯이 절망했다.

이쓰낸은 무뚝뚝한 말투로 위로 한 마디를 덧붙였다.

"분하더라도 조금만 참아라. 오래 지나지 않아 내가 너에게 복수의 기회를 줄 것인즉, 그때 백 진영 놈들을 상대로 마음껏 칼춤을 추어도 늦지 않다."

"……. 알겠습니다. 부디 그 기회를 빨리 주시기를 간청드립니다."

결국 티스아는 이쓰낸의 엄명을 받아들였다. 주먹을 꽉 움켜쥔 티스아가 신전에서 물러나왔다.

마음이 답답해진 티스아는 이탄을 찾았다.

아쉽게도 이탄은 티스아를 만나주지 않았다.

"위대한 분께서는 아직 치유 중이십니다. 송구하옵니다."

대신 밍니야가 티스아의 방문을 완곡하게 거절했다. 사실 이건 이탄이 밍니야의 입을 빌려서 한 말이었다.

이탄은 아르비아를 제거한 것을 후회하지는 않지만, 그녀를 해치운 오늘만큼은 티스아의 얼굴을 똑바로 쳐다볼 자신이 없었다. 아르비아와 티스아의 돈독한 관계를 너무나도 잘 아는 탓이었다.

"하아. 그런가? 막내의 치료가 아직 끝나지 않았다면 할 수 없지."

거절을 당한 티스아는 어깨가 축 처져서 돌아갔다.

"……."

이탄은 밍니야의 눈을 통해서 티스아의 처량한 뒷모습을 물끄러미 바라보았다.

다음 날 새벽.

밤새 내리던 비가 서서히 그쳤다. 어제 오후, 산맥 아래까지 물러났던 백 진영은 다시금 진군할 채비를 갖췄다.

오늘은 처음부터 이탄이 선봉에 섰다.

보통 백 진영에서 선봉은 아울 검탑의 차지였다. 지금까지 늘 그래 왔다.

한데 지금은 아울 검수들이 전면에 나서기 어려운 상황이었다. 하여 이탄이 임시로 선봉장을 맡았다.

"부단장, 무리하지 말아요. 아직 부상에서 완쾌되지도 않았을 텐데……."

레오니가 울상을 지었다.

"내 말이 그 말일세. 너무 서두르면 오히려 일을 그르칠 수 있다네."

아시프도 레오니의 의견에 동의했다.

백 진영의 수뇌부들은 이탄이 무리를 하다가 다치기라도

할까 봐 걱정했다.

이탄이 고집을 부렸다.

"저를 걱정해주시는 것은 고맙습니다만, 괜찮습니다. 이 것 좀 보십시오. 이미 상처가 다 아물지 않았습니까."

이탄은 보란 듯이 상처 부위를 보여줬다.

과연 그 말이 맞았다. 끔찍할 정도로 많던 이탄의 상처는 불과 하룻밤 사이에 죄다 아물었다.

"허어. 회복력 하나는 끝내주는구먼. 하지만 부상이 다 나았다 하더라도 공격을 너무 서두르면 안 될 것 같네만."

아시프가 끝까지 이탄을 설득했다.

이탄은 고집을 꺾지 않았다.

결국 이탄이 이겼다. 이탄이 앞장서고, 그 뒤를 따라 백 진영의 깃발이 꼬리에 꼬리를 물고 산비탈을 올랐다.

뿌우우, 뿌우우우—.

백 진영이 진격하자 피사노교 성벽 위에선 경계의 나팔 소리가 울렸다.

소리를 들은 피사노교의 지휘관들은 예비 병력까지 성벽 위로 올려 보냈다. 만일의 사태를 대비하기 위함이었다.

덕분에 피사노교의 성벽 위는 인파가 바글거렸다.

Chapter 2

한편 중앙 정문의 9층 도개교 꼭대기에는 이쓰낸이 팔짱을 끼고 자리를 지켰다. 이쓰낸의 발밑에도 층층이 병력이 깔렸다.

티스아는 정문 왼쪽 10 킬로미터 지점에 자리를 잡았다.

"어서 와라, 이 개자식들아. 싹 다 찢어 죽여주마."

백 진영을 노려보는 티스아의 두 눈이 살기로 시뻘겋게 달아올랐다. 사나운 기세가 성벽을 넘어 수 킬로미터를 뻗었다. 멀리서 그 모습을 보면 붉은 기운이 파도를 만난 해초처럼 일렁거리는 듯했다.

티스아가 피사노교의 좌측을 지키는 수문장이라면, 정문 우측 10 킬로미터 지점에는 쿠미 신인이 버티고 있었다.

쿠미는 언제나처럼 얼굴에 가면을 쓰고 묵묵히 사령마의 등에 올라탄 모습이었다. 쿠미는 티스아처럼 기세를 발산하지도, 화를 내지도 않았다.

"역시 쿠미 신인님께서는 과묵하시구나."

"저런 모습이 오히려 더 든든해 보여."

우군에 배치된 사도와 교도들은 연신 쿠미를 힐끗거렸다. 이들 사이에서 쿠미의 인기는 나날이 올라갔는데, 특히 어제의 그 엄청난 전투를 목격한 이후로 더 폭발적이 되었다.

"신인님께서는 외모도 빼어나시던데, 왜 그 훈훈한 얼굴을 가면으로 감추시나 몰라."

여사도 가운데 한 명이 자신도 모르게 중얼거렸다.

"맞아. 가면 좀 벗어주시지."

"그러게."

주변 여사도들이 격하게 그 말에 공감했다.

하지만 그녀들의 기대와 달리 쿠미는 잠시라도 가면을 벗지 않았다. 가면 속 얼굴이 평소 이탄의 것이 아니라 밍니야인 까닭이었다. 오늘도 이탄은 분신에게 가면을 씌워서 대역을 맡겼다.

아니, 엄밀히 말해서 대역이라고 할 수는 없었다. 비록 몸뚱어리는 이탄 본인의 것이 아니지만, 정신만큼은 이탄이 분명하기 때문이다.

그러므로 지금 쿠미 신인이 발산하는 가공할 기세도 평소의 이탄과 전혀 차이가 나지 않았다.

당연히 피사노 교도들 중에 신인이 바뀌었을 것이라고 의심하는 자도 전무했다. 오죽했으면 이쓰낸마저 속았겠는가.

백 진영의 대군이 피사노교의 남쪽 성벽 앞 5 킬로미터 지점까지 전진했을 때였다. 선봉장인 이탄이 손을 들었다.

"스톱."

그 한 마디에 대군이 행군을 멈췄다.

이탄은 홀로 말을 몰아 앞으로 나서더니, 피사노교를 향해서 우렁차게 외쳤다.

"쿠미라고 했던가? 어제 끝내지 못한 전투를 마저 할 의향이 있는가? 애꿎은 목숨들만 희생시키지 말고 너와 내가 정정당당하게 승부를 가리자."

이탄의 목소리는 피사노교 총단의 남쪽 성벽 전체에 넓게 퍼졌다. 무려 수십 킬로미터 길이의 성벽 위의 적들이 모두 이탄의 도발을 들었다.

"와아아아아!"

이탄의 위풍당당한 모습에 백 진영 병사들은 우레와 같은 함성으로 환호했다.

"우우우우~."

반대로 피사노교의 성벽에서는 야유가 터져 나왔다.

쿠미가 사령마의 등 위에서 이쓰낸을 돌아보았다.

둘 사이 거리가 무려 10 킬로미터도 넘게 떨어져 있건만, 이쓰낸은 쿠미의 조그만 몸짓을 곧바로 인식했다.

이쓰낸이 짧게 고개를 끄덕였다.

펑!

그 즉시 쿠미가 검푸른 연기로 변해 흩어졌다. 출전 허락을 받은 쿠미, 즉 악의 이탄은 백 진영 전면으로 그대로 달려들었다.

"앗! 저곳은 너무 깊숙한데?"

"허억, 신인께서 위험하신 것 아냐?"

단숨에 적진으로 파고드는 쿠미의 돌발행동에 피사노교의 사도들이 바짝 긴장했다.

이쓰낸과 티스아도 주먹에 힘을 주었다.

"으악. 놈이 미쳤다."

적장이 갑자기 아군 진영으로 쳐들어오자 시시퍼 마탑의 마법사들은 반사적으로 마나를 끌어올렸다.

추심 기사들은 황급히 방패를 들었다.

하지만 백 진영에서 제대로 반격을 하기 전에 선의 이탄이 먼저 움직였다. 말 등을 박차고 하늘로 솟구친 선의 이탄의 전신에서 눈이 멀어버릴 듯한 광휘가 쏟아졌다.

후옹!

거의 신이 지상에 강림했다고 봐도 좋을 만큼 엄청난 신성력이 대기를 짓눌렀다. 공기 밀도가 갑자기 확 올라가면서 숨이 제대로 쉬어지지 않았다.

백 진영의 선두열은 신성력의 폭풍에 휘말려 뒤로 쭈욱 밀렸다. 엉켜서 넘어지는 자들, 엉덩방아를 찧는 자들이 속출했다.

"와라, 악마여."

선의 이탄은 아군의 허둥거림에 신경도 쓰지 않고 신성력을 양손에 모아서 상대에게 달려들었다.

콰콰콰콰콰!

이에 호응이라도 하듯이 악의 이탄을 중심으로 시커먼 회오리가 태풍처럼 몰아쳤다.

눈부신 광휘와 시커먼 태풍이 강렬하게 충돌했다. 어째 오늘 두 절대자의 격돌은 어제보다도 더 격렬할 듯했다.

치열한 혈투는 무려 한 시간도 넘게 계속되었다.

맹렬하게 몰아치는 데쓰 필드에 의해서 인근의 식물들이 모두 말라죽었다. 땅 속에서는 끊임없이 언데드들이 기어올라 왔다.

물론 이 언데드들은 전투에 별 영향을 미치지 못했다. 오히려 그들은 두 절대자의 격돌에 휘말려 파삭 파삭 뼈가 바스러졌다.

콰창!

선의 이탄이 신성력을 두 주먹에 응집하여 때려 박자 그 여파가 5 킬로미터 뒤쪽에 위치한 피사노교의 성벽에까지 이르렀다.

이쓰냇이 마나를 넓게 퍼뜨려 성벽을 보호했다.

"크읍."

이탄이 터뜨린 신성력이 어찌나 묵직했던지 이쓰낸의 입술 사이에서 신음이 새어나왔다. 이쓰낸이 얼얼해진 손바닥을 몰래 뒤로 감춰서 주물렀다. 조금 전 성벽을 보호한 것만으로도 피부가 따끔거릴 정도였다.

한편 티스아는 엉덩이를 들썩거리다가 결국 참지 못하고 성벽 밖으로 뛰쳐나갔다.

"이런 씨. 죽여 버릴 테다."

티스아는 핏빛 오러를 태풍처럼 몸에 두르고 기세 좋게 출전하였으나, 선의 이탄이 천둔의 가호를 연달아 다섯 번이나 터뜨리자 성 밖으로 뛰쳐나갔던 속도보다 두 배는 더 빨리 다시 안으로 튕겨 들어왔다.

티스아의 머리카락은 산발이 되어 있었다. 코에서는 피가 주룩 터졌다. 그녀가 자랑하던 핏빛 검기는 박살 난 지 오래였다.

"으으으. 젠장."

자존심이 상한 티스아는 두 주먹을 부르르 떨었다.

그렇게 분통을 터뜨리면서도 티스아는 성벽 밖으로 다시 뛰쳐나가지는 못했다. 조금 전 두 절대자의 전투에 끼어들려 했다가 호되게 당한 탓이었다.

Chapter 3

퓨퓨퓨퓻—.

수천 개가 넘는 검록색 편린이 하늘을 뒤덮었다. 땅에서는 블러드 트리(Blood Tree: 피의 나무)가 마구 돋아났다.

이에 대항하여 하늘에서는 수 킬로미터 크기의 천둔이 터지고, 지표면에서는 수백 미터가 넘는 지둔이 폭발했다. 비산하는 흙더미 속에서 뾰족한 금속 창들이 무수히 튀어나와 블러드 트리에 틀어박혔다.

그 밖에도 온갖 가호가 난무하고 마법과 술법이 작렬했다.

두 절대자의 전투가 점점 더 격렬해지자 마침내 레오니가 결단을 내렸다.

"안 되겠어요. 일단 산맥 아래까지 후퇴해야 해요."

레오니의 판단이 옳았다. 아무리 추심 기사단이 철벽의 가호를 두르고 시시퍼 마탑의 마법사들이 방어마법진으로 보호를 하더라도 두 절대자가 내뿜는 파괴력을 견뎌내기는 힘들었다. 후퇴는 불필요한 피해를 막기 위한 불가피한 선택이었다.

"끄응. 어쩔 수 없구려."

아시프도 레오니의 의견에 동의했다.

추심 기사단이 엄호를 하는 동안, 시시퍼 마탑의 마법사들과 수의 사원 몽크들이 먼저 물러났다.

이어서 힐러들과 중립 진영이 산 아래로 후퇴했다.

추심 기사단은 가장 마지막에 철수했다.

'그냥 가면 섭섭하지.'

그 모습을 본 이탄은 몇 차례나 백 진영 속으로 공격을 날려서 눈에 거슬리는 자들을 저격했다.

꼬장꼬장한 성격의 마법사 대여섯 명, 수의 사원 몽크들 중 일부, 그 밖에도 상당수가 이탄의 손에 희생을 당했다.

물론 이것은 얼굴에 가면을 쓴 악의 이탄이 저지른 짓이었다.

이에 반발이라도 하듯이 선의 이탄은 그때마다 피사노교의 성벽 상공에 천둔의 가호를 터뜨렸다.

광휘를 머금은 천둔이 연쇄폭발을 일으키자 피사노교의 피해도 점차 누적되었다. 제아무리 이쓰낸이라고 할지라도 성벽 곳곳에서 터지는 광역 공격을 전부 막아주기란 불가능했다.

그렇게 두 시간 가까이 이어진 두 절대자의 전투는 결국 오늘도 무승부로 종결되었다.

둘은 마지막으로 한 번 세차게 부딪치는 척 연극을 한 다음, 멀리 떨어져 거칠게 숨을 몰아쉬었다.

'이만하면 오늘도 가지치기를 많이 했지? 여기서 조금만 더 솎아내면 흑과 백 양쪽 모두 수월하게 장악이 될 거야.'

선과 악의 두 이탄은 겉으로는 힘에 부치는 척 헐떡였으나, 남몰래 만족스러운 마음으로 눈빛을 교환했다.

바로 그 때였다.

화악!

컴컴한 하늘로부터 빛의 기둥이 작렬했다.

이 기둥은 지름이 무려 수백 킬로미터나 되어서 바룸 대산맥의 상당 부분을 영향권 내에 두었다.

덕분에 사람들 눈에는 빛의 기둥이 내리쬐는 게 아니라 마치 온 세상이 빛으로 물드는 것처럼 느껴졌다.

아니, 사람들은 빛의 기둥을 목격한 그 순간부터 정신을 잃었다.

빛의 기둥 속에서 모든 행동이나 사고도 정지되었다. 심지어 하늘을 날아가는 새도 우뚝 멈췄다.

마치 세상이 멈춰버린 듯한 현상.

이탄이 눈을 동그랗게 떴다.

"어라? 이건 천주부동인데?"

천주부동(天柱不動)이란 하늘의 기둥을 내리찍어 영역 내의 모든 것을 멈춰버리는 엄청난 술법이다.

이탄이 신격 존재들과 전투에서 가끔씩 사용하던 바로 그 술법이 갑자기 발현되어 이탄을 향해서 내리꽂혔다.

동시에 대기권이 사라지고, 우주로 향하는 길이 뻥 뚫렸다. 우주 저편의 별들은 금세라도 이탄을 향해서 떨어질 듯이 요동쳤다.

이런 현상이 일어나는 이유는 뻔했다.

"오냐. 너희들이 또 나타날 줄 알았다."

이탄이 두 팔을 슥슥 걷어붙였다.

이번 전쟁을 치르기 전, 이탄은 천공안으로 미래를 미리 점쳐보았다.

한데 미래가 불투명하여 아무것도 보이지 않았다. 그때 이미 이탄은 신격 존재들이 이번 전쟁에 개입할 것임을 눈치챘다.

'다만 그 신들이 천주부동을 사용할 줄은 나도 몰랐네.'

이탄은 머리를 짓누르는 천주, 즉 하늘 기둥의 가공할 무게를 억지로 견뎌내며 점점 더 높이 솟구쳐 우주로 나아갔다.

그런 이탄의 왼손 끝에서 붉은 노을이 고색창연하게 피어올랐다.

이탄의 오른손은 어느새 신살의 병기 아가리로 변할 준비를 마쳤다. 이탄이 '구현'의 언령으로 만들어낸 아가리는 우주의 이면에 매복하고 있다가 때가 되면 부상하여 상대를 한 입에 집어삼킬 것이다.

뿐만이 아니었다. 이탄은 '엑시큐션'이나 '무한공', '무한시'와 같은 최상격의 언령들도 미리 준비해 놓았다.

이탄은 오늘의 전투를 대비하여 아몬의 토템도 미리 수리해두었다.

이탄은 적당한 타이밍에 아몬의 토템으로 광목오음(廣目五音)과 팔곡(八曲)을 연달아 탄주할 예정이었다.

이탄은 이미 예전에 광목 시리즈의 다섯 곡으로 하나의 짜임새 있는 세계를 만들어내어 신격, 혹은 마격 존재들의 파괴적 공격을 막아내는 용도로 사용했었다.

여기에 계절과 시간의 흐름을 노래한 팔곡을 더하면 이탄이 창조한 세계의 완성도가 훨씬 더 보강될 것이다.

이탄이 차곡차곡 전투태세를 갖춰가는 가운데, 그의 가슴 속 제2의 심장에서는 꽈배기 모양의 회색 문자들이 펄떡펄떡 뛰었다.

무려 10,000개에 달하는 이 문자들은 부정 차원을 지탱하는 인과율이자 이탄이 태초의 마신 피사노의 유일한 후계자임을 알려주는 징표였다.

Chapter 4

이제 만반의 준비가 끝났다.

이탄은 왼손에 적양갑주를 거머쥐었고, 오른손으로 각종 최상격 언령들을 적에게 퍼부을 태세를 갖추었다.

만자비문의 권능도 당연히 준비했다.

이탄은 고대로부터 전해진 두 가지 신급 악보를 언제라도 연주할 수 있도록 대비하였고, 천주부동, 건곤대나이와 같은 인외의 술법들도 염두에 두었다.

특히 이탄이 기대를 걸고 있는 술법은, 여러 분신을 동원하여 전개하는 구궁진법이었다. 구궁진법의 위력은 실로 어마어마하여, 이것만으로도 어지간한 신격 존재들을 압살해버릴 정도였다.

그 밖에도 이탄은 자잘한 술법들도 모두 동원했다.

예를 들어서 백팔수라 제6식이나 거신강림대진, 투명궁, 유리궁 같은 것들이었다. 이 술법 들 하나하나는 능히 세상을 떨어 울릴 만하였으되, 앞서 언급한 인과율의 권능이나 구궁진법 등에 비하면 격이 많이 떨어지는 것이 사실이었다.

그래도 이탄은 하찮은 것 하나까지도 놓치지 않고 전부 준비해 놓았다.

사실 이것만 하더라도 상상을 초월하는 전력이었다. 지금까지 읊은 권능들은 태초의 마신 피사노와 인과율의 여신, 콘과 같은 신격 존재들의 주무기를 모두 더해놓은 것들, 혹은 그 이상이었다.

한데 이탄은 여기서 한 발 더 나아갔다.

이탄이 최후로 준비한 무기는, 그가 가장 최근에 얻은 권능이었다. 이탄은 얼마 전 5개의 아조브를 하나로 합치면서 새로운 권능을 하나 깨우쳤다.

이것은 이탄이 아직까지 단 한 번도 사용해보지 않은 미지의 전력이었다. 이탄은 만일의 사태를 대비하여 이 힘도 은밀히 숨겨두었다.

'이거야말로 내 최후의 수단이자 비장의 무기가 될 거야.'

그러니까 이탄은 극한의 경우까지 상정하여 최선의 대비를 끝마친 셈이었다.

'이만큼이나 철저하게 대비를 하였으니 그 어떤 신격이나 마격 존재들이 떼거리로 연합하여 덤빈다고 하더라도 절대 지지 않는다.'

이탄이 배에 힘을 딱 주고 우렁차게 적을 불렀다.

"와라."

이탄의 부름에 호응이라도 하듯이 그의 전방과 후방에 블랙홀이 하나씩 등장했다. 이탄의 머리 위에 발밑에도 각각 하나씩 블랙홀이 만들어졌다.

쿠콰콰! 쿠콰콰! 쿠콰콰! 쿠콰콰콰콰!

총 4개의 블랙홀로부터 발생한 인력이 이탄의 몸뚱어리를 넷으로 찢어놓을 듯이 강하게 잡아당겼다.

블랙홀 주변의 행성들이 막대한 중력을 버티지 못하고 빨려들어 왔다. 그보다 먼저 소행성이나 우주의 먼지 같은 것들이 먼저 블랙홀 속으로 흡입되었다.

별빛마저도 블랙홀의 중력을 견디지는 못하였다. 직선으로 움직여야 할 별빛이 블랙홀을 향해서 둥글게 휘어지는가 싶더니, 곧이어 온 우주가 4개의 구멍 속으로 함몰되는 듯한 현상이 발생했다.

예전에 이탄은 블랙홀의 가공할 공격을 버티기 위해 안간힘을 써야만 했다. 만자비문으로 회색 태양을 만들어 마구 터뜨리고, 광목 시리즈 악보를 미친 듯이 연주해야만 겨우 블랙홀의 흡입력을 벗어날 수 있었다.

지금은 달라졌다.

따다당!

이탄은 광목화음, 광목수음, 광목목음, 광목금음, 광목토음으로 이어지는 음악 5개를 한꺼번에 연주했다.

광목화음은 불의 세계로부터 뜨거운 화염을 끌어왔다.

광목수음은 거대한 물방울로 세상의 기틀을 잡았다.

둥그런 물방울 속에서 수목이 번성했다.

물방울 내부 하단부에 흙과 땅이 생기는가 싶더니, 위쪽의 빈 공백은 자연스럽게 하늘이 되었다.

불이 토양을 구우면서 자연스럽게 세계가 단단해졌다. 불 때문에 대류가 생기고, 세계에 활력이 감돌았다.

이것은 광목오음으로 만들어낸 하나의 세계였다.

이탄은 여기에 팔곡 중 일곱 악보의 힘을 더했다.

봄의 춘일지지(春日遲地)와 여름의 폭염유화(暴炎流火), 가을의 홍염산하(紅染山河), 겨울의 엄동우맥(嚴冬于貉)이 광목오음의 세계에 사계절을 더했다.

새벽을 뜻하는 효이추위(曉爾萑葦)와 한낮의 주이단호(晝爾斷壺), 저녁의 석이색도(夕爾索綯)가 차례로 탄주되면서 이탄이 창조한 유사―세계(Quasi―Universe)에 하루 일과가 생겨났다.

이탄이 손가락 몇 개를 움직여서 눈 깜짝할 사이에 창조한 유사―세계는 실제 세계와 거의 비슷했다. 이 세계가 품고 있는 에너지도 하나의 우주가 가진 에너지 총량에 결코 못지 않았다.

4개의 블랙홀이 제아무리 게걸스럽게 세상 모든 것을 빨아들인다고 할지라도, 그것이 흡입할 수 있는 에너지의 총량에는 한계가 있게 마련이었다.

4개의 블랙홀은 이탄이 만든 세계를 거침없이 흡입하다가 결국엔 꽉 차버렸다. 더 이상 외부 물질을 흡입할 수 없다면, 이건 더 이상 블랙홀이라 부를 수도 없었다. 적이 이탄을 공격하기 위해 만들어낸 4개의 블랙홀은 그렇게 이탄이 던져준 유사—세계 하나를 집어삼키고는 활동을 중지했다.

이탄은 '무한공'의 권능으로 크게 전진했다.

[으윽.]

희끄무레한 형태의 신, 콘이 당황했다. 콘은 이탄이 이토록 수월하게 블랙홀을 없애버릴 줄은 몰랐다.

이탄이 콘을 향해서 왼손을 뻗었다.

붉은 노을이 폭발하면서 이탄의 손끝에서 초거대 붉은 뱀이 나타났다. 붉은 뱀은 무시무시한 포효와 함께 콘에게 달려들었다.

꽈배기 모양의 회색 문자들이 이탄의 몸속에서 툭툭 튀어나와 이글거리는 회색 태양이 되었다. 무려 5,000개나 되는 태양 하나하나가 부정한 인과율의 힘을 내포하고 있었다. 이탄이 회색 문자를 절반만 불러낸 것은 혹시 모를 사태를 대비하기 위함이었다.

초거대 붉은 뱀은 마치 동차원의 용이 여의주를 품는 것처럼 회색 태양들을 발톱으로 움켜쥐거나 입에 물었다.

예전부터 느낀 것이지만, 적양갑주와 만자비문은 의외로 상성이 좋았다.

왜냐하면 만자비문의 정화가 담긴 회색 태양은 폭발성이 너무 강하여 적의 간단한 공격에도 마구 터져버리는 점이 문제인데, 세상에서 가장 몸이 단단한 붉은 뱀이 회색 태양을 품고 진격하면, 무난하게 적의 방어막을 뚫고 내부로 파고들어 적의 코앞에서 회색 태양을 터뜨릴 수 있기 때문이었다.

초거대 붉은 뱀이 달려들자 콘이 우레와 같은 호통을 쳤다.

[적양, 이 어리석은 것. 네가 이처럼 옳고 그름을 구별하지 못하고 난동을 피우니 내가 너를 가만히 둘 수가 없구나.]

순간 콘의 희끄무레한 몸체로부터 두 가지 기운이 빠져나왔다.

그중 하나는 자주색 드래곤의 형상을 갖추었다.

또 하나는 하얀 드래곤처럼 보였다.

이 두 마리 드래곤은 콘의 몸 속에서 출격하더니 단숨에 적양갑주의 앞을 가로막았다. 두 드래곤의 크기는 비록 적양갑주, 즉 초거대 붉은 뱀에게는 미치지 못하였으나, 성운 여러 개를 합친 것보다는 더 거대했다.

순간 이탄이 눈을 부릅떴다.

"어라? 너희들이 왜 여기서 나와?"

이탄은 진짜로 깜짝 놀랐다.

Chapter 5

자줏빛 드래곤.

하얀 드래곤.

이상 두 마리 드래곤은 이탄이 간씨 세가의 세상에서 수집하여 부화시킨 세계의 파편들이었다.

비록 지금은 두 드래곤 모두 갓 부화했을 때에 비해서 말도 못 하게 성장한 모습이지만, 그래도 이탄은 상대의 정체를 곧바로 알아보았다.

자줏빛 드래곤은 에너지의 수호룡이다.

하얀 드래곤은 영혼의 수호룡이다.

'내가 어찌 저들을 몰라보랴.'

이탄은 직접 두 수호용의 부화를 지켜보았으며, 두 수호룡에게 자신의 피를 먹여 맹약을 맺었다.

그러니 이탄이 두 수호룡을 곧바로 알아보는 것은 너무나도 당연한 일이었다.

이탄이 지켜보는 가운데, 자줏빛 드래곤은 아가리에서 어마어마한 에너지를 내쏘아서 붉은 뱀을 공격했다. 하얀 드래곤은 온몸으로부터 무수히 많은 영혼들을 날려서 붉은 뱀의 시야를 교란시켰다.

[크와아앙.]

초거대 붉은 뱀이 몸을 움츠렸다가 앞으로 쭉 펴면서 전진했다. 붉은 뱀은 날파리처럼 달라붙는 영혼들을 무시했다. 자줏빛 드래곤이 쏜 에너지 덩어리도 그냥 몸통으로 맞아주었다. 그리곤 단숨에 콘을 물어뜯으려 들었다.

동시에 회색 태양들이 폭발하면서 두 드래곤의 공격을 대신 차단했다.

놀랍게도 두 드래곤은 회색 태양의 연쇄 폭발을 견디면서 악착같이 달려들더니, 초거대 붉은 뱀의 목덜미와 몸통에 각자의 이빨을 박아넣었다.

[크왕.]

초거대 붉은 뱀이 거대한 동체를 꿈틀거렸다.

코앞에서 회색 태양이 터져도 그 폭발력을 견뎌내는 존재가 붉은 뱀이었다.

그런데 두 드래곤은 붉은 뱀에게 고통을 줄 만큼 공격력이 압권이었다. 이는 실로 놀라운 일이었다.

이전에 여러 번 패배했던 콘이 이탄 앞에 다시금 자신 있게 등장한 것은, 그만큼 두 드래곤의 무력을 믿기 때문일 거다.

하지만 그게 바로 콘의 실수였다. 이탄은 곧바로 두 수호룡에 대한 통제에 들어갔다.

"그만둬."

이탄의 외침이 터지자 두 드래곤이 동시에 움찔했다. 두 드래곤의 체내 깊은 곳에서 맹약의 굴레가 강하게 압박했다.

이탄은 엄한 목소리로 두 드래곤을 추궁했다.

"너희들은 나와 맹약을 맺은 내 권속들이 아니더냐. 당장 그 짓을 그만두지 못할까."

[끼잉?]

[키이잇?]

두 드래곤은 당혹스러운 듯 이탄과 콘을 번갈아 살폈다.

그러자 콘이 펄쩍 뛰었다.

[이런 미친! 너희를 세상에 내린 이가 누구더냐? 바로 내가 우주에 흩어져 있던 영혼과 에너지의 근원을 응집하여 수호룡으로 만들었느니라. 너희는 비록 수호룡의 모습을 하고 있으되 너희의 본질은 영혼과 에너지인바, 내가 곧 너희의 창조신이자 내가 곧 너희이고 너희가 곧 나다. 어디서 저런 근본 없는 자의 미혹에 넘어가려 하느냐?]

콘의 주장은 사실이었다.

까마득한 태초, 상차원 이동을 통해 콘이 이 세상에 등장했다. 상차원 이동 전에는 그저 뛰어난 인간에 불과했던 콘이, 상차원 이동 후에는 신으로 거듭났다. 콘은 신격에 오르면서 부분적으로나마 창조의 권능까지도 가지게 되었다.

콘은 자신의 권능을 동원하여 에너지와 영혼을 빚어내었으며, 이게 바로 자줏빛 세계의 파편과 하얀 파편의 유래가 되었다.

콘은 세계의 파편 2개 외에도 향로 하나를 세상에 남겼다.

콘이 스승으로부터 받은 향로였는데, 오랜 세월이 흐른 뒤에 광황 이충이 이 향로를 발견하여 그것으로부터 망령목이나 어둠의 씨앗과 같은 신의 지식을 얻었다.

콘이 세계의 파편을 세상에 남긴 이유는, 이 세상의 인간들에게 에너지와 영혼이 필요하다고 판단해서였다.

콘이 스승님의 향로를 세상에 남긴 이유는, 스승님의 높고 위대한 지식이 사멸되지 않고 이곳 차원에서도 유용하기 쓰이기를 기대해서였다.

그렇게 콘은 3개의 유품을 세상에 남긴 뒤, 간씨 세가의 세상을 떠나서 동차원으로 넘어왔다.

당시만 하더라도 동차원의 인간족은 미개하였다. 콘은 인간족을 긍휼히 여겨서 그들에게 술법을 전수했다.

동차원의 인간족들은 자연스럽게 콘을 자신들의 주신으로 떠받들었다.

[그런데 내가 뿌려놓은 유품들을 감히 네놈이 가로채? 네놈은 내 친구 권의 천주부동을 훔쳐 가고, 또 곤륜의 구궁진법을 도둑질한 것만으로도 부족하여 이제는 내 모든 것을 앗아가려 드는구나. 이 망할 도적놈아.]

콘은 진심으로 분노했다.

이탄이 고개를 갸웃했다.

"권? 그게 누구냐? 그가 천주부동을 만든 창안자냐? 곤륜? 그건 또 뭐냐? 구궁진법이 곤륜의 것이라고?"

이탄은 콘이 무심결에 흘린 단어들을 놓치지 않았다.

'저 단어들이 뭔가 중요한 실마리가 될 것 같은데?'

막연한 예감이 이탄을 스치고 지나갔다.

이탄의 예민한 반응에 오히려 콘이 흠칫했다.

그때부터 콘은 입을 꾹 다물고는 두 드래곤의 통제권을 다시 빼앗아 오는 일에만 전력을 다했다.

한데 그게 의외로 쉽지 않았다. 콘이 진땀을 흘렸다.

이탄도 곧바로 실력 행사에 들어갔다.

"이놈들. 너희들의 맹약자가 누구냐? 누가 너희를 알에서 부화시켰느냐? 누가 너희에게 피를 먹여 키웠느냐? 너희는 당연히 맹약을 맺은 나를 따라야 할 것이야."

이탄이 맹약을 들먹이자 두 드래곤의 눈빛이 돌변했다. 두 드래곤은 이탄에게 호의적인 것을 넘어서 순종적인 눈빛을 보냈다.

콘은 정말 미칠 것만 같았다.

[안 된다. 이놈. 안 된다. 영혼과 에너지는 나의 근본이거늘 어찌 네놈이 그 힘마저 **빼앗으려** 드느냐?]

콘이 울부짖었다.

그래 봤자 소용없었다. 세상에 에너지와 영혼이라는 씨앗을 뿌린 농부는 콘이었으되, 그 씨앗이 싹을 틔웠을 때 주인의 낙인을 찍은 장본인은 이탄이었다. 자줏빛 드래곤과 하얀 드래곤은 이미 이탄에게로 마음이 기울었다.

[크아아아악. 이 망할 도적놈.]

콘이 길게 울부짖으며 이탄에게 달려들었다.

콰득!

초거대 붉은 뱀이 즉시 대가리의 방향을 틀어 콘의 뒷목을 물어뜯었다.

그 순간 우주 저편에서 여덟 색깔의 광선이 날아왔다.

Chapter 6

쭈왕―.

단숨에 우주를 가로지르며 날아온 광선은 초거대 붉은 뱀의 목을 강타했다.

팔색 광선의 도움 덕분에 콘은 붉은 뱀에게 목덜미를 물어뜯기지 않았다.

붉은 뱀이 잠시 휘청거리는 사이, 여덟 색깔의 광선은 곧장 방향을 틀어서 이탄을 공격했다.

이탄은 예전에도 팔색 광선의 공격을 경험했었다.

"콘에 이어서 이번에는 알리어스인가? 흥. 내 이럴 줄 알았지."

이탄이 오른손을 들었다.

이탄은 미리 남겨놓은 5,000개의 만자비문을 꺼내들어 팔색 광선의 공격을 막는 한편, 우주 저편에서 광선을 방출한 근원, 즉 팔색 고리 모양의 알리어스를 직접 공격했다. 이탄의 손끝이 지목한 순간, 우주의 이면에 잠복 중이던 신살의 병기 아가리가 투명하게 일어나 알리어스를 덥석 집어삼켰다.

그 전에 알리어스의 팔색 고리가 가닥가닥 분열하더니, 여덟 마리의 거대한 드래곤으로 변신했다.

시뻘건 용암을 보는 듯한 불의 드래곤.

투명하고 신비로운 물의 드래곤.

번쩍 번쩍 전하가 뭉쳐서 만들어진 번개의 드래곤.

절대0도의 극빙의 기운을 뿌리는 얼음의 드래곤.

블랙홀처럼 묵직한 무게감을 자랑하는 대지의 드래곤.

칼날과도 같은 기세를 품은 바람의 드래곤.

시커멓게 우주 속에 녹아든 어둠의 드래곤.

눈을 뜰 수 없게 만드는 빛의 드래곤.

이상 여덟 마리의 드래곤이 우렁찬 포효와 함께 등장하여 이탄에게 달려들었다.

아니다. 틀렸다. 여덟인 줄 알았는데 실은 아홉이었다.

드래곤들 중에는 수목의 드래곤도 끼어 있었다. 수목의 드래곤으로부터 세차게 맥동하는 생명력이 느껴졌다.

이탄을 공격하는 드래곤 한 마리 한 마리는 어지간한 성운의 크기였다. 이들이 발산하는 위력도 거의 신격 존재들을 보는 듯했다.

이탄의 입장에서는 갑자기 신격 존재 9명과 싸우게 된 셈이라 곤혹스러워야 할 터인데, 의외로 이탄은 무덤덤했다.

아니, 오히려 이탄은 드래곤들의 등장을 반겼다.

"역시 너희도 몰려왔구나."

알리어스의 팔색 고리가 분열하면서 등장한 드래곤들은, 이탄이 간씨 세가의 세상에서 맹약을 맺은 세계의 파편들이었다.

그러고 보면, 이 드래곤들의 이름도 모두 알리어스였다.

이탄이 씨익 웃었다.

"하하하. 조금 전에 내가 영혼의 수호룡과 에너지의 수호룡을 마주쳤을 때는 진짜로 깜짝 놀랐거든. 그런데 너희는 아니야. 나는 너희가 곧 등장할 것이라고 미리 예상했다. 팔색 고리의 신 알리어스가 나타났을 때부터 너희들의 등장을 예견했었다고."

최근에 콘과 알리어스는 이탄에게 패하여 정신없이 도망쳤었다. 그런 두 신이 다시 자신 있게 이탄 앞에 나타났을 때에는 무언가 대비를 했을 게 분명했다.

'그 대비가 바로 열한 마리의 수호룡들이란 말이지?'

이탄은 이 황당한 우연에 절로 웃음이 나왔다.

다만 한 가지는 여전히 의문이었다.

간용음이 남긴 열하고성일지에 따르면, 고대의 신 알리어스는 인간들에게 불, 물, 번개, 얼음, 흙, 바람, 어둠, 빛이라는 8개의 원소를 전했다.

실제로 알리어스는 여덟 색깔의 고리 형태로 현신하므로, 열하고성일지 속 내용과 딱 맞아떨어졌다.

'그렇다면 수목의 수호룡은 뭐지? 저놈은 갑자기 어디서 튀어나온 거야? 간용음이 고대의 신화를 잘못 해석했나?'

이탄이 약간의 의문을 품는 동안, 아홉 마리 드래곤은 이탄에게 달려들다 말고 멈칫했다. 그들의 뇌에 박힌 맹약의 힘이 강하게 발동한 탓이었다.

아홉 마리 드래곤이 머뭇거리자 알리어스가 당황했다.

[어서 공격하지 않고 무엇을 하느냐? 내가 너희의 창조신이니라.]

알리어스의 울부짖음은, 조금 전 콘이 내뱉었던 주장과 동일했다. 당연히 그 결과도 같을 수밖에 없었다.

아홉 마리 드래곤은 씨앗을 뿌린 농부보다는, 그 씨앗을 싹 틔우고 주인의 각인을 찍은 이탄에게 더 끌렸다.

[크아악. 이런 도적놈의 새끼. 이런 쌍놈의 양아치 새끼. 내놔라. 나의 여덟 원소를 내놓으란 말이다.]

알리어스가 이성을 잃고 이탄에게 달려들었다. 이런 행동은 조금 전 콘이 보여준 것과 다를 바가 없었다.

한데 웬걸? 이탄이 나서기도 전에 아홉 마리 드래곤이 으르렁거리며 알리어스를 저지하려 들었다.

[우아아악.]

그 꼴을 본 알리어스는 더더욱 분해서 날뛰었다.

솔직히 알리어스나 콘의 입장에서 이 문제는, 단순히 억울한 수준을 넘어서 그들의 생존까지도 결부된 부분이었다.

사실 콘의 뿌리는 영혼과 에너지였다. 만약에 콘이 이 두 힘을 잃는다면, 그것은 콘에게 사형선고나 마찬가지였다.

알리어스의 경우도 같았다. 알리어스는 태초에 상차원 이동을 통해서 처음 신격을 갖추었을 때 8원소를 자신의 근간으로 삼았다.

만약에 알리어스가 다른 신과 싸우다가 소멸하더라도, 간씨 세가의 세상에 남겨 놓은 세계의 파편만 있으면 얼마든지 부활이 가능했다.

반대로 세계의 파편을 모두 잃어버리거나 다른 신에게 빼앗긴다면? 그것은 알리어스의 뿌리가 상하고 존재 자체를 부정당하는 셈이었다.

그러니까 굳이 비유를 해서 설명하자면, 콘과 알리어스에게 세계의 파편이란 리치의 라이프 베슬과도 같은 존재였다.

라이프 베슬이 건재한 리치는 죽어도 죽지 않는 불멸의 존재로 남지만, 라이프 베슬이 깨지는 순간 리치도 곧 소멸하지 않던가.

세계의 파편(수호룡)과 두 신의 관계도 바로 이러했다.

이탄은 알리어스와 콘의 태도를 보고는 곧바로 이 사실을 알아차렸다.

아홉 꼬리 고양이의 등장 I

Chapter 1

이탄이 두 신의 속을 박박 긁었다.

"후훗. 그렇게 귀한 파편들을 왜 머나먼 차원에 남겨두었 대? 그러다가 나 같은 놈에게 털리기라도 하면 어쩌려고?"

[크악. 요런 도적 새끼.]

[당장 내놔라. 당장 세계의 파편들을 내놓으라고.]

두 신은 미친 듯이 이탄에게 달려들었다.

그보다 한발 앞서서 열한 마리 드래곤이 이탄의 앞으로 순간이동했다. 드래곤들은 알리어스와 콘의 공격으로부터 이탄을 보호하려는 듯이 방어벽을 치고 사납게 이빨을 드 러내어 으르렁거렸다.

그러면서 이탄과 열한 마리 드래곤 사이에는 자연스럽게 맹약의 힘이 발동했다. 이 힘은 이탄과 드래곤들의 마음을 하나로 연결하였다.

[말도 안 돼. 어떻게 너희들이 이럴 수가 있지?]

알리어스는 배신감에 앞이 캄캄했다.

[으어어어. 대체 이게 무슨 짓들이냣.]

콘도 아찔한 현기증을 느꼈다.

얼마 전, 두 신이 간씨 세가의 세상에 들려서 세계의 파편들을 회수할 때만 하더라도 그들은 이탄에 대한 승리를 자신했다.

'수호룡들을 다시 모아서 세계의 힘을 이끌어내면 저 가증스러운 도적놈을 충분히 거꾸러뜨릴 수 있을 게다.'

이게 두 신의 공통된 생각이었다.

다만 두 신은 수목의 수호룡이 언제 어떻게 파편들 사이에 끼어들었는지 알지 못했다. 두 신도 내심 이 새로운 수호룡의 정체가 궁금하였으나, 지금 당장은 이탄에 대한 복수가 시급한 시점이었다. 두 신은 일단 자세한 사정 파악을 뒤로 미뤘다.

그저 콘은 '저 나무 계열의 수호룡은 뭐지? 알리어스의 권능이 그새 8개에서 9개로 하나 늘어났나?' 라고 추측했다.

반면 알리어스는 '콘이 에너지와 영혼 외에 한 가지 권능을 더 늘렸나 보구나. 분명히 그럴 게야.' 라고 지레짐작했다.

둘 다 틀렸다.

수목의 수호룡은 콘이나 알리어스와는 무관한 존재였다. 새로운 수호룡을 세계의 파편 사이에 은근슬쩍 끼워 넣은 장본인은 다름 아닌 그릇된 차원의 왕이었다. 그것도 오대강족의 다섯 왕들을 뛰어넘는 진정한 왕이 개입했다.

리종 일족의 늙은 사자왕 나라카.

기브흐 일족의 늙은 뱀왕 닉스.

부이부 일족의 늙은 도마뱀왕 츠롭클.

이들 3명의 늙은 왕이 한창 왕성하게 활동하던 시기, 그릇된 차원의 외계성역에는 세 늙은 왕들마저 두렵게 만드는 또 한 명의 왕이 존재했다.

그는 고대 고양이족의 왕이라 불렸다.

그는 9개의 생명을 가진 특별한 존재였다.

그는 이탄이 스악골 공작으로부터 회적색 단검을 빼앗았을 때, 단검이 보여준 환상 속에 등장했었다.

바로 그 고양이족의 왕이 간씨 세가의 세상에 개입하여 수목의 수호룡을 세계의 파편 사이에 슬쩍 끼워 넣었다.

덕분에 세계의 파편은 총 11개로 늘었다.

이 11개의 파편이 부화하여 드래곤이 되었고, 그들이 이탄의 부추김에 넘어가 콘과 알리어스의 뒤통수를 제대로 때렸다.

드래곤의 배신으로 인하여 콘과 알리어스가 이탄을 꺾을 가능성은 0으로 떨어졌다.

아니, 이제는 이탄을 이기는 게 문제가 아니었다. 콘과 알리어스는 자신들의 소멸을 걱정할 처지였다.

"이제 그만 끝을 내자."

이탄이 냉정하게 선언했다.

그 즉시 초거대 붉은 뱀이 콘과 알리어스의 후방을 틀어막았다.

붉은 뱀의 주변에는 회색 태양 수천 개가 이글이글 떠올랐다.

열한 마리 드래곤들도 콘과 알리어스를 향해서 포위망을 슬금슬금 좁혔다.

이탄은 신살의 병기 아가리와 아몬의 토템을 양손에 나눠 쥐고는 드래곤들의 뒤를 어슬렁어슬렁 따랐다.

이탄의 등 뒤에서는 정상 세계의 인과율들이 툭툭 튀어나왔다.

앞에도 강적.

뒤에도 강적.

[으윽.]

[제기랄.]

콘과 알리어스가 바짝 긴장했다. 그들이 살아날 구멍은 어디에도 없어 보였다.

쭈—왕—.

알리어스가 이탄을 노리고 선제공격을 퍼부었다. 팔색 광선이 벼락처럼 날아와 이탄의 미간을 뚫었다.

그 전에 여덟 종류의 드래곤들이 먼저 움직였다. 드래곤들은 알리어스의 공격으로부터 각자의 속성에 해당하는 힘을 빼앗았다.

덕분에 팔색 광선이 이탄의 이마에 도달했을 즈음에는 광선에 담긴 힘이 수만 분의 1로 줄어들었다.

"훗. 가소롭군."

이탄은 그냥 맨몸으로 알리어스의 공격을 맞아주었다. 이탄의 이마에는 조금의 상처도 나지 않았다.

[크으읏. 제기랄.]

알리어스는 욕을 퍼붓더니, 전력을 다해 2차, 3차의 광선 공격을 퍼부었다. 그러면서 알리어스는 콘에게 뇌파를 보냈다.

[도망쳐. 내가 놈들의 주목을 끌 동안, 너라도 여기를 벗어나라고. 내가 다른 차원으로 통하는 문을 열 테니까 어서.]

알리어스의 뇌파는 무척 다급했다.

콘이 친구의 제안을 거부했다.

[아니. 나 혼자 도망칠 수는 없다. 나도 끝까지 저놈과 싸울 테다.]

콘은 등 뒤에 블랙홀을 소환하여 붉은 뱀의 공격을 막았다. 이어서 콘은 블랙홀을 하나 더 개방하여 이탄을 공격했다.

Chapter 2

알리어스가 언성을 높였다.

[콘. 고집 피우지 말고 어서 자리를 피해라. 네가 무사해야 퀸에게 이 다급한 사실을 전할 것 아니냐.]

상차원 이동을 하기 전, 콘과 퀸은 둘 다 술법사였다. 비록 콘이 속했던 요도와 퀸이 몸을 담았던 곤륜은 서로 적대적 관계였으되, 둘 다 술법에 능하다는 점은 공통점이었다. 덕분에 상차원 이동 후에도 콘과 퀸 사이에는 기묘한 끈이 연결되어 있었다.

알리어스는 바로 이 점을 지적했다.

[나는 퀸이 어디에 있는지 알지 못해. 그를 찾아갈 능력도 없어. 하지만 너는 다르지 않느냐. 너라면 퀸을 찾을 수

있을 게야.]

[그건!]

콘이 잠시 망설였다.

알리어스는 팔색 광선을 난사하는 한편, 적극적으로 콘의 등을 떠밀었다.

[으으윽. 빨리 내 말 들어. 저 사악한 도적놈을 처단하려면 퀸의 도움이 필요하잖아. 네가 퀸을 찾아서 이 일을 알려줘야 해.]

알리어스의 주장은 사실이었다. 저 이탄이라는 괴물을 처단하려면 콘과 알리어스만으로는 부족했다.

알리어스가 악을 썼다.

[어서 서두르라니까. 내가 버티는 데는 한계가 있어. 어서.]

[그, 그래.]

마침내 콘이 알리어스의 주장에 동의했다.

쭈왕!

그 즉시 알리어스는 젖 먹던 힘까지 쥐어짜서 가장 강력한 한 방을 날렸다. 동시에 알리어스는 콘을 위해서 타차원으로 통하는 문을 열어주었다.

콘이 벼락처럼 차원의 문 안으로 뛰어들었다.

그보다 한발 앞서 이탄이 '무한공'의 언령을 사용했다. 이탄은 단숨에 콘의 앞을 가로막았다.

"내가 또 당할 줄 아느냐? 미꾸라지처럼 내 손에서 빠져나가는 것도 이제 끝이다."

이탄은 콘을 향해서 손을 뻗었다.

우주의 이면에 웅크리고 있던 신살의 병기 아가리가 나타나 콘을 덥석 집어삼켰다.

아가리에게 잡아먹히기 전, 콘은 상대의 목구멍 앞에 블랙홀을 하나 소환하더니 스스로 그 속에 뛰어들었다.

블랙홀 내부의 압력이 아무리 엄청나다고 할지라도 단숨에 콘을 소멸시킬 정도는 아니었다. 하여 콘은 '신살의 병기에게 잡아먹히는 것보다는 블랙홀 속으로 뛰어드는 편이 더 생존 확률이 높겠지.'라고 판단했다.

블랙홀 입수와 동시에 콘은 블랙홀을 개조했다. 홀의 출구인 화이트홀을 차원의 문 앞으로 설정한 것이다.

재빠른 임기응변 덕분에 콘은 단숨에 아가리를 젖히고 차원의 문에 도착했다.

'콘이 슬라이딩 하듯이 차원의 문 안으로 미끄러져 들어가면, 그 즉시 문을 닫아서 저 도적놈의 추격을 차단할 테다. 설명 내가 영원히 소멸한다 할지라도 콘이 퀸에게 이번 일을 알릴 수만 있다면, 그리고 콘이 무사할 수만 있다면 그것으로 만족한다.'

알리어스는 오늘 이 자리에서 소멸될 각오를 했다. 희생을 결심한 알리어스가 최후의 힘을 쥐어짜서 이탄에게 팔색 광선을 날렸다.

따다당!

이탄이 아몬의 토템을 튼었다. 광목 시리즈 음악이 연주되자 다섯 속성으로 이루어진 세계가 나타났다.

그 세계가 알리어스의 최후 일격을 거뜬히 막아내었다.

동시에 이탄은 '엑시큐션' 언령을 발동했다. 허공에 나타난 거대한 단두대가 알리어스를 반으로 쪼개며 지나갔다.

이 단두대에는 필연의 인과율이 담겨 있기에 회피가 불가능했다.

그게 끝이 아니었다. 아가리가 어느새 목표를 바꿔서 둘로 쪼개진 팔색 고리, 즉 알리어스를 집어삼켰다.

[으읏. 으아아아악.]

신체가 둘로 잘린 알리어스가 긴 비명과 함께 아가리의 뱃속으로 처박혔다. 제아무리 알리어스가 신격 존재라 할지라도 일단 아가리에게 잡아먹힌 이상 끝장이었다.

'난 소멸해도 되지만, 콘, 너는 살아남아야 한다. 끝까지 남아서 언젠가 내 복수를 해줘.'

알리어스는 컴컴한 뱃속으로 굴러 떨어지면서 콘의 무탈함을 기원했다.

안타깝게도 운명의 여신은 알리어스의 기원을 받아들이지 않았다.

꽝! 꽝! 꽝! 꽝! 꽝!

어느새 나타난 회색 태양들이 차원의 문 앞에서 격렬하게 폭발했다.

콘은 벼락보다도 더 빨리 문 안으로 뛰어들었으나, 그 전에 공간이 뒤틀리면서 문의 위치가 옆으로 밀려났다.

콘은 정말 종이 한 장 차이로 차원 돌파에 실패했다.

[아!]

콘이 당황했다.

아슬아슬한 실패가 콘을 절망으로 빠트렸다. 어느새 이탄이 유령처럼 순간이동하여 차원의 문 앞을 떡하니 가로막았다.

"콘이여, 그만 포기해라. 네가 도망칠 구멍은 없다."

이탄이 콘을 향해서 한 발을 내디뎠다.

이탄의 오른손이 투명하게 흩어진다 싶더니, 신살의 병기 아가리가 우주의 이면으로부터 부상하여 콘의 하반신 쪽을 덮쳤다. 콘의 머리 위에는 거대한 단두대 칼날이 등장하여 떨어지는 중이었다.

'뒤로 도망쳐야 하나?'

콘은 재빨리 후방을 살폈다.

그곳에서는 초거대 붉은 뱀이 혀를 날름거리며 다가오고 있었다.

콘은 다시 이탄에게 시선을 돌렸다.

'결국 저놈의 머리 위를 타넘어 도망칠 수밖에 없나?'

그것도 불가능했다. 콘의 속내를 읽기라도 한 것처럼 이탄의 뒤쪽, 그러니까 차원의 문 앞에는 열한 마리 수호룡들이 진을 치고 틀어막았다. 이들 가운데는 콘의 목숨이나 다름없던 영혼의 수호룡과 에너지의 수호룡도 포함되었다.

[아아아.]

콘이 절망했다. 이제 콘에게는 아무런 희망이 없었다. 저항할 의지를 잃어버린 콘이 고개를 푹 떨구었다.

바로 그때 이변이 일어났다.

이탄의 뒤에 병풍처럼 늘어서 있던 열한 마리의 수호룡들 중에는 수목의 수호룡도 포함되어 있었다.

이 수목의 수호룡도 이탄으로부터 피를 한 방울 얻어 마시고는 맹약을 맺었다. 덕분에 이탄은 모든 수호룡들의 생각을 실시간으로 읽어낼 수가 있던 터, 당연히 이탄은 그들이 수상한 행동을 할 것이라고는 꿈에도 생각하지 못했다.

한데 그 믿음이 깨졌다.

좀 더 정확히 말하자면, 수목의 수호룡은 배신의 주체가 아니었다. 만약에 수호룡이 배신을 계획했다면 그 즉시 이탄은 상대의 심경 변화를 알아차렸을 것이다.

놀랍게도 수목의 수호룡은 전혀 다른 미지의 존재로 돌변했다.

혹은 그 미지의 존재가 수목의 수호룡의 신체 내부로 파고들어 몸 갈아타기라도 한 것처럼 보였다.

Chapter 3

원래 수목의 수호룡은 온몸에 나뭇가지와 뿌리 같은 것들이 돋아 있었다.

스륵, 스륵, 스르륵.

한순간 그 나뭇가지들이 빠르게 자라나 뼈처럼 변했다. 그것도 마치 조류의 날개 뼈를 연상시키는 모습이었다.

뼈 위에는 깃털이 마구 돋아났다.

이 깃털 한 가닥 한 가닥이 예리한 검날을 연상시켰다.

수호룡의 머리 부위도 전혀 다른 모습으로 변화했는데, 흡사 매를 보는 듯했다.

수목의 수호룡은 눈 깜짝할 사이에 수많은 날개를 가진 괴상한 매로 변신했다. 그 수호룡, 아니 매가 형형한 눈을 들어 이탄의 등을 노려보았다.

푸욱!

그 즉시 매의 마음속에서 형성된 검 한 자루가 이탄의 등짝을 뚫고는 심장 중간까지 틀어박혔다.

"커헉?"

이탄이 두 눈을 부릅떴다.

놀랍게도 상대가 방출한 마음의 검은 이탄의 단단한 몸뚱어리를 뚫고 심장에 직접 타격을 주었다.

이 검은 리헤스텐이나 우드워커, 방케르의 검보다 훨씬 더 차원이 높았다.

후왕!

순간적으로 이탄의 몸 전체에서 붉은 노을이 강하게 뿜어져 나왔다. 적양갑주는 이탄의 등과 심장에 난 상처를 즉시 치유했다.

이탄이 가진 두 번째 심장, 즉 음차원 덩어리 속에서도 만자비문들이 회색 물고기 떼처럼 우르르 뛰어나와 이탄의 상처를 치유하고, 적의 다음 공격에 대비했다.

이탄이 천천히 몸을 돌렸다. 이탄은 불덩이를 품은 듯 이글거리는 두 눈으로 적을 노려보았다.

"누구냐? 너."

이탄의 음성이 뚝뚝 끊어졌다.

추궁을 받은 상대는 날개를 한 번 으쓱하더니, 마음의 검을 또 날렸다. 물리적인 실체가 전혀 없이 마음속에서 만들어진 심검(心劍)은 이탄의 피부 위에 겹코팅된 금강체를 술법을 치즈 자르듯이 베고는 단숨에 살 속으로 파고들었다.

살아생전 리헤스텐도 마음의 검을 일부 구현했다.

하지만 리헤스텐의 검은 엄밀히 말해서 온전한 심검이라기보다는 빛의 검에 가까웠다.

반면 이 괴상한 존재의 공격은 리헤스텐과는 비교도 되지 않게 드높았다.

심검이 피부 속으로 파고든 순간, 이탄의 몸에서 붉은 노을이 터져나왔다. 대신 콘의 퇴로를 막았던 초거대 붉은 뱀은 어느새 사라져 버렸다. 이탄이 위기에 처하자 붉은 뱀이 이탄의 몸속으로 돌아온 것이다.

까앙!

격렬한 소음과 함께 심검이 깨졌다.

[이걸 막는다고?]

수목의 수호룡, 아니 매가 고개를 한 번 갸웃했다.

동시에 눈에 보이지도 않는 심검 수십 개의 생겨나더니 이탄의 온몸을 서로 다른 방향에서 찔렀다.

까앙!

이탄의 몸에 작렬한 것은 분명 수십 번의 공격이건만, 소음은 딱 한 번만 울렸다. 상대의 심검 수십 개가 정확히 같은 타이밍에 이탄의 몸을 쑤셨다는 뜻이었다.

다만 이탄은 이 모든 공격을 한 방에 막아내었다. 놀랍게도 적양갑주는 눈에 보이지도 않고 만질 수도 없는 심검마저도 거뜬히 방어했다.

[역시 범상치가 않군.]

매가 혀로 입술을 축였다. 이탄을 바라보는 매의 눈에는 강한 질투와 탐욕의 감정이 어른거렸다.

매가 이탄에게 뇌파를 보냈다.

[그 붉은 노을처럼 보이는 것이 네 방어 수법인가? 세상에 나의 십제검을 막아내는 방어기술이 존재한다는 게 믿어지지 않는군. 아무래도 그거, 내가 가져야겠다.]

매는 대뜸 이탄의 적양갑주를 탐냈다.

이처럼 노골적인 탐욕도 어이없지만, 이탄은 그것보다는 다른 단어에 주목했다.

'십제검이라고? 전에 만났던 검계(劍界: 검의 세계)의 검령이 스스로를 십제라고 칭했는데. 이 자는 그 검령과 어떤 관계일까?'

이탄이 이런 의문을 품을 때였다. 형형하게 빛나던 매의 동공이 한순간 몽환적으로 변했다. 동그란 공동이 얼핏 고양이 눈처럼 갸름해지는가 싶더니 어느새 눈 전체가 새까맣게 물들었다.

이 괴이한 눈을 접한 즉시 이탄의 혈관 속 피가 굳었다. 이탄의 세포들도 돌처럼 딱딱하게 변했다.

다행히 이탄은 피가 굳어도 활동에 지장이 없는 언데드였다.

이탄이 몸을 한 번 털었다. 파창! 하고 유리 깨지는 듯한 소리가 나더니 딱딱하게 굳었던 부위가 모두 풀렸다.

매가 눈꼬리를 둥글게 휘었다.

[후후훗. 너, 제법이구나. 파륜석화술법(波輪石化術法)마저 이렇게 쉽게 깨뜨리다니, 잡아먹는 맛이 있겠어.]

매는 시건방지게도 이탄을 향해서 입맛을 다셨다. 그가 한 발을 앞으로 내디디자 주변 풍경이 돌변했다.

빛의 수호룡이나 어둠의 수호룡, 불의 수호룡 등은 모두 사라졌다.

차원의 문도 어디로 갔는지 보이지 않았다.

소멸을 앞둔 콘도, 드넓게 펼쳐진 우주도 모두 자취를 감추었다. 대신 온통 캄캄한 공간에 오직 2명만 남아서 서로를 마주 보았다.

이탄.

매.

둘이 서로를 탐색하는 동안, 매의 오른쪽 어깨 위에는 이글거리는 태양이 떠올랐다.

이 태양은 빠르게 자전을 하면서 주변의 모든 불꽃들을 집어삼키는 중이었다.

한편 매의 왼쪽 어깨 위에는 죽음의 기운이 둥글게 뭉쳐서 부유했다. 이 기운은 마치 검은 태양을 보는 듯했다.

마지막으로 매의 등 뒤에서는 새로운 나뭇가지들이 계속해서 돋아났다.

'보톰'이라 불리는 회백색 나뭇가지로부터 '보난트리'라는 이름의 분홍 잎사귀가 화려하게 피어났다. 한편 매의 발바닥에서는 시커먼 뿌리가 생성되었는데, 이 뿌리의 이름은 '보그루트'였다.

Chapter 4

뜨거운 불(火).

음습한 어둠(暗).

생동감 넘치는 나무(木).

이 세 가지는 매가 가진 가장 강력한 권능들이었다.

이 세 가지 힘이 서로 조화를 이루면서 매는 불멸이 되었다. 그리하여 그는 불멸의 매, 탐욕의 매, 진화의 매로 거듭났다.

매가 독백을 하듯이 뇌까렸다.

[나도 한때는 여기 가까이에 머물렀던 적이 있었는데. 정확히 이 차원은 아니고, 인근 차원에 살았더랬지. 아마도 그릇된 차원? 뭐, 그런 이름이었을 거야. 그런데 참 희한하지? 내가 보숨이라는 씨앗을 심은 장소는 분명 여기가 아니라 다른 세상이었는데? 그 보숨이 성장하여 나무 계열의 드래곤이 되었을 텐데, 그 드래곤이 언제 또 차원을 넘어서 이런 곳까지 왔을까? 네가 녀석을 이리로 데려왔나?]

"그릇된 차원?"

이 단어를 듣는 순간, 이탄은 한 가지 설화를 떠올렸다.

한때 그릇된 차원 전체를 진동시키던 고대 고양이 족.

9개의 생명을 가졌다던 그 괴물이 이탄의 뇌리를 스쳐 지나갔다.

그릇된 차원의 몬스터들 가운데 이 정도로 위협적인 존재는 없었다.

'리종의 늙은 사자 나라카도, 기브흐의 늙은 뱀 닉스도, 부이부의 나이 든 도마뱀 츠롭클도 이런 수준은 아닐 거야. 그렇다면 그릇된 차원의 남은 초강자는 오래 전 자취를 감추었다는 고양이뿐이지.'

이탄이 눈매를 게슴츠레 좁혔다.

그러고 보니 상대의 외양은 괴물 매를 연상시켰지만, 그 속에는 고양이의 기운도 은은하게 배어 나왔다.

[아하. 네가 그 고양이구나.]

이탄이 단정적으로 말했다. 그것도 언노운 월드의 언어가 아니라 그릇된 차원의 언어를 뇌파에 담아서 찔러보았다.

[!]

상대가 흠칫했다.

잠시 후, 매의 눈이 더더욱 둥글게 휘었다.

[아하하. 아하하하하. 이거 정말 반가운데. 마치 고향에 오랜만에 돌아와서 정겨운 사투리를 듣는 느낌이라고나 할까? 너, 그릇된 차원의 언어도 구사할 줄 아는구나? 그러고 보니 네 안에도 반가운 기운들이 많이 숨어 있네. 특히 너의 가슴 속에서 심장 흉내를 내는 그 흉한 것 말이야. 후후훗. 아주 맛있어 보여.]

매가 웃음을 터뜨리자 그의 왼쪽 어깨 위에서 회전 중이던 검은 태양이 더욱 빠른 속도로 회전했다.

휘류류류류ㅡ.

자전하는 검은 태양은 인근에 분포한 모든 어두운 기운들을 흡입했다. 이 가운데는 이탄의 가슴 속에 틀어박혀 있는 음차원 덩어리도 포함되었다.

몇 해 전 이탄은 음차원 전체를 주먹 크기의 덩어리로 응축한 뒤, 그것을 자신의 갈비뼈 안에 욱여넣어 두었다.

덕분에 이탄이 음차원의 마나를 아무리 퍼서 써도 고갈

되지 않는다.

한데 매가 한 마디를 하자 음차원 덩어리 전체가 이탄의 가슴 속에서 뽑혀나갈 것처럼 요동쳤다.

매가 으스스하게 외쳤다.

[나는 세상 모든 불과 어둠과 나무의 주인. 음차원 또한 어둠에 속했을진대, 마땅히 나에게로 와서 내 것이 될지어다.]

매가 두 팔을 펼친 순간, 검은 태양은 눈에 보이지도 않을 만큼 빠른 속도로 맹렬히 회전했다. 그러면서 발생한 가공할 흡입력은 금방이라도 이탄의 몸에서 음차원 덩어리를 뽑아갈 듯했다.

물론 이탄도 쉽게 빼앗기지 않았다.

우선 만자비문들이 음차원 덩어리를 붙잡았다. 부정 차원의 인과율들은 이미 음차원 덩어리에 양각되어 단단히 결합을 한 터, 상대가 제아무리 어둠의 주인이라 할지라도 만자비문이 새겨진 음차원 덩어리를 단숨에 회수할 수는 없었다.

[하! 제법 앙탈이 심한데?]

매가 입꼬리를 고약하게 비틀었다.

푸쉭, 푸쉭, 푸쉬쉬쉭.

매가 전력을 다하자 그의 검은 태양은 연기를 내뿜을 정도로 빠르게 회전했다. 이와 비례하여 검은 태양이 발휘하는 흡입력도 한층 더 거세졌다.

이탄도 더는 상대의 오만한 행동을 참아주지 못했다.

[이런 시건방진 놈. 너 따위 미물이 감히 나의 심장을 뽑아가겠다고?]

이탄이 내뱉는 한 마디 한 마디에 무시무시한 권능이 담겼다. 이탄의 머리 위에선 가공할 파괴력과 음험한 사기가 나선형으로 회오리쳤다.

쿠콰콰콰콰—.

이탄이 내뿜는 기세는 결코 매의 기세에 뒤지지 않았다.

아니, 오히려 더 사납게 요동쳤다.

이탄은 여섯 눈의 존재나 탈룩, 인과율의 여신, 그리고 콘과 알리어스가 힘을 합치고도 거꾸러뜨리지 못한 신격 존재였다.

이탄은 마신 피사노교의 오롯한 후계자인 동시에, 정상 세계의 인과율마저 한 손에 거머쥔 절대자였다.

이탄은 여러 신들로부터 권능이나 술법을 강탈하여 자신의 것으로 소화해낸 희대의 도둑이기도 했다.

그 이탄이 상대에게 아주 강렬한 적의를 품었다.

마찬가지로 매도 이탄에게 숨길 수 없는 살의를 느꼈다.

싸움이 붙은 2명 모두 인식하지 못하고 있으나, 지금 이들이 서로에게 보이는 적의는 아주 뿌리가 깊은 것이었다.

예전에 이탄이 회적색 단검을 통해 목격했던 지하 세계 언더그라운드의 세상에는 네 마리 환수(幻獸)가 살았더랬다.

태고의 도마뱀.

탐욕의 고양이.

흉포한 사자.

금속 뱀.

이상 사대환수들은 치열한 약육강식의 세계인 언더그라운드를 동서남북으로 나눠서 지배했다.

그러던 어느 날이었다. 탐욕의 고양이가 언더그라운드를 벗어나 더 넓은 세상으로 진출하였다. 이내 그는 그릇된 차원에 자리를 잡고 고대 고양이족의 시조가 되었다.

탐욕의 고양이의 뒤를 이어서 태고의 도마뱀도 좁은 언더그라운드를 벗어나 넓은 세상으로 나갔다. 이 도마뱀도 고양이와 마찬가지로 그릇된 세상으로 진출하여 도마뱀 일족의 시조가 되었다.

이어서 흉포한 사자가 어느 날인가 신비롭게 자취를 감추었다. 이 사자는 그릇된 차원이 아니라 다른 먼 곳으로 넘어갔다.

이제 언더그라운드에는 금속의 뱀만이 남았다.

Chapter 5

좀 더 세월이 흐른 뒤, 언더그라운드에는 이방인들이 여럿 등장했다. 이들은 머나먼 고향을 떠나 상차원 이동을 하여 언더그라운드로 넘어왔다.

콘.

알리어스.

퀸.

붉은 뱀.

투명 마수.

5명의 이방인들은 상차원 이동 중에 스스로의 한계를 돌파하여 신격, 혹은 마격을 갖추었다.

콘과 퀸은 필멸자의 굴레를 벗어던졌다.

붉은 뱀과 투명 마수도 아이템의 한계를 넘어서 지성과 신격을 갖게 되었다.

금속 뱀은 감히 이들과 싸울 엄두를 내지 못했다. 무척 자존심이 상했으나 어쩔 수가 없는 일이었다. 금속의 뱀은 서둘러 자리를 피했다.

다행히 이방인 신들은 언더그라운드에 오래 머물지 않았다. 그들은 하나둘 흩어져 자리를 떴다.

5명의 이방인이 사라진 뒤, 금속의 뱀이 다시금 언더그라운드에 기어 나왔다. 대가리를 꼿꼿이 세운 뱀은 상처 입은 자존심에 보상이라도 하듯이 언더그라운드의 생명체들을 학살했다.

바로 그때였다. 새로운 이방인 한 명이 소리도 없이 언더그라운드에 나타났다.

건장한 체격의 이 이방인은 금속의 뱀을 단숨에 해치운 뒤, 뱀의 신체 내부로 파고들어 잠식의 과정을 거쳤다.

이 과정에서 금속의 뱀이 가진 기억들 대부분이 이방인 신에게 전이되었다.

뱀이 가진 방대한 기억과 감정 가운데 가장 격렬한 것은 다름 아닌 타 환수들에 대한 적대감이었다.

금속의 뱀은 탐욕의 고양이를 저주했다.

금속의 뱀은 태고의 도마뱀을 증오했다.

금속의 뱀은 흉포한 사자를 원수처럼 미워했다.

지독한 저주와 증오와 미움이 이방인 신의 뇌리로 전이되어 단단히 자리를 잡았다. 그리고 그 퇴색된 기억이 불현듯 이탄의 뇌 속 깊은 곳에서 깨어났다.

"크르르르."

이탄이 잇새로 포효를 터트렸다.

그러니까 오늘 이탄이 매에게 맹렬한 적의를 느낀 것은, 단순히 상대가 조금 전 그를 기습하여 상처를 입혔기 때문만이 아니었다. 이탄의 뇌리 깊은 곳에는 고양이와 도마뱀, 사자에 대한 적대감이 오래 전부터 뿌리를 내렸다.

한편 매도 이탄에 대한 적대감을 여과 없이 드러내었다.

[죽여 버릴 테다.]

매가 이탄에게 느끼는 감정은, 오래 전 그가 태고의 도마뱀과, 그 도마뱀이 낳은 여섯 마리 새끼들을 해치울 때 느꼈던 것과 비슷했다.

아니, 지금이 그때보다 더 격렬했다.

매는 태고의 도마뱀을 증오하였으되, 두려움을 느끼지는 않았다.

한데 이탄은 달랐다. 알 수 없는 불안감이 매의 증오를 부추겼다.

화르르륵!

한순간 이글거리는 거대한 태양이 이탄을 덮쳤다.

태양의 모습이 마치 거대한 새처럼 변한다 싶더니, 날갯짓 한 번에 이탄의 코앞까지 달려들었다.

우주에 떠 있는 진짜 태양은 핵융합을 통해서 열에너지를 얻지만, 이 태양은 달랐다. 이 태양은 온통 불로 이루어진 차원으로부터 가공할 열기를 제공받았다.

그러므로 이 태양은 절대 꺼지지 않는 열기의 근원이었다.

그러므로 이 태양은 불의 세상을 지배하는 화령(火靈)이나 다름없었다.

사아아아아—.

온 우주를 뒤덮을 듯한 화령, 즉 초거대 불새에 맞서서 초거대 붉은 뱀이 출격했다. 붉은 뱀은 회색 태양 5,000개를 이끌고 나갔다.

붉은 뱀의 주변을 위성처럼 맴돌던 회색 태양들이 화령을 향해서 먼저 달려들었다.

쾅! 쾅! 쾅! 쾅! 쾅!

회색 태양이 폭발할 때마다 우주가 허물어질 듯한 굉음이 터졌다. 부정한 인과율이 마구 요동쳤다.

초거대 화령이 주춤했다.

그 사이 초거대 붉은 뱀은 화령의 목덜미를 물어뜯었다.

화령의 목 부위가 뜯어지면서 화염이 말도 못 할 높이로 솟구쳤다. 화염은 붉은 페인트처럼 뱀의 비늘 위에 뿌려져 치이익 소리를 내면서 연기를 내뿜었다.

붉은 뱀의 비늘이 용암에 담근 듯이 발갛게 달궈졌다. 초거대 붉은 뱀이 고통스레 몸을 뒤틀었다.

그러면서도 붉은 뱀은 상대의 목덜미를 놓지 않았다. 집요하게 물고 늘어지면서 대가리를 좌우로 흔들었다.

이탄은 적양갑주를 돕기 위해 신살의 병기를 꺼내들었다. 투명한 아가리가 우주의 이면에서 튀어나와 화령의 발을 덥석 삼켰다.

화령의 다리와 꼬리 부위의 불꽃이 단숨에 아가리의 뱃속으로 들어갔다. 상상력에 의해 구현된 신살의 병기는 놀랍게도 화령마저 거침없이 먹어치웠다.

그 와중에 회색 태양들이 계속해서 폭발하면서 화령을 괴롭혔다.

붉은 뱀과 아가리, 만자비문까지 힘을 합치자 화령도 견디지 못했다.

다만 이렇게 당하고도 화령은 절대 기세가 줄어들지 않았다. 불의 차원에서 끊임없이 화령에게 화염을 공급하는 덕분이었다.

그래도 화령이 열세인 것은 엄연한 사실.

[크흥.]

매가 눈을 찌푸렸다.

매는 화령에게 공급되는 열기가 끊어지지 않도록 불의 차원을 더 활짝 개방했다. 동시에 매는 이탄의 머리와 몸통에 집중적으로 심검을 쑤셔 박았다.

다른 한편으로 매는 검은 태양을 회전시켜 이탄의 갈비뼈 속 음차원 덩어리를 통째로 뽑아내려 애썼다.

매의 동공은 끊임없이 흐려졌다 또렷해졌다를 반복했다. 파륜석화술법이 이탄의 피를 계속해서 돌덩이처럼 만들었다.

이에 대응하여 이탄도 몇 가지 수법을 추가했다.

우선 이탄은 아몬의 토템을 꺼내서 광목 시리즈 음악을 연주했다.

따다당!

이탄이 현을 뜯자 음악으로 창조한 세상이 나타나 상대의 공격을 막아주었다.

Chapter 6

다만 이 세상은 얼마 지나지 않아 곧 허물어졌다. 광목화음으로 만들어낸 불의 기운이 화령의 부리 속으로 쭈욱 빨려들어 간 탓이었다. 광목목음으로 만들어낸 나무의 기운도 매에게 쭉 흡수당한 탓이었다.

광목 시리즈 음악은 불, 물, 나무, 금속, 흙의 5개 근원을 짜임새 있게 엮어서 세상을 창조하는 것이 특징이었다.

한데 이 근원들 가운데 2개가 사라지자 세상 자체가 약해질 수밖에 없었다.

여러 신격 존재들의 가공할 공격을 거뜬히 막아낸 방법이 저 괴상한 매에게는 통하지 않는 셈이었다.

'끄응. 제기랄.'

자신이 가진 가장 강력한 방어 기술 가운데 하나가 막히자 이탄은 머리가 아팠다.

하지만 여기서 허둥지둥할 수는 없었다. 이탄은 재빨리 임기응변을 취했다.

이탄이 '엑시큐션' 언령을 발동한 순간, 허공에 거대한 단두대가 흐릿하게 나타나 매의 목덜미를 자르고 지나갔다.

[엇? 이건 또 무슨 수법이지?]

매가 날개 뼈 수십 개를 검처럼 날려서 단두대에 저항했다.

놀랍게도 매가 날린 검들은 최상격 언령의 힘을 견딜 만큼 강력했다. 검 하나하나에 시간과 공간의 힘이 어려 있었기에 가능한 일이었다.

그렇게 매가 수비에 전념하는 사이, 이탄도 자연스럽게 상대가 날린 심검들을 깨트린 다음, 위기에서 벗어났다.

이번에는 이탄이 역공에 나섰다.

이탄은 천주부동의 술법을 스스로에게 걸었다. 그와 동시에 그는 건곤대나이의 술법으로 적과 자신의 위치를 바꿨다.

이탄의 몸이 매로 바뀌었다.

대신 매는 이탄이 되었다.

"헙?"

갑작스러운 위치 변화에 매가 현기증을 느꼈다.

그때 이미 매는 천주부동에 꽉 붙잡힌 상태였다. 하늘의 기운이 내리찍는 무게는 실로 어마어마하여 가벼운 깃털 하나 움직이지 못했다.

그렇게 상대가 주춤한 사이, 이탄은 어느새 악귀수라의 모습으로 변했다. 이탄이 수라군림으로 육탄돌격하여 매를 들이받았다.

매도 가까스로 천주부동을 떨쳐낸 다음, 수천 장의 날개를 활짝 펼쳐서 날개 끝으로 악귀수라를 찔렀다.

또한 검은 태양이 스르륵 형태를 바꾸더니, 거대한 고양이, 혹은 표범처럼 변하여 악귀수라를 뒤에서 덮쳤다.

마지막으로 매의 등에서 돋아난 나뭇가지들이 구 형태로 뭉쳐서 매의 머리 위로 떠오르더니, 무시무시한 회전을 일으켰다.

퓨퓨퓨퓨풋.

구 형태로 뭉친 나뭇가지들이 수억, 수십 억 개의 검날이 되어 이탄의 악귀수라를 공격했다. 이 나뭇가지 하나하나에는 마음의 검이 담겨 있었다.

초거대 새의 형태를 가진 화령.

초거대 흑표범의 모습으로 변한 검은 태양.

구체에서 쏟아지는 무수히 많은 검.

이 세 가지야말로 매가 보유한 최후 최강의 공격 수법들이었다. 매는 이 세 가지를 한꺼번에 터뜨려서 이탄을 짓이 겨버리려 들었다.

[크아아아아.]

이탄도 악을 쓰면서 상대에게 달려들었다.

초거대 붉은 뱀과 신살의 병기 아가리, 그리고 5,000개의 회색 태양이 화령을 맡았다.

나머지 5,000개의 회색 태양과 '엑시큐션', '정화', '멸법'과 같은 언령들이 초거대 흑표범을 상대했다.

최상격인 '엑시큐션'과 '멸법'은 검은 태양을 충분히 상대할 만큼 강력했다.

'정화'는 비록 최상격의 언령은 아니지만, 모든 삿된 힘의 천적이므로 충분히 검은 태양을 괴롭힐 수 있었다.

심지어 이탄은 '삶'과 '죽음'이라는 난해한 언령마저 동원했다.

삶과 죽음의 수레바퀴가 어둠을 밀어내었다. 어둠이야말로 검은 태양에 에너지를 제공하는 근원이었다.

근원이 막히자 초거대 흑표범이 발버둥을 쳤다. 흑표범의 처절한 포효 소리가 뇌를 찢는 듯했다.

흑표범의 머리 위에선 거대 단두대가 떨어졌다. 모든 법칙을 허물어뜨리는 '멸법'의 언령이 흑표범의 사지를 흩어 놓았다.

이탄이 자신의 주력을 총동원하여 화령과 흑표범을 압도하는 동안, 매는 수목의 기운을 담은 검으로 이탄을 공략하는 수밖에 없었다.

만약 이탄이 광목 시리즈 음악을 사용할 수만 있었더라면, 이 공격쯤은 쉽게 막았을 것이다. 만약 광목오음에 팔곡을 더할 수만 있다면, 이탄의 방어는 더욱 튼튼해져서 난공불락이 되었을 터였다.

문제는 불과 나무였다.

이탄이 불과 나무의 기운을 생성한다면, 이는 지쳐가는 화령과 흑표범에게 새로운 힘을 실어주는 꼴이었다.

'광목화음과 광목목음을 빼면 세계의 구현이 안 돼. 세계를 만들어낼 수 없으면 놈의 공격을 막을 수 없어.'

이탄이 입술을 꽉 깨물었다.

광목오음 없이 팔곡이 가진 세월의 힘만으로는 물리적인 방어가 불가능했다.

결국 이탄은 '무한공'과 '무한시', 그리고 천주부동과 건곤대나이 술법을 총동원하여 수억, 수십억 개의 심검으로부터 도망 다니는 수밖에 없었다. 이탄의 몸이 우주 저편으로 번쩍 사라졌다가 다른 곳에서 번쩍 튀어나왔다.

매는 그때마다 집요하게 심검을 보내 이탄을 공격했다.

매가 날리는 것은 마음의 검인지라 공간과 시간에 제약

을 받지 않았다. 이탄이 아무리 멀리 도망을 쳐도 그곳에는 심검이 등장했다.

이탄의 정신이 분산되자 화령과 흑표범도 조금은 덜 수세에 몰렸다.

매는 화령과 흑표범을 돕기 위해서라도 심검을 악착같이 유지할 수밖에 없었다.

다만 이탄이 건곤대나이를 사용할 때마다 매도 목숨이 위험했다. 분명히 그는 심검으로 이탄의 목을 찌른 줄 알았는데, 둘의 몸이 바뀌면서 자신의 목을 찌르게 되는 옇 같은 현상이 나타났기 때문이다.

[크으윽. 젠장. 정말 지독하구나.]

매가 치를 떨었다.

우주의 이쪽 끝과 저쪽 끝을 오가면서 심검을 피해 도망 다닐 수 있는 자가 세상에 존재하다니!

저 가공할 화령과 흑표범을 억누를 수 있는 자가 세상에 존재하다니!

매는 이런 일이 가능하리라고는 상상도 하지 못했다.

매가 처음 진화에 성공했을 때에 비해서 지금의 그는 말도 못 하게 강해졌다. 그동안 태양은 기하급수적으로 화력이 증가한 끝에 급기야 영성까지 생겨서 온 우주를 뒤덮을 만한 불새의 모습으로 탈바꿈했다.

검은 태양도 수많은 차원에 퍼져 있던 어둠을 모조리 흡입한 결과 영성을 띠었다. 덕분에 검은 태양도 온 우주를 질타할 만한 거대한 흑표범의 모습으로 바뀌었다.

'이렇게 강해졌는데도 저자에게 밀린다고? 이게 말이 돼?'

매는 정말로 이 사태가 곤혹스러웠다.

게다가 이탄은 정신없이 도망을 다니는 와중에도 이따금씩 특이한 수법으로 반격을 펼쳤다. 이탄이 사용한 술법은 코이오스 가문에서 탈취한 유리궁과 투명궁으로, 두 술법 모두 원거리 요격에 쓸 만했다.

위력은 또 어찌나 강한지, 이탄이 날린 유리궁과 투명궁은 매의 단단한 날개를 뚫고 직접적인 충격을 안겨줄 정도였다.

물론 매의 몸뚱어리는 내구성이 기가 막힌지라 유리궁이나 투명궁 정도의 공격에 심각한 피해를 받지는 않았다.

금강체로 단련하여 몸이 단단하기로 유명한 이탄의 내구성이 100이라면 매의 내구성도 그 절반 이상은 되었다.

Chapter 1

전반적인 전세는 이탄이 유리했다.

이탄은 주력인 적양갑주와 만자비문 5,000개, 그리고 신살의 병기 아가리를 동원하여 초거대 불새, 즉 화령을 압도했다.

또한 이탄은 만자비문의 나머지 절반과 각종 언령 등을 총동원하여 초거대 흑표범, 즉 검은 태양을 지워나갔다.

매가 자신의 삼대 권능 가운데 하나인 수목의 검에 심검을 실어서 이탄을 공격하였으나, 이탄은 '무한공'과 건곤대나이 등을 이용하여 요리조리 도망 다녔다.

이대로 시간이 계속 흐르면, 결국 초거대 불새와 초거대 흑표범이 소멸할 테고, 그때는 이탄의 승리가 확실했다.

굳이 거기까지 갈 필요도 없었다. 불새와 흑표범 가운데 하나만 쓰러져도 이탄은 매를 압살할 수 있었다.

이탄의 얼굴이 점점 밝아졌다.

반대로 매의 얼굴은 갈수록 딱딱하게 굳었다.

그렇게 이탄이 승기를 잡았을 때 새로운 변수들이 등장했다.

변수는 총 두 가지였다.

첫 번째 변수는 이탄이 나라카의 눈을 발동한 순간에 나타났다. 이탄은 적의 심검을 피해서 도망 다니는 한편, 때때로 유리궁과 투명궁을 쏘아서 반격했다.

그러던 한순간, 매의 촘촘한 깃털이 벌어지면서 약점이 드러났다.

이탄은 그 짧은 찰나를 놓치지 않았다.

쭝―.

이탄의 눈에서 벼락처럼 날아간 샛노란 광선이 상대의 약점을 직격했다. 매의 무력 수준에서 나라카의 눈은 그리 어려운 공격기가 아니지만, 약점을 찔리는 바람에 잠시 움찔할 수밖에 없었다.

그 사이 연달아 날아온 유리궁과 투명궁이 매를 곤경에 처하게끔 만들었다.

매가 흔들리자 불새(화령)와 흑표범(검은 태양)이 급격히 약해졌다. 초거대 붉은 뱀과 회색 태양, 아가리와 언령 등은 더더욱 기세등등하게 상대를 몰아붙였다.

꾸와아아악!

불새가 비명을 질렀다.

커허헝!

흑표범이 거칠게 나뒹굴었다.

처음에 온 우주를 뒤덮을 크기였던 불새와 흑표범은 이제는 5분의 1로 몸체가 줄었다.

"옳거니! 이제 끝났구나."

이탄이 쾌재를 불렀다.

바로 그 순간, 이탄은 눈이 타들어가는 듯한 통증을 느끼고는 뒤로 팍 넘어갔다.

"크왁."

벌러덩 쓰러진 이탄에게 수천 자루의 심검이 틀어박혔다. 매가 그때를 놓치지 않고 반격을 퍼부은 것이다.

적양갑주가 재빨리 돌아와 이탄의 몸을 보호했다. 만자비문도 즉각 돌아와 이탄의 곁을 지켰다.

이탄의 가슴 속에서는 제2의 심장이 세차게 맥동하면서 상처 부위로 음차원의 마나를 공급했다.

콰차차차창!

이탄의 몸에서 붉은 노을이 일어나자 수천 개의 심검이

모두 박살 났다.

대신 붉은 뱀이 사라지자 불새가 되살아났다. 불새는 거의 80퍼센트의 힘을 잃고서 기진맥진해 있다가 다시 기세를 되찾았다.

아가리가 연신 불새를 물어뜯었으나, 혼자서는 역부족이었다.

초거대 흑표범의 경우도 마찬가지였다. 회색 태양 5,000개가 사라지자 흑표범이 빠르게 몸을 회복하기 시작했다. 5분의 1로 크기가 줄었던 흑표범이 이제는 50퍼센트 수준까지 되살아났다.

놈들은 불의 세계와 어둠의 세계로부터 직접 에너지를 받아오므로 회복도 무척 빨랐다. 이탄이 이빨을 갈았다.

"으드득. 이런 제기랄."

이탄의 두 눈에서는 피가 철철 흘렀다.

뚝뚝 떨어진 피 속에서 강렬한 포효가 터지더니, 숫사자의 머리에 사람의 몸을 가진 사자형 수인족이 불쑥 튀어나왔다.

몸과 얼굴에 이런저런 상흔들이 나 있고, 말도 못 하게 체격이 건장한 이 수인족의 정체는 나라카였다. 그릇된 차원의 늙은 왕이 갑자기 나타나 자신의 눈을 회수했다.

나라카는 등장과 동시에 매를 향해서 목례를 보냈다.

이게 끝이 아니었다. 나라카의 옆에는 어느새 새까만 비늘을 가진 뱀이 등장하여 똬리를 틀었다.

이 뱀은 적양갑주나 불새, 혹은 흑표범처럼 우주급의 크기는 아니었다. 대신 알리어스와 콘이 데려온 수호룡들보다는 더 컸다.

어지간한 성운쯤은 한 바퀴 칭칭 휘감고도 남을 만큼 이 뱀의 정체는 닉스.

그릇된 차원의 늙은 왕이 또 한 명 등장했다.

그렇다.

나라카와 닉스, 이들 2명의 늙은 왕들이야말로 매가 숨겨 놓은 한 수였다.

물론 이 늙은 몬스터들이 감히 이탄을 상대할 수는 없었다. 단지 매는 샤늘루루로부터 [이탄의 눈에 나라카의 눈알이 박혀 있습니다.]라는 보고를 듣고는 미리 그릇된 차원에 들려서 두 왕들을 여기로 끌고 왔다.

사실 아주 오래 전부터 나라카와 닉스는 매의 명령을 듣던 하수인들이었다.

그릇된 차원의 몬스터들은 늙은 왕 3명과 고양이가 같은 레벨이라고 알고 있지만, 그건 사실이 아니었다.

물론 그 당시에는 매가 아니라 고양이였다.

꼬리가 9개이고 생명도 9개인 고양이.

그 고양이가 매로 진화하여 이탄 앞에 나타났다. 그것도 옛 하수인들까지 끌고 와서 이탄 사냥에 나섰다.

Chapter 2

"크우우우."

이탄이 손으로 눈을 감싸고 신음했다.

나라카의 눈이 빠져나간 자리엔 어느새 새로운 눈알이
돋아났다. 이번 눈알은 칙칙한 회적색을 띠었다.

[크왕!]

나라카가 벼락처럼 달려들어 날카로운 손톱으로 이탄을
찢었다.

순간, 이탄의 등에서 날개 뼈 세 가닥이 돋았다. 그 뼈가
등에서 뚝 분리되는가 싶더니 그 속에서 해골로 이루어진
악마종 아나테마가 불쑥 튀어나왔다.

[끼요오옵, 요런 잡종 사자새끼. 네놈이 감히 누굴 건드
려? 엉?]

아나테마는 등장과 동시에 본 사이드를 크게 휘둘러 나
라카와 맞섰다.

츠라라라락.

닉스가 몸을 길게 뻗어 나라카를 도왔다.

나라카도 날카로운 손톱을 무자비하게 휘둘렀다.

[끼요옵, 끼웁.]

아나테마는 자신의 특기인 저주마법과 속박마법진으로 2명의 늙은 왕들을 상대했다. 아나테마가 휘두르는 본 사이드에서는 고대 고양이족의 기운이 물씬 풍겼다.

[허어. 저건 또 무슨 물건이야? 저놈이 왜 내 냄새를 풍기지?]

매가 인상을 썼다.

한눈을 파는 매를 향해서 이탄이 달려들었다.

이탄은 적양갑주를 다시 출격시켜 불새를 공격했다. 이탄은 만자비문의 힘도 총동원하여 불새와 흑표범을 재차 억눌렀다.

매는 당황하지 않았다.

딱!

매가 손가락을 튕겼다.

그 즉시 매가 안배한 두 번째 변수가 등장했다.

꽈앙!

이탄의 아공간을 찢고 튀어나온 리암의 반지가 이탄을 향해서 삼색의 광선을 날렸다. 각각 청록, 주홍, 노랑의 광선에는 융해의 권능과 광기의 권능, 마인드 컨트롤의 권능이 내포되어 있었다.

청록색 광선에 노출된 즉시 이탄의 몸이 녹아서 융해되기 시작했다.

주홍색 광선에 노출된 즉시 이탄의 뇌는 이성을 잃고 광기에 젖어들기 시작했다.

마지막으로 노란색 광선에 노출된 즉시 이탄은 혼돈에 빠졌다.

매는 바로 그 타이밍을 노려서 수많은 심검들을 하나로 모았다. 매의 머리 위에 떠 있는 거대한 수목의 구체로부터 나뭇가지 수억 가닥이 발사되더니, 그것들이 하나로 합쳐져서 뾰족한 하나의 심검으로 응집되었다.

푹!

그 검이 빛살처럼 날아와 이탄의 심장을 뚫었다.

왼쪽 가슴 속의 진짜 심장이 뚫린 게 아니었다. 오른쪽 가슴 속 제2의 심장이 관통을 당했다.

"컥."

음차원 덩어리가 뚫리면서 이탄이 휘청거렸다. 마르지 않고 공급되던 막대한 음차원 에너지도 중단되었다.

나라카의 눈을 이용해서 이탄에게 타격을 입힌 것이 매의 첫 번째 안배였다면, 리암의 반지를 이용하여 이탄을 급습한 것은 매의 두 번째 안배였다.

"으으윽. 안 돼."

이탄은 정신이 가물거리는 와중에도 기를 쓰고 건곤대나이를 펼쳐서 상대의 추가 공격을 피했다. 그런 다음 '무한공'으로 멀리 도망쳤다.

그즈음 매도 건곤대나이에 적응을 했다. 매는 건곤대나이로 몸이 바뀐 순간, 곧바로 정신을 가다듬고는 이탄을 향해 심검을 날렸다.

이탄이 먼 우주로 순간이동하자 매는 재빨리 이탄의 도착 지점을 예측하여 그 일대를 심검으로 초토화시켰다.

"크욱."

이탄은 두 팔을 X자로 교차하여 상대의 공격을 막았다.

이탄의 팔이 반쯤 잘려나가고, 뼈가 훤히 드러났다.

그런데도 이탄은 적양갑주를 회수하지 않았다. 오히려 이탄은 적양갑주로 하여금 더욱 가열차게 불새를 공격하도록 지시했다.

불새와 흑표범이 모두 위기에 처하자 매가 이빨을 꽉 물었다.

[이런 지독한 놈.]

하지만 독하기로 치면 매도 이탄에 못지않았다. 매는 불새와 흑표범의 위기를 본체만체하고는 집요하게 이탄만 노렸다.

어느새 매는 리암의 반지를 회수하여 자신의 손가락에

착용했다.

매의 오른손에는 정강이뼈를 깎아서 만든 흉악한 칼이 한 자루 들려 있었으며, 왼손에는 붉은 쇠로 만든 종이 시끄러운 음파를 내었다.

매의 목에는 100개의 해골로 이루어진 목걸이가 건들거렸다.

리암의 반지가 3개의 권능을 가지고 있다면, 매가 손에 쥔 본 나이프(Bone Knife: 뼈의 칼) 어멘스는 어둠의 권속들을 소환하는 마도구였다.

100개의 해골을 엮은 목걸이 쥬퍼는 매의 마나를 대폭 뻥튀기시켜주는 역할을 했다.

마지막으로 붉은 종 키키로는 적의 생명력을 눈 깜짝할 사이에 마이너스로 떨어뜨리는 죽음의 아이템이었다.

이상 네 가지 아이템은 각각의 위력도 대단지만, 하나로 모였을 때 더욱 놀라운 능력을 발휘하였다.

덕분에 이 아이템들은 위대한 탈라히 세트(Great Talahi Set)라 불리곤 했다.

세트 아이템을 착용한 매가 이탄을 향해서 두 손을 떨쳤다. 매가 쏟아낸 어마어마한 숫자의 심검들이 이탄을 향해서 동시에 날아들었다.

매는 이미 이와 유사한 공격을 몇 번이고 날렸었다.

하지만 이번 공격은 이전의 공격과는 완전히 궤를 달리했다. 이번 공격은 위대한 탈라히 세트의 권능이 더해진 덕분이었다.

매가 날린 심검 하나하나마다 유령을 연상시키는 어둠의 권속들이 달라붙었다. 이들은 뼈의 칼 어멘스가 소환한 권속들이었다.

쥬퍼의 해골들이 딱딱딱딱 이빨 소리를 내면서 어둠의 권속들에게 막대한 분량의 마나를 제공했다.

키키로가 뎅뎅뎅 울리며 어둠의 권속들의 파괴력을 증폭시켜 주었다.

마지막으로 이 위에 세트 아이템의 효과가 더해졌다.

〈타겟 고정〉

이게 바로 위대한 탈라히 세트를 모두 모았을 때 발휘되는 효과였다. 타겟 고정의 효과는 얼핏 보면 천주부동과도 흡사했다.

다만 천주부동과 동시에 심검들에게 유도 기능과 공간 점프 기능까지 더해준다고 보면 옳았다.

Chapter 3

쿠콰콰콰콰!

헤아릴 수 없이 많은 심검들이 이탄을 향해서 내리꽂혔
다.

"으으윽. 제기랄."

이탄도 어쩔 수 없이 적양갑주를 회수하여 몸을 보호했
다. 이탄의 몸에서 붉은 노을이 고색창연하게 피어올랐다.

그 위에 심검들이 떨어졌다.

적양갑주와 충돌한 심검은 버티지 못하고 와장창 깨졌
다. 대신 심검에 달라붙어 있던 어둠의 권속들이 충돌과 동
시에 폭발했다.

그 하나하나의 폭발이 행성을 으깨버릴 만큼 위력적이었
다. 그런 폭격이 쉴 새 없이 계속되었다. 이건 마치 유도 기
능과 공간 점프 기능을 갖춘 핵미사일이 무한대로 내리꽂
히는 것 같았다.

'발키리의 원혼.'

매가 이렇게 이름 붙인 최강의 공격이 이탄에게 작렬했다.

"크아악. 우아아아악."

매의 공격이 어찌나 강렬했던지 천하의 이탄이 비명을
다 질렀다. 세상에서 가장 단단하다는 적양갑주도 먼지처

럼 분쇄되었다가 재생하기를 반복했다.

이탄의 의복은 진즉에 가루로 변했다.

이탄의 모발도 모두 날아갔다.

심지어 적양갑주도 더는 재생되지 않았다. 적양갑주가 재생되는 속도보다 심검이 꽂히고 어둠의 권속이 폭발하는 속도가 더 빠른 까닭이었다.

만약에 상대가 이처럼 무시무시한 수법을 감춰두고 있는 줄 알았다면, 이탄도 적양갑주뿐 아니라 아가리와 언령, 만자비문까지 총동원하여 방어부터 했을 것이다. 그랬다면 이 공격을 막아낼 가능성도 있었다.

하지만 후회해도 이미 늦었다.

뒤늦게 아가리가 매를 공격했지만, 매의 몸 주변에 유령이 엉겨 붙은 듯한 갑옷이 나타나면서 아가리의 공격을 막아내었다.

이 갑옷이야말로 위대한 탈라히 세트의 두 번째 세트 효과였다.

〈유령갑옷 커둔〉

이 갑옷의 효과로 인하여 매는 그 어떤 상대의 공격도 세 번까지는 막아낼 수 있었다.

아가리의 공격이 첫 번째.

매의 머리 위에서 필연적으로 작렬한 단두대의 칼날이 두 번째.

한꺼번에 폭발한 회색 태양의 공격이 세 번째.

이탄이 필사적으로 날린 세 차례의 공격을 매는 모두 막아냈다.

유령갑옷 커둔 덕분이었다.

물론 세 차례의 신격 공격을 막아낸 직후, 위대한 탈라히 세트의 아이템들은 어둑하게 빛을 잃었다.

아마도 당분간 매는 탈라히 세트를 사용하지 못할 것이다.

다만 이미 발동한 타겟 고정의 효과와, 발키리의 원혼 공격은 탈라히 세트가 힘을 잃은 이후에도 지속되었다.

"크와악."

이탄이 얼굴을 악귀처럼 일그러뜨렸다.

그 와중에도 심검이 계속해서 이탄의 방어막을 두드렸다. 심검에 달라붙은 어둠의 권속들이 무지막지한 폭발력을 이탄에게 전달했다.

'이렇게 끝난다고? 내가? 이 이탄이?'

이제 더 이상 이탄도 버티기 힘들었다.

이탄이 광목 시리즈 음악만 탄주할 수 있어도, 매가 날린 미친 듯한 연속 공격에서 벗어날 약간의 짬만 벌 수 있더라도, 이탄은 얼마든지 전열을 정비하여 역전의 발판을 마련할 수 있을 것이다.

일단 지금의 이 위기만 벗어나면 전반적인 전력은 이탄이 더 유리했다. 다만 매가 계획한 두 가지 치명적인 안배 때문에 이탄이 위기에 몰렸을 뿐이다.

하지만 이런 가정을 해봤자 무얼 하겠는가. 이탄이 위기인 것은 엄연한 사실이고, 매는 한 번 잡은 승기를 놓칠 만큼 호락호락하지 않았다.

[끼요오옵. 안 된다. 안 돼.]

멀리서 아나테마가 이탄을 도우려고 기를 썼다.

[크헝. 어딜 가려고?]

[뼈다귀 리치야, 네 상대는 우리다.]

나라카와 닉스가 악착같이 아나테마를 훼방 놓았다. 아나테마가 속박마법진으로 늙은 왕들을 묶어두려 했으나, 그것도 쉽지 않았다.

절망의 순간, 이탄이 두 팔을 활짝 벌렸다.

"우아아아악."

우렁찬 괴성과 함께 이탄은 모든 것을 내려놓았다.

이탄을 보호하던 적양갑주가 다시 몸 밖으로 튀어나와 불새에게 달려들었다. 이탄을 지키던 만자비문들이 불새와 흑표범을 우선적으로 공격했다. 이탄은 언령까지 총동원하여 공격에 집중했다.

적양갑주가 사라지자 심검들이 이탄의 피부에 직접 틀어박혔다.

쾅! 쾅! 쾅! 쾅! 쾅! 쾅! 쾅!

심검과 결합한 어둠의 권속들이 이탄의 몸에 직접 부딪쳐 폭발했다. 불쌍하게도 이탄은 폭발의 여파를 고스란히 받아야 했다.

대신 이탄의 공격을 받아 불새가 거의 100분의 1 크기로 줄어들었다. 흑표범도 축 늘어져 마지막 숨을 할딱였다.

[크윽.]

매가 입술을 꽉 깨물었다.

불새와 흑표범은 매가 가진 세 가지 권능 중 2개였다. 이들을 잃는다는 것은, 매의 수준이 어마어마하게 퇴보한다는 것을 의미했다. 매가 다시 현재의 무력을 되찾으려면 앞으로 얼마나 긴 세월 동안 노력해야 할지 알 수 없었다. 어쩌면 매는 영원히 최전성기의 위력을 되찾지 못할지도 몰랐다.

[이노옴, 가만두지 않는다.]

매는 퇴보까지 각오한 채 모든 공격을 이탄에게 집중했다.

Chapter 4

'여기서 저 괴물을 확실하게 처리하지 못하면, 앞으로 더 큰 위기가 닥칠 거다.'

이게 매가 내린 판단이었다.

한편 이탄도 비슷한 판단을 내렸다.

'여기서 몸을 사리다가는 결국 아무것도 못한다. 차라리 저놈에게 최대한 큰 타격을 입히고 당당하게 소멸을 맞자.'

이탄은 이런 각오로 방어를 포기했다. 오로지 공격에만 모든 것을 걸었다.

그 결과 흑표범이 가장 먼저 소멸했다.

초거대 흑표범이 구슬픈 울음과 함께 검은 태양으로 되돌아가는가 싶더니, 검은 태양마저 팍! 꺼져버렸다.

[우웩.]

권능 하나를 잃은 매가 피를 토했다.

이어서 불새가 소멸했다.

초거대 불새도 구슬픈 울음을 토하며 태양의 형태로 되돌아갔다가, 피시식 소리를 내면서 꺼져버렸다.

[우웨엑.]

매는 거듭 피를 토했다. 뿐만 아니라 그는 안쓰러울 정도로 크게 휘청거리기까지 했다.

불새와 흑표범을 해치운 초거대 붉은 뱀이 목표를 바꿔서 매를 직접 공격했다. 아가리도 매를 노리고 우주의 이면으로 잠수했다. 10,000개의 회색 태양도 모든 공격의 방향을 매에게 돌렸다.

이젠 매도 어쩔 수가 없었다.

[오냐. 끝까지 가보자.]

매도 이탄처럼 모든 방어를 포기하고는 공격에 모든 것을 걸었다.

매는 심검을 쥐어짜고 또 쥐어짰다. 발키리의 원혼도 최고조로 끌어올렸다. 이 모든 공격이 오로지 이탄에게 향했다.

이탄은 더 이상 방어가 불가능했다. 금강체로 단련한 몸뚱어리 외에는 이탄이 기댈 언덕이 없었다.

그러니 불새와 흑표범에 이어서 세 번째로 소멸할 대상자는 다름 아닌 이탄이었다.

물론 복수는 가능할지도 모르겠다. 이탄이 먼지로 분해되고 나서, 초거대 붉은 뱀과 만자비문 등이 매를 해치울 수도 있겠지.

그래 봤자 무슨 소용이 있겠는가. 어쨌거나 이탄이 먼저 당한다는 것은 정해진 사실이었다.

'내 운명도 여기까지인가?'

이탄이 두 눈을 스르륵 감았다.

프레야, 비앙카, 선봉 선자, 헤스티아 영애, 에스더, 묵경……

그동안 인연을 맺었던 여러 여인들의 얼굴이 이탄의 뇌리를 빠르게 스쳐 지나갔다.

아나테마의 악령도 이탄의 뇌리에 떠올랐다.

화염의 여제 이채민이나 망령목도 생각났다.

이탄과 맹약을 맺은 수호룡들.

치열하게 다퉈온 여러 신격 존재들과 마격 존재들.

그릇된 차원의 다양한 종족들.

부정 차원의 수많은 악마종들.

이 모든 것들이 이탄의 머릿속에 주마등처럼 떠올랐다.

이탄은 자조적으로 웃었다.

'크크큭. 내 삶도 참으로 고단하였구나. 하긴, 맨 처음 망령목에 목이 매달릴 때부터 악몽 같았어. 악몽. 악몽? 악몽!'

악몽이라는 단어가 곧 흉측한 괴물들로 연결되었다. 이탄이 부정 차원에서 처음 만났던 그 괴상한 악몽들은 이탄이 5개의 아조브를 하나로 합친 순간 되살아나 끔찍한 문 속으로 들어갔다.

문 안쪽 세상에서 악몽들은 훨씬 더 커지고, 강해졌다. 악몽들의 개체수도 말도 못 하게 불어났다.

그 위에 회적색 단검의 기운이 더해졌다. 이미 말도 못 하게 강해졌던 악몽들은 그 상태에서 한 차례 더 업그레이드되었다.

소멸을 앞둔 순간, 이탄은 바로 그 악몽들이 득실거리는 문을 떠올렸다.

'맞아. 내가 그 힘을 숨겨두고 있었지.'

흉측한 조각들이 마구 엉겨 붙어 흘러내리던 문.

그리고 그 문 안쪽의 풍경⋯⋯.

이탄은 지옥을 머릿속에 그렸다.

'세상에 지옥이 존재한다면 바로 그곳 같을 거야.'

문 안쪽의 악몽들이 야수라면, 부정 차원의 악마종들은 잘 길들여진 가축에 불과했다. 숨을 쉬기 힘들었던 디아볼 행성의 황무지도 문 안쪽에 비하면 천국이었다.

그 지옥을 회상한 순간, 끔찍한 지옥의 문이 삐이꺽 소리를 내면서 열렸다. 그러면서 지옥의 풍경이 좀 더 자세히 드러났다. 문에 막혀서 아우성치던 악몽들이 그 즉시 문 밖으로 뛰쳐나왔다.

마침 헤아릴 수 없이 많은 심검들이 이탄을 향해서 내리꽂히던 중이었다. 심검에 달라붙은 어둠의 권속들은 이탄과 충돌하자마자 폭발할 준비를 마쳤다.

제아무리 이탄이라 할지라도 이 엄청난 폭발을 감당하기란 불가능할 터.

이탄이 절체절명의 위기에 빠진 그 찰나, 이탄의 머릿속으로만 그렸던 지옥의 문이 이탄의 코앞에 현실로 나타났다.

그것도 문이 활짝 개방된 채로 등장했다.

$[\Omega \Phi \Sigma \Sigma, \alpha \gamma \zeta \zeta, \Delta! \Delta! \Gamma]$

문의 안쪽에서 악몽들이 기괴한 괴성을 내지르면서 뛰쳐나왔다.

벼락처럼 튀어나온 악몽들의 머리 위로 심검이 폭우처럼 꽂혔다. 발키리의 원혼이 대량으로 터지면서 어둠의 권속들이 연쇄폭발을 일으켰다.

폭발의 범위는 실로 광대했다.

폭발의 위력은 상상을 초월했다.

이번 폭발은 여섯 눈의 존재의 암흑 손과 인과율의 여신이 사용하던 '엑시큐션' 언령, 그리고 알리어스의 팔색 광선과 콘의 블랙홀을 하나로 합친 다음, 다시 그것을 구궁진법으로 증폭한 것과 맞먹었다.

아무리 이탄이 적양갑주의 도움을 받는다고 하더라도 이 괴멸적 폭발을 버텨낼 수 있을 것 같지는 않았다.

그런데 놀랍게도 악몽들은 폭발을 거뜬히 감당해내었다.

물론 악몽들도 온전하지는 못했다. 발키리의 원혼에 직격을 당한 악몽들은 사지가 찢어졌다. 머리통이 몸에서 이탈했다. 눈알이 빠졌다.

하지만 악몽들은 원래 무질서한 존재들이다.

머리를 잃은 악몽은 동료의 머리를 자신의 배에 척 붙이고는 다시 일어섰다. 팔이 박살 난 악몽은 바닥에 떨어진 주인 모를 다리 한 짝을 대신 주워서 자신의 이마에 붙이고는 계속 진격했다. 눈을 잃은 악몽들도 바닥에서 눈알을 주워서 몸통 아무 곳에나 붙이고 전투에 나섰다.

발키리의 원혼에 의해 흩어졌던 악몽들이 제각기 재조립되어 다시 내달리는 모습은 그야말로 두려울 지경이었다. 악몽들의 숫자는 발키리의 원혼에 가격을 당하기 전에 비해서 거의 줄지 않았다.

더 나쁜 점은, 지옥의 문 안에서 새로운 악몽들이 한도 끝도 없이 계속해서 밀려 나온다는 것이었다.

Chapter 5

매가 쏘아 보낸 심검의 숫자보다 지옥 문 안에서 튀어나오는 악몽들의 숫자가 몇 천만 배, 몇 억 배는 더 많았다.

$[\Omega \Phi \Sigma \Sigma, \alpha \gamma \zeta \zeta .]$

$[\Omega \Phi \Sigma \Sigma, \alpha \gamma \zeta \zeta , \Delta! \Delta! \Gamma]$

악몽들이 악다구니를 썼다.

[이런 미친!]

매가 두 눈을 부릅떴다.

이미 불새가 소멸한 상황이었다. 거기에 더해서 흑표범도 소멸했다. 매에게 남은 것은 이제 수목의 권능뿐이었다.

여기에 심검과 시간검, 공간검을 더해봤자 저 괴상한 괴물들을 감당하리라는 보장은 없었다.

아니, 솔직히 말해 감당은커녕 당장 저 악몽들에게 둘러싸인다면 매 자신도 갈가리 찢겨죽을 판이었다.

[제기랄. 이번 작전은 막심한 손해만 보고 실패했구나.]

매는 어쩔 수 없이 후퇴를 결심했다.

스륵, 스륵, 스륵, 스륵.

매가 손을 네 번 휘젓자 허공에 네모반듯한 차원의 문이 생겼다.

[어? 네놈도 문지기였냐?]

이탄이 황급히 물었다.

매가 문에 반쯤 발을 걸친 채 입꼬리를 비틀었다.

[당연히 아니지. 그저 나는 문지기의 능력을 빼앗아서 내 것으로 만들었을 뿐이다.]

매는 이 말만을 남기고는 차원의 문 안으로 사라졌다. 이어서 차원의 문도 자취를 감추었다.

아쉽게도 이탄은 매를 뒤쫓을 기력이 없었다.

매가 사라지자, 그가 만든 이상한 우주도 함께 없어졌다. 본래의 우주로 돌아온 이탄의 눈에 축 늘어진 콘의 모습이 보였다.

한데 악몽들은 그대로였다. 끔찍한 지옥의 문도 이탄의 코앞에 활짝 열린 상태였다.

[$\alpha \gamma \zeta \zeta , \Delta! \alpha \gamma \zeta \zeta , \Delta!$]

악몽들은 눈 깜짝할 사이에 콘을 둘러싸더니 게걸스럽게 뜯어먹기 시작했다. 이탄이 말릴 새도 없었다.

[이이익.]

콘은 자신이 한낱 괴물들의 먹이로 전락하는 꼴을 참을 수 없었다. 그는 존엄성을 지키기 위해서 자폭해버렸다.

콘이 터질 때 주변의 악몽 수백 마리가 함께 터졌다.

그래 봤자 바다에서 물 한 바가지 퍼낸 정도에 지나지 않았다. 늘 배가 고픈 악몽들은 콘과 동료들의 잔해를 악착같이 핥아댔다.

악몽 몇 마리가 눈알을 희번덕이며 아나테마를 곁눈질했

다. 일부 악몽들은 슬금슬금 아나테마에게 접근했다.

또 다른 악몽들은 열 마리 수호룡들을 둘러쌌다.

아나테마가 진저리를 쳤다.

[끼윰? 저것들은 대체 정체가 뭐야? 끼요옵.]

수목의 수호룡을 제외한 나머지 수호룡들도 악몽들을 보면서 동공을 바르르 떨었다.

'영감, 험한 꼴 보지 말고 이리 오쇼. 너희들도 이리 오너라.'

이탄은 아나테마와 열 마리 수호룡들을 자신의 영혼 속으로 회수하여 보호해 주었다.

[휴우, 놀래라.]

아나테마는 안전한 곳으로 넘어오고 나서야 비로소 안도의 한숨을 내쉬었다.

수호룡들도 모두 가슴을 쓸어내렸다.

그만큼 악몽들이 풍기는 투기는 끔찍했다.

아나테마와 수호룡들이 떠난 자리엔 나라카와 닉스만 남았다. 두 늙은 왕은 낙인처럼 몸에 찍힌 악마사원의 속박마법진을 겨우 풀어내던 중이었는데, 그러다 악몽들에게 빙둘러싸였다.

쭈웅─.

나라카가 악몽들에게 노란 광선을 쏘았다.

닉스는 입을 쩍 벌려 시커먼 독액을 토했다.

그래 봤자 악몽들은 끄떡도 하지 않았다. 발키리의 원혼도 견디는 악몽들이 한낱 이런 시답지 않은 공격에 상할 리없었다.

[으으으. 이것들은 대체 정체가 뭐야?]

[우리가 모르는 부정 차원의 악마종인가? 우우욱.]

두 늙은 왕의 안색이 하얗게 질렸다.

그때 이탄이 한숨을 내쉬었다.

"하아. 생각 같아서는 두 늙은이들을 악몽의 먹이로 던져주고 싶다만, 내가 정말 이자벨라와 코후엠을 봐서 구해준다."

이자벨라는 닉스로부터 떨어져 나온 가장 오래된 파편으로, 이탄과 일수장부 계약을 맺고 툼 군단의 일원이 되었다. 지금 그녀는 부정 차원에서 이탄이 돌아올 때만을 기다리는 중이었다.

코후엠은 나라카의 먼 후예로, 얼떨결에 이탄의 노예가 되어 툼 군단에서 피를 빨리는 중이었다. 코후엠도 이자벨라와 함께 부정 차원에 남겨진 상태였다.

이탄은 이들의 얼굴을 봐서 나라카와 닉스를 살려주기로 했다.

딱!

이탄이 손가락을 튕기자 나라카와 닉스를 둘러쌌던 악몽들이 입맛을 다시면서 물러났다.

다리가 풀린 나라카와 닉스가 제자리에 털썩 주저앉았다.

이탄은 늙은 왕들 앞에 '일수장부'라고 적힌 장부를 한 권씩 내밀었다.

나라카와 닉스는 이게 무슨 장부인지 알지 못했다. 그러면서도 그들은 설명할 수 없는 불안감에 몸서리를 쳐야만 했다.

콘이 소멸하자, 콘과 알리어스가 만들었던 평행우주도 저절로 해체되었다. 이탄은 다시 언노운 월드로 돌아와 흑과 백의 전장 한복판에 내려섰다.

[ʕ ʕ ʕ ， ʕ ʕ ʕ ʕ ．]

악몽들이 기괴하게 웃으며 이탄을 뒤따랐다.

'이 흉측한 것들을 세상에 풀어놓으면 안 돼.'

이탄은 서둘러 지옥의 문을 닫았다.

쿠웅.

육중하게 문이 닫혔다.

[Δ Δ， Ω Ω！]

악몽들은 불쌍하게 울부짖으며 다시 지옥의 문 안으로 빨려들어 갔다. 그 모습이 마치 시계를 거꾸로 되감은 듯했다.

이어서 이탄은 벌벌 떠는 나라카와 닉스의 멱살을 잡아 제압해 두었다.

이들의 미래는 이미 정해졌다. 이탄이 들이밀 일수장부에 순순히 지장을 찍고 툼 군단 소속 노예가 되든가, 아니면 죽든가.

두 늙은 왕에게 다른 선택지란 없었다.

한바탕 폭풍이 지나간 뒤, 이탄은 기진맥진한 음성으로 뇌까렸다.

"조금 전에 그게 뭐였지? 뭐랄까? 마치 세상에 끔찍한 지옥을 소환한 듯한 현상이 벌어졌는데. 굳이 이름을 붙이자면 지옥 소환, 그러니까 서몬 헬(Summon Hell)이라고 불러야 하나?"

이탄의 음성은 그리 크지 않았다. 덕분에 언노운 월드에서 이 독백을 엿들은 자는 아무도 없었다.

제8화
종장

Chapter 1

이탄이 헝클어진 머릿속을 정리하여 상황을 복기해 보았다.

콘이 천주부동으로 이탄을 찍어 누르고, 평행우주를 열어 이탄과 한바탕 격돌을 치르기 전, 이탄은 흑과 백 양측을 대표하여 치열한 접전을 벌이던 중이었다.

사실 이 접전은 이탄의 연극이었다.

콘은 가증스러운 연기를 하던 이탄을 평행우주로 끌고 와서 알리어스와 함께 협공을 펼쳤다. 두 신들은 간씨 세가의 세상에서 데려온 수호룡들을 믿고 이탄에 대한 공격을 감행했던 것이다.

문제는 이탄이 이미 수호룡들과 맹약을 맺은 사이라는 점.

열한 마리의 수호룡은 자신들의 창조주가 아닌 이탄의 편에 섰고, 그 결과 콘과 알리어스는 처참하게 패했다.

그때 수호룡 중 하나인 수목의 수호룡이 갑자기 전혀 다른 존재로 변했다. 수목의 수호룡의 몸속에서 불쑥 등장한 '매'라는 자가 다짜고짜 이탄의 뒤통수를 쳤다.

이탄은 목숨을 건 혈투를 벌인 끝에 간신히 상대를 물리쳤다.

무력만 보면 이탄이 매보다 한 수 위였다.

다만 매는 이탄을 잡기 위해 두 가지 치명적인 덫(나라카의 눈과 리암의 반지)을 설치하였는데, 이 덫에 걸려 이탄은 큰 위기를 맞았다. 최후의 순간에 이탄이 지옥의 문을 열지 못했더라면 진짜로 소멸을 당했을 뻔했다.

겨우 위기에서 벗어난 이탄이 언노운 월드로 돌아왔다. 평행우주가 열리면서 멈췄던 시곗바늘이 다시금 째깍째깍 움직였다.

'이 짓도 이제 지치는구나.'

오늘 큰일을 겪고 나니 더 이상 연극도 귀찮아진 이탄이었다. 이탄은 적당히 충돌하는 흉내를 낸 다음, 연극을 멈췄다.

악의 이탄이 검푸른 연기가 되어 펑! 흩어졌다가 피사노 교의 성벽 위로 돌아왔다.

선의 이탄도 광휘에 휩싸인 채 백 진영으로 복귀했다.

대전쟁이라는 것은 발발하기도 어렵지만, 일단 발발한 대전쟁을 멈추기도 쉽지 않았다. 특히 흑과 백의 전투라던가 종교적 신념에 의해서 벌어진 전쟁은 중간에 멈추기가 거의 불가능했다.

피가 충분히 흐르고, 양쪽 모두 지칠 대로 지치기 전에는 절대로 멈추지 않는 것이 이러한 대전쟁의 속성이었다.

본래 이탄은 좀 더 자연스럽게 분위기를 조성한 뒤, 전쟁을 중단할 예정이었다.

그런데 만사가 귀찮아진 이탄이 강제로 백 진영의 병력을 물리기 시작했다.

단지 귀찮음 때문만은 아니었다.

'그놈이 함정을 팠어. 그놈이 삼색보석이 박힌 반지를 일부러 내게 넘겼다고.'

이탄이 눈빛을 스산하게 빛냈다.

만약 이탄이 리암의 반지를 아공간에 보관하지 않고 직접 끼고 있었다면, 아마도 피해는 더 컸을 것이다.

'분명 놈에게는 하수인이 있다. 그 반지가 내 손에 들어

오게끔 작업한 자들이 있어.'

이탄은 마음 한구석이 서늘해진 기분이었다. 이탄에게는 연극을 계속하여 흑과 백을 완벽하게 장악하는 것보다도 이번 사태의 근본을 파헤치는 일이 더 중요했다.

마침 연일 계속된 전투로 인해 흑과 백 모두 사상자가 상당히 늘었다.

"나중에 뒷말이 좀 나오더라도 전쟁을 확 중단시켜 버려야지. 내가 나서서 분위기를 조성하면 분명 동조자들이 나올 거야."

이탄은 그 동조자로 아울 검탑을 주목했다.

솔직히 아울 검탑은 더 이상 전쟁을 지속하기 버거웠다. 백 진영 세력들 중에 가장 피해가 큰 곳이 아울 검탑이었다.

상위 서열들의 죽음으로 인해 졸지에 아울 검탑을 이끌게 된 마제르는 무척 현실적인 성향이었다.

마제르의 입장에서는 더 이상 검수들의 희생을 두고 볼수 없었다. 자칫하다가는 아울 검탑의 역사가 끝날지도 모른다는 현실적인 두려움이 마제르를 괴롭혔다.

또 한 가지.

리헤스텐, 우드워커, 방케르, 이 3명의 절대검수들이 흑화하여 피사노교의 편에 섰다는 점도 마제르의 가슴을 옥죄었다.

'전쟁이 계속되다 보면 분명히 피사노교의 악마들이 그분들을 동원할 게야. 그럼 그분들이 악마로 변했다는 사실이 만천하에 알려지게 돼.'

마제르는 제발 그 사태만큼은 피하고 싶었다.

하지만 모두가 열심히 싸우는 와중에 아울 검탑만 홀로 발을 뺄 수는 없었다. 그건 백 진영의 동료들뿐 아니라 검탑의 검수들도 납득하지 못할 일이었다.

'끄응. 이 일을 어쩐다?'

마제르가 깊은 고민을 하는데 고맙게도 이탄이 먼저 계기를 마련해 주었다. 수뇌부 회의석상에서 이탄이 철군을 입에 담았다.

모레툼 님의 계시를 받았다나 뭐라나.

이탄뿐 아니라 레오니 교황과 몇몇 추기경들도 꿈에서 같은 계시를 받았다고 했다.

백 진영의 수뇌부들은 이 말도 안 되는 소리에 입만 쩍 벌렸다.

하지만 무작정 이탄과 레오니를 비난할 수는 없었다. 원래 교단이라는 것이 그렇다. 신의 뜻 앞에서는 그 어떤 명분도 통하지 않는다.

"신의 계시를 어기는 순간, 저는 더 이상 신성력을 쓰지 못합니다. 제가 막히면 피사노교의 열 번째 신인을 막을 사람이 없지 않습니까."

이탄의 말에 백 진영의 모든 수뇌부들은 심각한 고민에 빠졌다.

마침 비앙카를 비롯한 마르쿠제 술탑의 술법사들은 지난 밤에 동차원으로 휙 돌아가 버린 상태였다.

마르쿠제가 갑자기 위독해졌다는 것이 그 이유였다. 비앙카 일행은 정중하면서도 다급한 필체로 편지 한 장을 남기고 떠났다.

이 또한 이탄이 사전에 작업한 것이었다.

모레툼 교단과 마르쿠제 술탑은 시작에 불과했다.

아울 검탑의 대표인 마제르가 체면 불사하고 이탄의 의견에 동의했다.

시시퍼 마탑의 아시프 학장도 이탄 부지파장의 도움 없이는 이 전쟁을 계속할 엄두를 내지 못한다고 고백했다. 사실 마탑의 마법사들도 많은 피해를 입은 축에 속했다.

"커허어. 이게 뭔 일이람. 끄으으응."

백 진영의 주요 세력들이 발을 빼기 시작하자 가장 가슴이 답답해진 사람은 라폴 도서관의 관장인 코챠였다.

'아니, 중립 세력이던 우리가 모처럼 팔을 걷어붙이고 돕고 있건만, 백 진영이 오히려 발을 뺀다고? 그러다 나중에 피사노교가 복수의 칼끝을 우리 라폴 도서관에 돌리면

어떻게 하라는 거지?'

코챠는 답답한 마음에 뜨거운 차만 벌컥벌컥 들이켰다.

코챠만 속이 타는 게 아니었다. 또 다른 중립 세력인 수의 사원과 아바니 가문의 대표들도 불안한 표정이었다.

하지만 이들은 자신들의 속내를 시원하게 밝히지 못했다. 백 진영 내에서 중립 세력들의 발언권이 약한 탓이었다. 게다가 이탄이 철수를 주장하는 이상 이미 대세는 종전쪽으로 기울었다.

물론 진짜로 종전을 하려면 비공식적으로나마 피사노교와 협상이 필요할 것이다.

'우선은 협상이 어떻게 진행되는지 지켜봐야지. 그러다전쟁이 지속될 가능성이 보이면 그때 나서서 철군을 반대해야겠구먼.'

코챠는 일단 때를 기다리기로 하였다.

수의 사원의 나바리아, 아바니 가문의 가주 소노피아도같은 생각을 품었는지 코챠와 은밀하게 눈빛을 주고받았다.

Chapter 2

그로부터 한 시간쯤 뒤.

피사노교에서는 이탄과 이쓰낸의 독대가 이루어졌다. 신전 안, 높이 솟은 기둥 위에서 두 신인이 서로를 마주 보았다.

이탄은 이쓰낸에게 전쟁 중단을 건의했다.

피사노교의 엄격한 분위기에서는 하위 서열인 이탄이 이쓰낸에게 이런 건의를 한다는 것 자체가 파격이었다. 이는 이쓰낸이 이탄을 벌할 빌미를 주는 것이기도 했다.

하지만 의외로 이쓰낸은 순순히 이탄의 말에 수긍했다. 이탄이 덧붙인 종전의 사유 때문이었다.

"그러니까 흑과 백이 싸우다 지치기만을 바라는 제3의 세력이 있단 말이지?"

이쓰낸의 물음에 이탄이 대뜸 고개를 주억거렸다.

"맞습니다. 시돈 출신의 네크로맨서가 한 명 있었지요. 혹시 기억하십니까?"

"기억나는군. 베이루트라는 이름의 네크로맨서였어."

이쓰낸은 네크로맨서에 관심이 많기에 베이루트를 기억하고 있었다.

"그자는 이곳에서 공성전이 벌어지기 직전에 우리 위대한 피사노교에 투항하여 참전을 했지요. 그리곤 제가 지휘하던 매복 군단에 편성되었습니다."

이탄이 여기까지만 말했는데도 이쓰낸은 곧바로 전후 사정을 알아차렸다. 과연 이쓰낸은 눈치가 빨랐다.

"혹시 베이루트가 제3의 세력이었나?"

"네. 이쓰낸 님."

이탄은 베이루트에 대해서 알아낸 몇 가지를 이쓰낸에게 귀띔했다.

물론 증거는 없었다. 이탄이 베이루트에게 빼앗은 리암의 반지도, 전쟁 중에 베이루트가 벌였던 수상한 행동들도 모두 물증으로 남아 있지는 않았다.

그런데도 이쓰낸은 이탄의 말을 믿어주었다. 두 신인은 한동안 심도 깊은 이야기를 주고받다가 늦은 저녁이 되어서야 헤어졌다.

흑과 백의 종전 협상은 물밑에서 이루어졌다.

흑의 대표로 열 번째 신인 쿠미가 나섰다. 쿠미는 이쓰낸으로부터 전권을 위임받아 비공식적인 협상 테이블에 앉았다.

백 진영의 대표는 이탄이 맡았다.

이 둘은 둘이 아니라 하나이니 결국 이탄의 뜻대로 협상이 이루어질 수밖에 없었다.

—— 협의문 초안 ——

1. 백 진영 군대는 닷새에 걸쳐서 단계적으로 철군한다.

2. 피사노교는 철군하는 백 진영을 추격하거나 공격하지 않는다.

3. 양측은 향후 50일 이내에 전쟁을 재개하지 않는다.

4. 양측은 서로에게 배상금을 요구하지 않으며, 전쟁 발발에 대한 비난도 최대한 자제한다.

5. 50일 동안 위의 약속이 지켜지고 나면, 양쪽 모두 대표단을 꾸린 다음 공식적인 종전 협상을 시작한다.

이탄은 이상과 같은 비공식 문서를 작성하여 백 진영 수뇌부들의 검토를 받았다. 동시에 이탄은 이쓰낸과 티스아에게도 동일한 문서를 보여주었다.

티스아는 이대로 전쟁이 중단되는 것이 분했다.

"아르비아 님의 복수도 아직 못 했는데……."

티스아의 독백이 가늘게 떨려서 나왔다.

이탄은 이 말을 애써 못 들은 척했다.

이쓰낸도 마찬가지였다.

어쨌거나 흑과 백의 수뇌부들은 비공식적인 종전 협상에 동의했다. 합의가 끝났으니 이제 실천을 할 차례다.

백 진영은 바룸 대산맥으로부터 순차적으로 철군을 시작

했다. 그들은 처음 바룸 대산맥에 쳐들어왔을 때처럼 무수히 많은 깃발들을 출렁거리며 뒤로 물러났다.

피사노교에서는 적의 철군을 지켜보기만 할 뿐 추격을 하거나 보복하지 않았다.

"저 더러운 놈들을 이렇게 그냥 보내준다고? 말도 안 돼. 놈들에게 죽은 내 형은 어쩌고? 내 아우는 또 어쩌고? 크으윽."

일부 사도들은 분통을 터뜨렸다.

일부 교도들도 눈시울을 시뻘겋게 물들였다.

하지만 신인의 엄명이 내려온 이상 사도들과 교도들이 할 수 있는 일은 없었다.

속으로 분루를 삼키는 이 중에는 티스아도 포함되었다.

다만 지난 밤 이쓰낸의 귀띔 덕분에 티스아는 자제심을 잃지 않았다.

"아르비아의 일은 나도 안타깝게 생각한다. 한데 아르비아를 그렇게 만든 진짜 원수는 따로 있더구나."

"네에? 그게 무슨 말씀이십니까?"

티스아가 시뻘건 눈으로 되물었다.

이쓰낸은 티스아에게 제3 세력에 대해서 언질을 주었다. 그리곤 한 마디를 덧붙였다.

"그 제3세력 녀석들은 우리 피사노교가 끝까지 백 진영 놈들과 싸우기를 원할 거다. 그러니 우리가 전쟁을 중단할 듯한 시늉을 하면 분명히 나설 테지. 그때 네가 놈들의 꼬리를 잡아라. 그리곤 아르비아의 복수를 해."

"아!"

티스아는 단순했다. 티스아는 이쓰낸의 말을 한 치도 의심하지 않았다.

사실 아르비아의 목을 딴 범인은 이탄이지만, 이탄은 그걸 제3의 세력에게 뒤집어씌웠다. 이쓰낸이 이탄의 거짓말에 동조하여 판을 깔아주었다.

둘의 음모가 제대로 먹혔다.

"진짜 원수가 따로 있다고? 으드득. 누군지 몰라도 아주 씹어 먹어주마."

이쓰낸의 앞을 떠나면서 티스아는 소리가 들릴 정도로 크게 이를 갈았다. 티스아의 붉은 머리카락이 하늘로 치솟아 불꽃처럼 일렁거렸다.

Chapter 3

중립 세력들은 이대로 전쟁이 끝나는 것이 불안했다.

라폴 도서관의 관장 코챠가 분통을 터뜨렸다.

"흑과 백이야 서로 종전 협상을 하고 그걸 지킬 테지. 하지만 그 종전 협상이 우리 중립 세력들에게까지 지켜진다는 보장이 어디 있어? 만약 피사노교 놈들이 우리 라폴 도서관을 공격하면 백 진영의 세력들이 적극적으로 우릴 도와줄까? 크흥."

코챠의 얼굴은 그의 딸기코만큼이나 붉게 달아올랐다.

"내 말이 틀렸소? 어디 말 좀 해보시오."

코챠가 나바리아와 소노피아를 돌아보았다.

나바리아는 팔짱을 끼고 침묵했다. 그녀는 인과율의 여신을 섬기는 무녀이기에 이번 전쟁보다 여신과 연결이 끊긴 점이 더 신경 쓰였다. 때문에 나바리아는 코챠의 주장에 제대로 집중하지 못했다.

나바리아의 겉도는 태도가 마음에 들지 않았는지 코챠가 발을 쾅 굴렀다. 코챠는 신경질적으로 소노피아를 돌아보았다.

"아바니 가주께서 한번 말씀해 보시구려. 종전에 대해서 어찌 생각하시오?"

지목을 받은 소노피아는 공작새 꼬리털과 보석으로 장식된 부채를 우아하게 부치면서 입을 열었다.

"분명 우리 중립 세력들이 희생양이 되겠지요. 이대로 흑과 백이 전쟁을 멈추면 우리만 솔 강의 오리 알이 되는 거예요. 흥."

"그렇지. 역시 가주와는 말이 통하는구려."

코챠가 손뼉을 쳤다.

나바리아가 여전히 겉도는 가운데, 코챠와 소노피아는 이런저런 이야기를 주고받았다.

종전을 이면에서 합의했다 하더라도, 실제로 전쟁이 중단될 것인지는 알 수 없는 일이었다. 피사노교에서는 당연히 정찰조를 보냈다. 더러운 백 진영 놈들이 약속대로 확실하게 철군하는지 감시하기 위한 부대였다.

정찰조에 편성된 잠행사도들은 10 킬로미터쯤 후방에서 백 진영을 추적하며 적들의 동향을 살폈다.

그때 기습이 일어났다.

아울 검탑의 검수들이 갑자기 수풀 속에서 뛰쳐나와 잠행사도들의 목을 베었다.

"아악! 기습이다."

"놈들이 매복을 했어. 어서 이 사실을 총단에 알려라."

잠행사도들은 황급히 흩어져 피사노교로 복귀했다.

한데 이상하게도 검수들은 도망치는 적을 쫓지 않았다. 마치 이번 기습 공격이 피사노교에 알려지기를 바라는 것처럼 검에 묻은 핏물을 털 뿐이었다.

아울 검수들 중에는 잿빛 머리카락에 유리알 안경을 쓴 쌍둥이의 모습이 보였다. 조금 전 잠행사도를 단숨에 해치운 장본인이 바로 이들 쌍둥이 중 형이었다.

쌍둥이 중 동생이 물었다.

"형, 우리가 아울 검수들처럼 보였을까? 검술이 전혀 다른데 말이야."

형이 어깨를 으쓱했다.

"뭐, 아울 검탑의 복장을 입었으니 놈들도 착각을 하겠지. 게다가 피사노교에도 호전파가 있을 게다. 전쟁이 계속되기를 원하는 자들이 이번 일을 빌미로 종전 협상을 파기하려 들 게야."

"후훗. 그렇겠지?"

쌍둥이는 서로를 마주 보며 웃었다.

이들 쌍둥이는 아바니의 가주 소노피아의 최측근들이었다.

또한 쌍둥이 중 형은 인간이 아니라 그릇된 차원 오대강족의 왕이었다. 구아로 일족의 왕 완칸이 인간의 거죽을 뒤집어쓰고 있는 것이다.

조금 전 피사노교의 사도 열댓 명이 눈 깜짝할 사이에 죽어나간 것도, 상대가 완칸이기 때문이었다.

한편 멀리 떨어진 절벽 위.

소노피아가 팔짱을 끼고 서서 완칸의 행동을 지켜보았

다. 소노피아의 입에서 싸늘한 음성이 흘러나왔다.

"역시 오대강족의 왕답군. 완칸이 아니었다면 피사노교의 사도들을 저렇게 쉽게 처리하지 못했겠지."

놀랍게도 소노피아는 그릇된 차원의 몬스터가 자신의 최측근을 죽이고 곁에 침투했다는 사실을 알고 있었다.

한데 소노피아는 완칸을 두려워하는 기색도 전혀 없었다. 오히려 그녀는 완칸의 침투를 알고도 눈감아 주었다.

이건 이상한 일이었다. 소노피아는 재물을 불리는 능력은 뛰어나지만, 무력은 그리 강하지 않다. 그런 소노피아가 완칸을 눈감아 주고, 오히려 그를 한낱 도구처럼 이용한다는 것은 보통 배짱으로 할 수 있는 일이 아니었다.

바로 그때였다.

"좋냐?"

으스스한 음성이 소노피아의 등 뒤에서 들렸다.

"누구냣?"

소노피아가 반사적으로 몸을 돌렸다. 동시에 소노피아의 손끝에서 시커먼 덩어리가 벌레처럼 뭉치더니, 목소리가 들린 곳으로 폭사되었다.

이것은 다크 웜.

적의 뇌로 파고들어 적을 꼭두각시로 만들어버리는 무서운 수법이 소노피아의 손끝에서 발휘되었다.

이건 혼돈의 신을 섬기는 어둠의 무리들이 사용하던 수법이기도 했다.

순간 수풀을 헤치며 거무튀튀한 장막이 솟구쳤다. 어둡고 반투명한 장막은 다크 윕을 튕겨내었다.

대신 다크 윕과 충돌한 부위가 움푹 팬 것은 어쩔 수 없었다. 소노피아의 다크 윕은 수십 센티미터 두께의 철벽도 거뜬히 뚫는 탓이었다.

스륵.

반투명한 장막이 걷히고, 그 뒤에서 이쓰낸이 걸어나왔다.

"너구나. 제3의 세력이라는 자 말이야."

이쓰낸은 소노피아를 향해서 입꼬리를 비스듬히 비틀었다.

"헉? 이쓰낸?"

소노피아가 자신도 모르게 헛바람을 집어삼켰다.

이쓰낸의 입에 걸린 미소가 더욱 짙어졌다.

"호호호. 나를 알아?"

소노피아는 이마를 깊게 찌푸리더니 뒤를 확인했다. 여차하면 절벽으로 뛰어내려 이곳을 벗어날 요량이었다.

하지만 퇴로는 이미 막혔다. 절벽 아래쪽에서 붉은 머리카락을 휘날리면서 티스아가 둥실 떠올랐다.

콰콰콰콰!

티스아의 주변에는 핏빛 검기가 태풍처럼 휘몰아쳤다.

이게 다가 아니었다. 절벽 오른쪽에선 언데드가 된 리헤스텐과 우드워커가 등장했다.

절벽 왼쪽엔 방케르와 본 드래곤 라웅고가 자리했다.

"치잇. 네년이 함정을 팠구나."

소노피아가 이쓰낸을 향해서 으르렁거렸다.

Chapter 4

이쓰낸은 이미 한 세대 전에 전설로 추앙을 받던 대마녀다. 그런데 일개 부호 가문의 가주에 불과한 소노피아는 이쓰낸을 전혀 두려워하는 것 같지 않았다.

마침내 소노피아가 이쓰낸과 맞서 싸우기로 마음을 고쳐먹었다.

소노피아가 화려한 얼굴의 미소녀로 바뀌었다. 나이는 16살 정도 되어 보이고, 키는 167 센티미터에 맹한 표정의 미소녀 말이다.

촤락, 촤라락.

소노피아의 양손에는 불꽃으로 이루어진 채찍이 출렁거렸다.

이 불꽃은 이 세계의 것이 아니었다. '샐러맨더의 혀'라 불리는 타차원의 마법이 소노피아의 손끝에서 구현되었다.

그릇된 차원의 왕 완칸이 아바니 가문의 쌍둥이를 죽이고 그 거죽을 뒤집어쓴 것처럼, 소노피아도 아주 오래 전부터 아바니 가문의 가주로 침투해 있었다.

소노피아의 본명은 샤늘루루.

그녀의 진짜 정체는 암흑교단의 교조 중 하나이자 공간의 매, 탐욕의 매를 섬기는 충실한 오른팔이었다.

샤늘루루는 이미 오래 전에 이곳 차원에 침투하여 여러 가지 밑작업을 해놓았다. 나라카의 눈이나 리암의 반지 같은 덫을 설치한 것도 모두 샤늘루루의 짓이었다. 계획은 매가 세웠으되, 그 계획을 실천한 이는 샤늘루루였다.

이쓰낸이 손가락으로 샤늘루루를 가리켰다. 이쓰낸의 손끝을 따라 눈에 보이지 않는 회색 문자가 움직였다.

놀랍게도 샤늘루루는 문자를 눈으로 똑똑히 보았다.

"흥. 인과율이면 다 되는 줄 아나 보지? 그래 봤자 인과율은 이 세계의 존재들에게만 통용되는 법칙일 뿐, 타 차원에서 온 나에게는 통하지 않는다."

말이 끝나기도 전, 샤늘루루의 양손에 돋아난 샐러맨더의 혀가 무섭게 늘어나 주변 수백 미터를 뒤덮었다. 그 영역 내에서 불의 비가 소나기처럼 쏟아졌다.

샐러맨더의 혀는 쌀라싸의 주특기인 검록색 편린보다도
더 무서웠다.

그렇다고 기가 죽을 이쓰낸이 아니었다.

"호호. 역시 만만치 않네? 재미있겠어."

이쓰낸은 검지로 유리알 안경을 쓱 올린 다음, 자신의 무
력을 본격적으로 끌어올렸다.

리헤스텐, 우드워커, 방케르, 라웅고가 이쓰낸의 명을 받
아 곧장 전장에 뛰어들었다.

티스아도 핏빛 오러를 극도로 사납게 몰아쳤다.

이들 사이의 전투는 수십 년 전 와힛과 백 진영의 수뇌부
들이 벌였던 전투를 훌쩍 뛰어넘었다.

눈 깜짝할 사이에 절벽이 허물어지고 땅이 붕괴했다. 거
무튀튀한 장벽과 오염된 검이 폭발하는가 싶더니, 곧이어
모든 것을 살라버리는 불의 비가 세상을 뒤덮었다.

이탄은 한가롭게 나무에 기대어 이쓰낸과 샤늘루루의 혈
투를 지켜보았다.

이탄이 개입하면 샤늘루루를 제압하는 것쯤은 쉬웠다.

하지만 이탄은 멀리서 관찰만 할 뿐 직접 나서지 않았다.

"저 여자를 그냥 버릴 셈인가? 분명 데리러 올 것 같은
데?"

이탄이 샤늘루루에게 시선을 고정한 채 중얼거렸다.

그렇다. 이탄은 지금 매를 기다리는 중이었다.

'샤늘루루가 위기에 빠지면, 그놈이 다시 차원의 문을 열고 구하러 올지 몰라. 그때를 기다렸다가 놈의 날개를 모조리 뽑아버리고 목을 비틀어버릴 테다.'

이게 이탄이 세운 복수의 계획이었다.

실제로 샤늘루루는 시간이 갈수록 불리해졌다. 이쓰낸 혼자라면 모를까, 그녀가 여러 막강한 언데드들과 티스아의 보조를 받는 이상 샤늘루루에게 밀릴 확률은 0이었다.

조금 더 시간이 흐르자 샤늘루루의 몸에 하나둘 상처가 늘었다.

어떤 상처 부위는 시커멓게 죽어갔다. 이쓰낸이 발휘하는 죽음의 기운 탓이었다.

또 다른 상처 부위는 시뻘겋게 부풀었다. 이 상처는 티스아에게 입은 거였다.

샤늘루루가 제아무리 암흑교단의 교조이자 매를 섬기는 두 시녀 중 한 명이라고 하나, 이쓰낸과 티스아를 동시에 상대하기는 버거웠다.

"치잇."

궁지에 몰린 샤늘루루가 입술을 꽉 깨물었다.

샤늘루루의 상황이 어찌나 어려웠던지, 평소 애지중지

여기던 아공간 주머니마저 땅에 떨어뜨렸다.

이 주머니 안에는 동차원 사대종파의 주요 선인들을 가둬놓은 아티팩트도 들어 있었다. 선인들이 이 감옥에서 풀려나는 것은 시간이 좀 더 흐른 뒤의 일이었다.

바로 그때, 허공에 네모 모양으로 균열이 생겼다. 사람들의 눈에는 보이지도 않는 그 문을 이탄은 곧바로 알아차렸다.

"옳거니. 드디어 왔구나."

이탄은 적양갑주와 만자비문, 여러 언령들을 한꺼번에 끌어올렸다. 이탄은 지옥의 문을 다시 열 준비도 끝마쳤다.

기다렸다는 듯이 차원의 문이 열렸다.

샤늘루루가 뇌파로 악을 썼다.

[샤피로 님, 안 됩니다. 이건 함정이에요.]

샤늘루루는 매를 샤피로라 불렀다.

매는 샤늘루루의 경고를 듣지 않았다. 차원의 문을 열고 등장한 매, 즉 샤피로가 투명한 날개를 활짝 펴서 온 사방을 내리찍었다. 날개의 깃털 하나하나가 날카로운 심검이 되어 온 세상을 짓이겼다. 동시에 샤피로는 이쓰낸의 만자비문을 단숨에 깨트리고는 샤늘루루의 허리를 낚아챘다.

"이놈!"

이탄이 샤피로를 덮쳤다.

이탄의 가슴 앞에선 어느새 끔찍한 지옥의 문이 열렸다. 그

문 안에서 악몽들이 벼락처럼 튀쳐나와 샤피로를 둘러쌌다.

퇴로는 없었다. 붉은 뱀이 어느새 샤피로의 뒤에 나타나 차원의 문을 막았다.

샤피로의 발밑에선 신살의 병기 아가리가 입을 쩍 벌렸다.

샤피로의 머리 위쪽에선 필연적으로 명중할 수밖에 없는 단두대의 칼날이 무섭게 떨어지는 중이었다.

Chapter 5

[크읍.]

샤피로가 어금니를 꽉 깨물었다.

'어마어마하게 거대한 붉은 뱀도 그렇고, 눈이나 코, 몸도 없이 오직 입만 존재하는 투명한 아가리도 그렇고, 도저히 피해지지 않는 단두대 칼날도 그렇고, 저놈이 가진 무력들은 모두 흉측한 것들뿐이야. 그리고 무엇보다 저 끔찍한 문에서 튀어나오는 저 괴물들이 가장 흉측해. 제기랄. 저 권능들이 탐이 나서 미치겠어. 다 빼앗고 싶어.'

위기일발의 상황에서도 샤피로는 탐욕이 앞섰다.

하지만 지금은 욕심을 부릴 때가 아니었다. 이탄이라는 괴물과 맞서 싸울 때도 아니었다. 샤피로는 세 가지 권능

가운데 둘을 잃어버린 터라 이탄을 상대하기 불가능했다. 솔직히 세 가지 권능을 모두 가지고 있다 하더라도 이탄을 이긴다는 보장이 없었다.

상대는 샤피로가 나라카의 눈과 리암의 반지를 안배하고도 이기지 못했던 괴물 중의 괴물이 아니던가.

게다가 지금은 이탄과 싸우기 위해서 온 게 아니었다. 샤피로는 샤늘루루를 구하려고 위험을 무릅썼다.

결단을 내린 샤피로가 자신의 가슴을 스스로 찢고 갈비뼈 3개를 뚝 부러뜨렸다.

[크윽.]

샤피로의 잇새에서 신음이 터졌다.

샤피로는 부러뜨린 갈비뼈를 검으로 삼아 이탄을 향해 날렸다.

악몽들이 샤피로의 검을 향해 달려들었다.

그러는 사이 샤피로의 갈비뼈가 뽑힌 빈 공간에 네모난 선이 쭉쭉 생겨났다. 이 선이 차원의 문으로 변했다.

샤피로가 갈비뼈를 부러뜨려 자신의 몸 안에 차원의 문을 연 것과, 샤늘루루를 그 문 안으로 휙 던져 넣은 것은 동시였다.

이어서 샤피로 본인도 자신의 몸 안에 연 차원의 문 안으로 뛰어들었다. 샤피로의 머리가 인형처럼 접히더니 가슴 안쪽으로 들어갔다. 샤피로의 날개가 종이처럼 구겨져 문 안에 처박혔다.

마지막으로 샤피로는 자신의 몸통마저 차원의 문 안으로 욱여넣었다.

"안 돼, 썅."

이탄이 전력을 다해 샤피로에게 달려들었다.

샤피로가 날린 갈비뼈 3개에 의해서 악몽들 여럿이 꿰뚫려 분해되었으나, 남은 악몽들이 훨씬 더 많았다.

그 악몽들이 일제히 샤피로에게 달려들었다.

아가리가 아래에서 위로 솟구치며 샤피로와 차원의 문을 통째로 삼켰다.

붉은 뱀은 뒤에서 샤피로를 덮쳤다.

단두대의 칼날은 샤피로가 머물던 자리를 정확하게 반으로 가르며 지나갔다.

이 파상공세에도 불구하고 이탄은 샤피로를 놓쳤다.

이탄은 샤피로가 도주할 퇴로를 모두 차단했다고 자신했으나, 놀랍게도 샤피로는 스스로의 신체 내부에 차원의 문을 열고는 도주에 성공했다. 그것도 샤늘루루까지 데리고 도망쳐버렸다.

물론 이탄도 전혀 소득이 없지는 않았다.

벼락처럼 뻗은 이탄의 손이 상대의 날개를 다섯 장이나

뽑아내었다. 신살의 병기 아가리는 샤피로의 오른쪽 다리를 종아리 부위에서 끊어먹는 데 성공했다. 단두대의 칼날은 샤피로의 왼쪽 발목을 썽둥 잘랐다.

오직 붉은 뱀만이 아무런 소득 없이 빈 허공만을 땅! 물어뜯었다.

[끄악. 두고 보자.]

차원 저편에서 샤피로가 악을 썼다.

[샤피로 님, 흐흐흑. 으흐흐흑.]

샤늘루루의 울음소리도 들렸다. 샤늘루루는 하반신이 피투성이가 된 샤피로를 꽉 끌어안으며 오열했다.

사실 샤피로는 나무의 특성을 가지고 있으므로 팔다리가 잘린 정도는 얼마든지 재생 가능하다. 그러니 샤늘루루가 서럽게 울 이유도 없는 것이다.

다만 샤피로가 이 손실을 회복하기 위해서는 꽤 오랜 시간과 에너지를 소비해야만 하리라.

때마침 차원의 문이 소멸해 버렸다. 상대가 어느 차원으로 도망쳤는지 모르니 이탄이 놈을 추격할 방법은 없었다.

"젠장."

이탄이 주먹 옆 날로 자신의 허벅지를 내리쳤다.

"두고 보아라. 내가 기필코 쿤룬과 문지기들을 장악하여 네놈을 찾아가고야 말 테니까 기다려. 그리 오래 걸리지 않아."

이탄은 차원의 문이 사라진 허공을 무섭게 노려보면서 으르렁거렸다. 이탄은 한번 결심한 것은 어떻게든 이루어 내고야 마는 집요한 성격이었다.

이탄이 아조브를 모두 합치고 지옥의 문을 다시 개방한 이후로, 그의 전생에 대한 기억이 많이 되살아났다.

오래 전 이탄이 전생을 살아가던 시절, 그가 처음 상차원 이동을 하여 이곳 세상에 발을 디뎠을 때도 그러했다.

당시 이탄을 경계한 여러 신들이 힘을 합쳐서 그를 죽음에 몰아넣었을 때에도 이탄은 이와 비슷한 각오를 다졌다.

[나는 반드시 돌아온다. 그리하여 네놈들 모두에게 복수하고 말 테다.]

이게 당시에 이탄이 여러 신들에게 외쳤던 뇌파였다.

그 단언대로 이탄은 끝끝내 다시 환생하여 여섯 눈의 존재와 외눈이 탈룩, 인과율의 여신, 콘과 알리어스까지 모조리 소멸시켰다. 복수에 성공했다.

먼 과거, 여러 신들은 악신이 남긴 저주에 섬뜩함을 느끼면서도 그가 환생할 것이라고는 예상하지 못했다. 악신이 간씨 세가의 세상에서 다시 태어날 것이라고 예측하지도 못하였다.

다만 여러 신들은 혹시 몰라서 늘 주변을 관찰하고 또 감시했다.

탈룩은 쉴 새 없이 부정 차원을 지켜보았다.

인과율의 여신은 정상 세계를 살피고 또 살폈다.

콘과 알리어스는 간씨 세가의 세상에 세계의 파편들을 남겨서 혹시라도 악신의 다짐이 실현되지 않나 탐색했다. 콘과 알리어스는 각각 동차원과 언노운 월드도 이중 삼중으로 관찰했다.

한데 이탄은 여러 신들의 감시망을 뚫고 무럭무럭 성장하여 끝끝내 자신의 다짐을 이루어내었다.

이탄이 상차원 이동을 하기 전에도 그의 집요함은 빛이 났다.

상차원 이동을 하기 전, 이탄은 지옥을 다스리는 마왕이자 군주였다. 당시 이탄의 대적자는 신의 대리인이었다.

이탄은 신의 대리인에게 한 방 먹은 대가를 되돌려주기 위해서 치밀하게 계획을 세웠고, 끝끝내 자신의 계획을 관철시키는 집요함을 보여주었다.

그 질긴 본성이 이번에도 발휘될 거다. 이탄은 집요하게 샤피로를 추격하여 끝끝내 찾아내고야 말 것이다.

「이탄」끝.

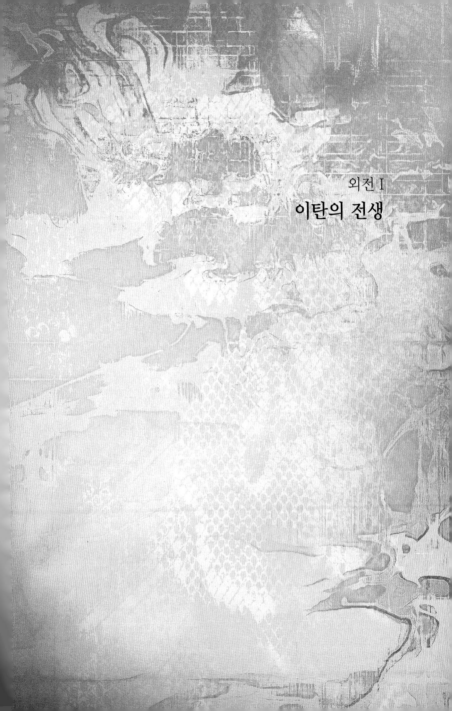

외전 I
이탄의 전생

벽난로 안에서 장작이 타닥타닥 소리를 내면서 타올랐다. 이탄은 장작에 붙은 불꽃을 물끄러미 바라보다가 예전 일을 떠올렸다.

이탄이 디아볼 제국의 뤠펭 산에서 언령을 벽을 찾을 무렵이었다. 뤠펭 산 깊숙한 곳, 사시사철 번개가 내리치는 번개의 연못 안에서 무사히 언령의 벽을 찾은 뒤, 이탄은 제국의 수도로 돌아와 도서관을 방문했었다.

부정 차원 넘버 1, 2를 다투는 강국답게 디아볼의 제국 도서관에는 방대한 도서와 정보들을 수집해놓고 있었다.

이탄은 홀로그램 형태로 저장된 정보들을 뒤적거리다가

아조브를 묘사한 듯한 시를 발견했다.

"이건 또 무슨 내용이지?"

호기심을 느낀 이탄이 가만히 시를 낭송해 보았다.

> 큐브는 문이다.
> 정육면체의 큐브 속에 근원이 존재한다.
> 큐브는 음험하다.
> 장차 큐브를 남긴 자가 재래하리니, 그가 곧 소
> 이*이고 그가 곧 뮤테*이다.

당시에 이탄은 이 시에 담긴 속뜻을 해석하지 못했다.

지금은 깨달았다.

"아조브 5개를 합쳤더니 정말로 문이 나타나더군. 그러니까 큐브가 곧 문이라는 시는 옳은 이야기였어. 한데 그문 안에는 세상 끔찍한 것들이 득실득실하더라고. 그러니까 큐브가 음험하다는 말도 틀린 소리는 아니야. 게다가 마지막 줄에 언급된 자의 정체! 세상에 큐브를 남긴 자의 정체!"

이탄은 이제 그자의 정체를 온전히 깨달았다.

당시에 뭉개져서 잘 보이지 않던 글씨는 '소이렙'과 '뮤테롬'이었다.

이탄은 이 글자들을 종이에 휘갈겨 썼다.

소이렙(Soireb).
뮤테롬(Muterom).

이탄이 쓴 글씨가 벽난로 옆 거울에 비쳐서 팔랑팔랑 흔들렸다. 이탄은 고개를 비스듬히 돌려 거울 속을 유심히 보았다.

그러자 이탄이 끄적거린 글씨가 거꾸로 보였다.

소이렙을 거꾸로 읽으면 Berios(베리오스).
뮤테롬을 거꾸로 읽으면 Moretum(모레툼).

다시 말해서 세상에 아조브를 남긴 자의 이름이 곧 베리오스이자 모레툼이라는 이야기였다.

매와 싸우던 중 이탄은 소멸의 위기에서 간신히 벗어났다. 지옥의 문 덕분에 이탄이 무사할 수 있었다.

바로 그 지옥의 문이 열린 순간, 이탄의 뇌리에는 번개 한 가닥이 내리꽂혔다. 그 번개를 타고 뇌 속 깊숙한 곳에 꽁꽁 봉인되었던 전생의 기억 한 가닥이 되살아났다.

"내가 전생에서 베리오스라 불렸구나. 상차원 이동을 통해 이곳 세상으로 넘어오기 전, 나는 베리오스였어."

이 사실을 깨우친 순간, 다른 많은 비밀들이 베일을 벗었다.

이를테면 다음과 같은 진실들이었다.

전생의 베리오스는 상인이었다. 원래는 상인이 아니었으나 꽤 오랫동안 상인 노릇을 하였다.

그 영향 때문인지 이탄도 손해를 지극히 미워하고, 이익을 중요시하며, 빚이라면 단 한 푼도 소홀히 하지 않고 악착같이 받아내야 한다는 철학을 갖게 되었다.

그 영향 때문인지 이탄도 상인 노릇이 적성에 맞았다.

모레툼 교단은 사실 업태가 종교단체라기보다는 고리대금업에 가까웠다.

알고 보니 이 또한 이탄의 전생과 관련이 있는 내용이었다.

"전생의 내가 여러 원수들의 협공을 받아 곧바로 소멸한 줄 알았는데, 이제 보니 그게 아니었어. 음흉하게도 나는 소멸한 척 기적을 숨긴 채 환생을 대비하여 여러 가지 안배를 남겼지."

모레툼이라는 이름으로 신 노릇을 하면서 교단을 하나 만들어 둔 것도 이탄(베리오스)이 먼 훗날의 환생을 대비하여 미리 안배한 것이었다.

이탄이 마르쿠제 술탑 인근의 고서점에서 〈〈은신공법〉〉
이라 불리는 괴상한 술법을 손에 넣은 것도 베리오스의 안
배 중 하나였다.

이 〈〈은신공법〉〉을 익히면 강함을 감추고 약한 척 위장
을 해주는데, 이것 덕분에 인과율의 여신이나 탈룩처럼 세
상만사를 꿰뚫어 보는 신들도 이탄이 신격 존재로 성장하
였음을 알아보지 못했다.

좀 더 정확히 말하자면, 〈〈은신공법〉〉을 기술한 저자가
바로 베리오스였다.

베리오스는 상차원 이동을 하기 전부터 본인의 힘을 숨
기고 약한 척 위장을 하는 데 명수였다.

베리오스의 위장 능력이 어찌나 뛰어났던지 신이나 신의
대리인조차 그 속을 꿰뚫지 못하였다.

이번에도 베리오스의 능력이 빛을 발하여, 이탄은 여러
적수들의 감시망을 피해 무럭무럭 발전했다.

어디 그뿐이겠는가.

천주부동.

이 술법은 한때 베리오스와 적대하던 곤륜의 비기였다.
이탄은 〈〈은신공법〉〉이라는 베일 속에 숨어서 곤륜의 비기
까지 배웠다.

건곤대나이.

귀장갑.

이 뛰어난 술법과 법보도 한때 베리오스와 싸웠던 북해제라는 인물의 것이었다. 이탄은 그것들도 모두 회수했다.

구궁진법.

이거야말로 이탄이 손에 넣은 것들 중에 가장 마음에 드는 보물이었다.

그 밖에도 이탄은 여러 신들의 권능들을 몰래몰래 하나씩 훔쳐내었다.

남해제 콘(곤)은 스승의 유품을 세상에 남겼다. 그 유품을 통해서 전파된 지식이 바로 망령목과 다크 시드와 다크 웜이었다.

이탄은 간씨 세가와 광황 이충의 황릉에서 이 지식을 배웠다.

'엑시큐션'이나 '구현'과 같은 최상격 언령들은 원래 인과율의 여신이 가지고 있던 권능들이었다.

이탄은 이것들도 모조리 빼앗아 자신의 무기로 삼았다.

태고 이전, 베리오스를 협공하여 죽인 원수들 중에는 태초의 마신 피사노도 포함되었다.

이탄은 만자비문의 뜻과 힘을 오롯이 물려받아 피사노의

후계자가 되었다.

이탄은 콘으로부터 영혼과 에너지를, 알리어스로부터는 8원소를 빼앗았다. 이 10개의 근원은 콘과 알리어스의 모든 것이었다.

이탄은 복수라도 하듯이 그 근원들을 가차 없이 강탈했다.

이제 이탄은 또 다른 술법인 양극합벽마저 자신의 것으로 만들었다. 따뜻한 벽난로 앞에서 이탄이 양손을 어깨높이로 들었다. 이탄은 오른손으로 이글거리는 열기를 쥐었다. 동시에 왼손으로는 가공할 한기를 발산했다.

이 열기와 한기를 충돌시켜 막대한 폭발을 일으키는 술법이 바로 양극합벽이다. 남해제 콘이 음양종에 전수한 신의 술법이 바로 이것이다.

사실 양극합벽은 이탄이 콘으로부터 빼앗은 것은 아니었다.

엄밀하게 말해서 이건 베리오스가 예전부터 알고 있던 스킬이자, 베리오스가 즐겨 사용하던 공격기술이기도 했다.

물론 원래부터 이게 베리오스의 것은 아니었다. 양극합벽의 원주인은 북해제라는 인물이었고, 베리오스는 북해제의 심장을 파먹어서 양극합벽을 강탈했을 따름이었다. 건곤대나이와 마찬가지로.

"그러고 보면 내 본성은 약탈자에 가깝구먼. 뭐든 다 빼앗아 버리네."

지금까지 이탄과 싸웠던 여러 신들이 이탄에게 "이 도적놈아."라고 울부짖었던 것들이 알고 보면 그냥 빈말만은 아니었다.

"뭐, 어쩌겠어. 내가 이렇게 생겨먹은 것을."

이탄은 어깨를 한 번 으쓱하고는 두 손을 가만히 내려놓았다. 이탄의 양손에 어려 있던 열기와 한기는 어느새 사라졌다.

이탄이 흔들의자 손잡이를 짚고 일어섰다. 이탄은 두 손으로 자신의 머리카락을 빗어 뒤로 넘겼다.

"자, 그렇다면 새로운 약탈을 하러 가볼까? 감히 이 이탄을 담그려 작업을 했던 그 시건방진 녀석. 그놈의 권능들도 제법 탐나는 것이 많던데, 조금만 기다려라. 내가 다 빼앗아 주마."

이탄은 다음 타겟으로 샤피로를 지목했다.

물론 그건 시작에 불과했다.

상차원 이동 전, 베리오스는 오른팔 뼈 속에 검을 한 자루 심어놓았다. 투명마검이라 불리는 최상급의 법보였다.

'언젠가는 그 법보도 되찾아야지. 그리고 사대환수들 중

에 사자 녀석도 한번 만나볼 필요가 있겠어.'

이 모든 일들을 이탄 혼자서 처리할 수는 없었다.

이탄은 최근 쿤룬을 온전히 장악한 다음, 그곳의 문지기들을 부려서 여러 차원을 돌아다니도록 다그쳤다. 문지기들을 부려서 샤피로와 투명마검, 그리고 사자의 행방을 찾겠다는 것이 이탄의 의도였다.

더불어서 이탄은 그릇된 차원의 이종족 일부를 붙잡아와 신체를 개조한 다음, 문지기들의 옆에 붙여주었다.

문지기들은 차원을 자유롭게 오가는 능력은 뛰어나지만, 무력이 부족하기 때문이었다.

다행히 이탄이 개조한 이종족은 제법 능력이 뛰어나 마음에 들었다.

"그중에서도 눈에 띄는 자가 있던데. 이름이 스포르잔도라고 했던가?"

이탄은 스포르잔도라는 다소 발음하기 어려운 이름을 혀 위에서 굴렸다.

지금 그 스포르잔도는 문지기에게 이끌려서 머나먼 차원으로 이동 중이었다. 그 차원의 명칭은 '피핀'이라고 하였다.

"아마도 사대환수 가운데 사자 녀석이 터를 잡은 곳이 피핀이라지? 문지기들이 그렇게 추정하는 것 같아."

이탄은 스쳐 지나가는 듯한 말투로 뇌까렸다. 그가 언급한 사자형 환수는, 그릇된 차원의 리종 일족과는 관계가 없는, 전혀 다른 존재였다.

외전 Ⅱ
지옥의 꽃들

지옥에는 네 송이 꽃이 핀다.

— 아스포텔: 꽃말은 순종.

— 샐비어: 꽃말은 타는 생각.

— 다알리아: 꽃말은 우아, 혹은 감사.

— 시니아: 꽃말은 미태.

태초 이전.

지옥의 군주 베리오스는 곤륜의 생존자 종리권과 남해제
곤, 골드써클의 선지자 알리어스가 자신의 눈을 피해 멀리 도망치려 한다는 첩보를 입수하였다.

"그것들이 감히 내 손아귀에서 도망치려 한다고?"

베리오스는 분신 하나를 만들어서 은밀히 도망자들의 뒤에 붙여두었다.

한데 생각보다 세 도망자의 도주가 빨랐다. 그 결과 베리오스의 분신도 세 도망자를 쫓아서 얼떨결에 상차원 이동을 하게 되었다.

원래 지옥의 군주가 가는 곳에는 지옥의 꽃 네 송이도 늘 함께하기 마련.

아스포텔과 샐비어와 다알리아와 시니아는 각자의 분신을 만들어 베리오스의 분신 곁에 붙여두었다.

다만 상차원 이동이 워낙 변수가 많은 터라, 네 송이 꽃은 각기 다른 시간대, 각기 다른 장소에 떨어지게 되었다.

하지만 그녀들은 믿었다.

"우리들과 베리오스 님의 운명은 영원히 이어질지니, 언젠가 우리는 군주의 곁에 다시 모이게 될 것이다."

"우리와 베리오스 님의 운명은 영원히 이어질지니……."

"우리와 베리오스 님의 운명은 영원히 이어질지니……."

"우리와 베리오스 님의 운명은 영원히 이어질지니……."

서로 다른 시간대에 떨어진 4명의 꽃들이 약속이라도 한 듯이 같은 주문을 외웠다. 그리고 그 주문은 기어코 실현되었다.

　상차원 이동 전, 다알리아는 데블―블레이드라는 무기를 귀신처럼 다루던 다크엘프였다. 다알리아가 두 자루, 혹은 네 자루의 데블―블레이 손잡이를 하나로 붙여서 휘두르면 막을 자가 없었다.

　"거참 이상하지? 한 자루 검을 휘두를 때는 뭔가 어색하고 진도가 나가지 않았는데, 이렇게 네 자루의 검을 결합하여 쓰니까 무척 손에 익네?"

　프레야가 고개를 갸웃했다.

　흑과 백의 대전쟁이 끝난 지도 벌써 3년.

　프레야는 당당히 아울77검으로 승격하여 수많은 여검수들의 존경을 받는 워너비(Wanna be)가 되었다.

　"프레야 님."

　프레야의 밑에서 검을 배우는 도제생 여검수가 프레야에게 공손히 수건을 올렸다.

　프레야는 자신의 검을 제자에게 맡기고는 수건으로 땀을 닦았다.

　도제생 여검수가 황송한 듯 프레야의 검을 두 손으로 떠받치고는 옆에 시립했다. 그러다 문득 검의 손잡이에 새긴 글씨가 여검수의 눈에 들어왔다.

"다알리아? 스승님, 이건 무슨 뜻입니까?"

프레야가 상쾌한 표정으로 답했다.

"아, 그거. 내 태명이래. 어머니가 나를 임신하셨을 때 늘 우아하고 감사히 자라라고 다알리아라고 부르셨다네."

"오오. 그러셨군요."

"하지만 아버지는 싫어하셨어. 아버지는 나를 강한 검수로 키우길 원하셨거든. 그래서 철이 든 이후로는 다알리아라는 태명을 쓴 적이 없어."

여기까지 말한 뒤, 프레야가 고개를 한 번 갸웃했다.

"그런데 참 희한하지? 우리 그이한테 내 태명을 말해줬더니 꽤나 마음에 들어 하는 눈치야. 그래서 내가 검 손잡이에도 다알리아라는 이름을 새겨놓았잖아. 그이가 좋아하는 것 같아서. 후훗."

"헉? 이탄 고문님께서 말씀이십니까?"

도제생 여검수가 눈을 동그랗게 떴다.

이탄이라면 아울77검인 프레야의 남편일 뿐 아니라 아울 검탑의 모든 재정을 쥐고 흔드는 고문이었다. 당장 도제생들이나 검수들이 먹고 입고 자는 모든 재화들이 이탄의 손에서 나왔다.

오죽했으면 아울1검이 된 마제르도 이탄이 돈다발로 만들어진 검을 휘두를 때면 벌벌 떨면서 한 발 양보하곤 하겠는가.

　같은 시각.

　피사노교의 신전에서는 교의 주인인 이쓰낸이 티스아를 불러서 오후 다과를 함께했다.

　티스아는 아직도 이쓰낸이 어려워 그녀 앞에만 오면 말문이 막히곤 했다.

　오늘도 티스아는 '무슨 주제로 대화를 이어가지?' 라고 고민하다가 문득 이쓰낸에게 옛 이야기를 물었다.

　피사노교의 신인들의 이름은 사실 숫자였다.

　시프르는 0.

　와힛은 1.

　이쓰낸은 2.

　쌀라싸는 3.

　아르비아는 4.

　캄사는 5.

　싯다는 6.

　사브아는 7.

　싸마니야는 8.

　티스아는 9.

　쿠미는 10.

신인이 되기 전 이탄이라 불리던 막내가 신인이 된 이후로는 쿠미라고 불리는 것처럼, 티스아도 신인이 되기 전에는 다른 이름을 가졌다.

"하오면 이쓰낸 님께서는 신인이 되시기 전에는 어떤 이름으로 불리셨습니까?"

티스아가 이쓰낸에게 물었다.

딱히 의미를 둔 질문은 아니었다. 그저 대화 주제가 마땅하지 않아 아무거나 물어본 거였다.

한데 의외로 이쓰낸은 대답을 망설였다. 이쓰낸은 자신의 본명에 큰 의미라도 부여한 것처럼 진지하게 고민을 하다가 마침내 입을 열었다.

"아스포텔…… 그게 내 본명이었어. 순종이라는 뜻이지."

"아하하하. 순종이라고요? 이쓰낸 님과는 전혀 어울리지 않습니다. 아하하. 하하. 하. 하. 하……. 죄송합니다. 이쓰낸 님."

티스아는 빵 터졌다가 이내 고개를 푹 숙였다.

이쓰낸은 그런 티스아를 빤히 노려보았다.

"그렇게 웃지 마. 확 모가지를 비틀어버리고 싶어지니까. 쿠미 신인, 아니 시프르 님께서 아스포텔이라는 이름을 얼마나 좋아하시는데 그래."

"죄, 죄송합니다."

티스아는 진땀을 뻘뻘 흘리며 사죄했다.

지금으로부터 1년 전, 그러니까 흑과 백의 대전쟁이 끝나고 2년이 흐른 시점에서 피사노교에는 큰 변화가 생겼다. 막내인 쿠미가 검은 드래곤의 진정한 피를 발현한 화신으로 판명되어 파격적으로 승격했다. 역사 이래 단 한 번도 탄생하지 않은 시프르의 자리가 드디어 오롯한 주인을 찾았다.

피사노교에서 시프르는 곧 검은 드래곤이자 태초의 마신 피사노를 의미했다. 이는 곧 이탄이 검은 드래곤이자 피사노라의 재림이라는 의미였다.

동차원 혼명의 랑무 대산맥.

비앙카는 마르쿠제 술탑 꼭대기 층에서 차를 마시는 중이었다.

3년 전, 흑과 백의 대전쟁이 종료되면서 마르쿠제 술탑을 점거했던 쿠미 신인도 병력을 물렸다.

마르쿠제와 비앙카는 탑을 되찾은 이후로 약해진 탑을 복구하느라 최선을 다했다. 그 결과 지금은 어느 정도 회복이 끝났다.

지난 3년 동안 비앙카는 즐겨 입던 붉은 도복 대신 늘 회색빛의 칙칙한 복장만 고집했다.

"탑이 온전해지는 날, 저는 다시 예전의 도복을 입을게요. 그때까지는 각오를 다지는 의미로 회색 도복만 입을 거예요."

이게 3년 전 비앙카가 했던 주장이었다.

3년이 지난 오늘, 비앙카는 칙칙한 의복을 벗어던지고 화려하고 붉은 도복으로 갈아입었다. 이는 마르쿠제 술탑이 다시금 높은 하늘로 날아오를 거라는 의미였다.

마침 동차원의 제1 세력인 남명은 꽤나 약해진 처지였다. 3년 전, 남명의 주요 선인들이 정체불명의 여자(샤늘루루)에게 붙잡혀 있다가 가까스로 풀려난 탓이었다.

"피사노교와 남명의 견제를 받지 않은 채 우리에게 10년의 시간만 주어진다면, 충분히 예전 성세를 되찾고도 남지."

비앙카는 대놓고 야망을 불태웠다. 타는 듯한 그녀의 머리카락이 석양을 받아 화려하게 피어올랐다.

그 모습이 마치 화려한 샐비어 꽃을 연상시켰다.

실제로도 비앙카의 예명이 샐비어였다. 비앙카가 동차원을 떠나 언노운 월드로 넘어갈 때면, 그녀는 샐비어라는 예명으로 활동을 하곤 했다.

"참 희한하지? 이탄 선인님은 내 본명보다 샐비어라는

예명을 더 좋아하시는 것 같아."

문득 비앙카가 고개를 갸웃했다.

이탄을 떠올린 순간, 비앙카는 자신도 모르게 귀로 손을 옮겼다. 그곳에는 이탄이 선물한 귀걸이가 대롱거렸다.

"호호호."

이탄을 떠올린 비앙카의 얼굴이 발그레 물들었다.

뚝딱 뚝딱.

이탄이 망치질을 했다.

그 옆에서 여신처럼 아름다운 소녀가 나무를 붙잡아주었다.

이탄은 소녀의 방에 놓을 원목 침대를 만드는 중이었다.

이 아름다운 소녀의 이름은 묵경.

그녀는 이탄이 북명 지역에서 데려온 여인이었다.

묵경은 동차원의 아버지와 서차원(언노운 월드)의 어머니 사이에서 태어난 혼혈이었는데, 그래서인지 신비로운 미색을 풍겼다.

이탄이 묵경에게 물었다.

"참. 묵경아, 아버지가 붙여준 이름 말고, 어머니가 붙여준 이름이 뭐라고 했지?"

"시니아요. 시니아라고 했어요."

묵경이 활짝 피어난 꽃처럼 미소를 머금어 대답했다. 이탄이 동일한 질문을 여러 번 반복하는데도 그녀는 전혀 싫은 기색이 없었다.

이탄은 원목 침대의 옆면을 손바닥으로 쓰다듬었다.

"침대 옆면에 그 이름을 새겨주마. 그리고 앞으로는 언노운 월드에서 살 테니까 묵경 대신 시니아라는 이름을 쓰는 게 좋겠다. 여기 사람들은 그 발음이 더 쉬울 거야."

"네. 이탄 님."

시니아가 이탄의 팔에 매달리면서 환히 웃었다.

온화한 저녁이었다.

〈완결〉